| 초등부터 시작하는 수능 국어 전략서 |

수능까지 이어지는
초등 고학년
비문학 독해

5학년

어떻게 학습할까요?

〈수능까지 이어지는 초등 고학년 비문학 독해〉는 초등학교 고학년이 반드시 알아야 할 비문학 독해를 체계적으로 훈련하기 위한 25개의 필수 지문과 실전 문제, 그리고 지문 익힘 어휘 문제로 구성되어 있습니다. 하루 15분씩 다양한 영역의 지문과 실전 문제를 푸는 사이에 부쩍 성장한 독해력을 확인할 수 있습니다.

주제 지문 읽기

실전 독해 문제

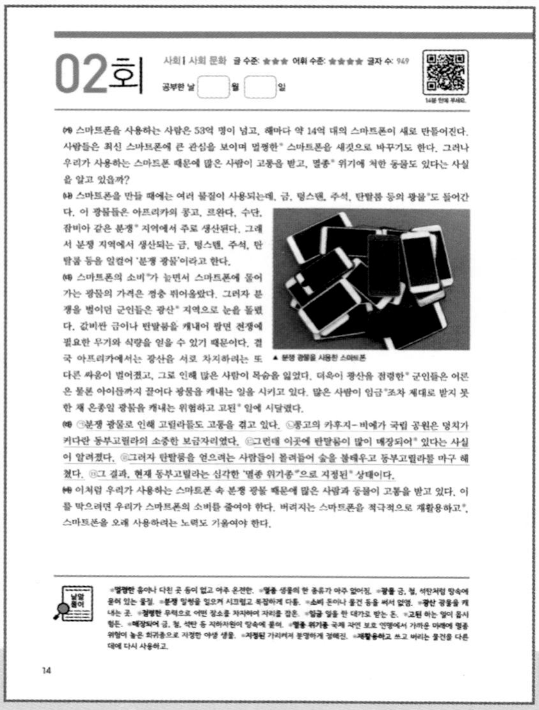

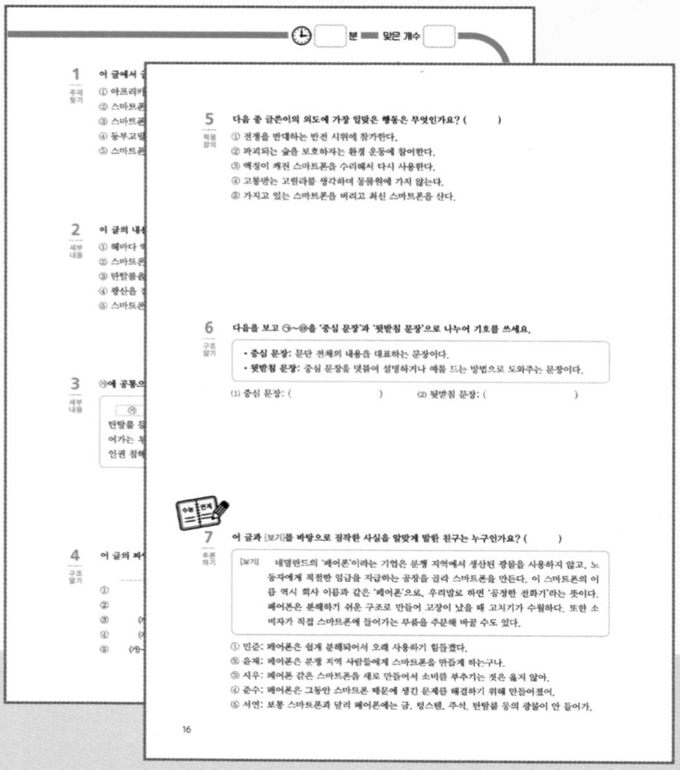

★다양한 영역의 지문 읽기

- 초등학생에게 배경지식이 될 만한 인문, 사회, 과학, 기술, 예술·체육 영역의 글을 지문으로 사용했습니다.
- 다양한 영역의 필수 화제가 담긴 글을 읽으면서 주제와 의견, 글의 구조와 전개 방식, 설명 방법을 파악하는 훈련을 합니다.

★수능형 독해 문제를 포함한 7문항 실전 문제

- 핵심어 및 전개, 서술 방식 파악 → 세부 정보 확인 → 고난이도 사고력 측정으로 이어지는 7문항을 사고의 흐름에 맞추어 구조적으로 배열해 해당 지문을 입체적으로 이해할 수 있습니다.
- 매 일자에 실제 수능 유형을 분석한 수능 연계 문항을 1문항씩 배치해 고난도 문항 유형의 문제 해결력을 키울 수 있습니다.

낱말 풀이
낱말 및 관용 표현의 사전적 의미 확인

별 개수 및 글자 수
글의 길이와 난이도 확인

큐아르(QR) 코드
지문 및 문제 풀이 시간 측정

〈수능까지 이어지는 초등 고학년 비문학 독해〉 매일 4쪽씩 15분간
꾸준히 수능 독해 문제를 연습해요!

어휘력 다지기

자세한 오답 해설

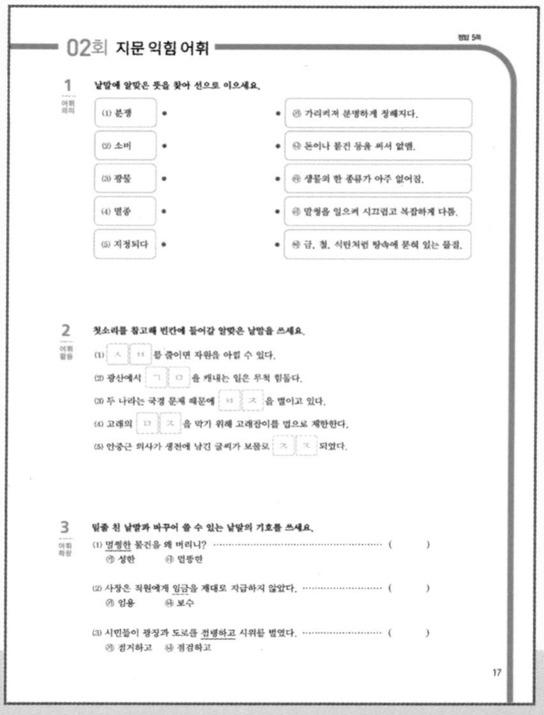

02회 지문 익힘 어휘 정답 5쪽

1 낱말에 알맞은 뜻을 찾아 선으로 이으세요. (어휘 의미)

(1) 분쟁 (2) 소비 (3) 광물 (4) 멸종 (5) 지정되다

㉮ 가리키어 분명하게 정해지다. ㉯ 돈이나 물건 등을 써서 없앰. ㉰ 생물의 한 종류가 아주 없어짐. ㉱ 말썽을 일으켜 시끄럽고 복잡하게 다툼. ㉲ 금, 철, 석탄처럼 땅속에 묻혀 있는 물질.

2 첫소리를 참고해 빈칸에 들어갈 알맞은 낱말을 쓰세요. (어휘 활용)

(1) ㅅ ㅂ 를 줄이면 자원을 아낄 수 있다.
(2) 광산에서 ㄱ ㅁ 을 캐내는 일은 무척 힘들다.
(3) 두 나라는 국경 문제 때문에 ㅂ ㅈ 을 벌이고 있다.
(4) 고래의 ㅁ ㅈ 을 막기 위해 고래잡이를 법으로 제한한다.
(5) 안중근 의사가 생전에 남긴 글씨가 보물로 ㅈ ㅈ 되었다.

3 밑줄 친 낱말과 바꾸어 쓸 수 있는 낱말의 기호를 쓰세요. (어휘 확장)

(1) 멀쩡한 물건을 왜 버리니? ( ) ㉮ 성한 ㉯ 언짢한
(2) 사장은 직원에게 임금을 제대로 지급하지 않았다. ( ) ㉮ 임용 ㉯ 보수
(3) 시민들이 광장과 도로를 점령하고 시위를 벌였다. ( ) ㉮ 점거하고 ㉯ 점검하고

17

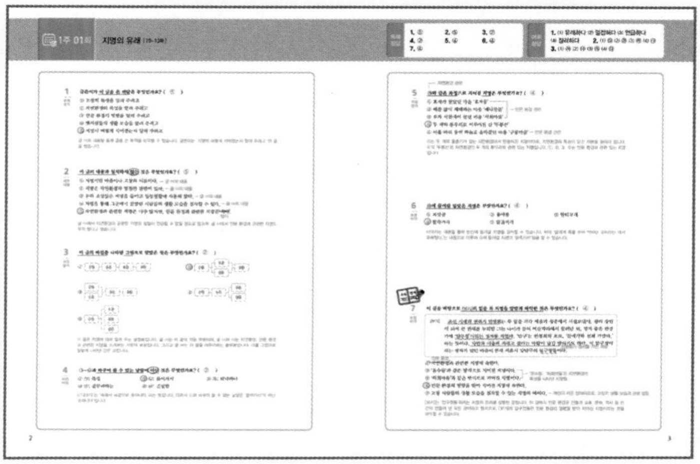

★3단계로 지문에 나온 어휘 정리

- 지문에 나온 낱말 중 핵심 낱말이나 꼭 알아 두어야 할 필수 어휘를 문제로 정리합니다.
- 지문 속 중요 어휘는 의미 확인→어휘 활용→어휘 확장의 3단계로 체계적으로 학습해 둡니다.

★틀린 문제는 반드시 정오답 풀이로 확인하기

- 문제를 풀고 나서 정답을 확인한 다음에는 내가 이해한 내용이 맞는지 또는 내가 잘못 이해한 부분이 무엇인지 반드시 풀이를 통해 확인해야 합니다.
- 틀린 문제는 따로 표시해 두고, 내가 고르지 않은 답까지 오답 풀이를 통해 완벽하게 학습해 둡니다.

어휘 의미
낱말의 사전적 의미 확인

어휘 활용
실제 예문에서 낱말 적용

어휘 확장
낱말 간의 의미 관계, 속담, 관용 표현, 한자 성어 연습 등

어떻게 활용할까요?

〈수능까지 이어지는 초등 고학년 독해〉는 문학과 비문학을 나누어 각 제재에 대한 독해를 집중적으로 훈련하는 독해서입니다. 이 책은 본책과 정답 책, 모의고사로 구성되어 매일 정해진 분량을 스스로 공부할 수 있을 뿐 아니라, 자신의 학습 수준과 상황을 되돌아볼 수 있는 자기 주도 학습서입니다.

교재 구성

비문학

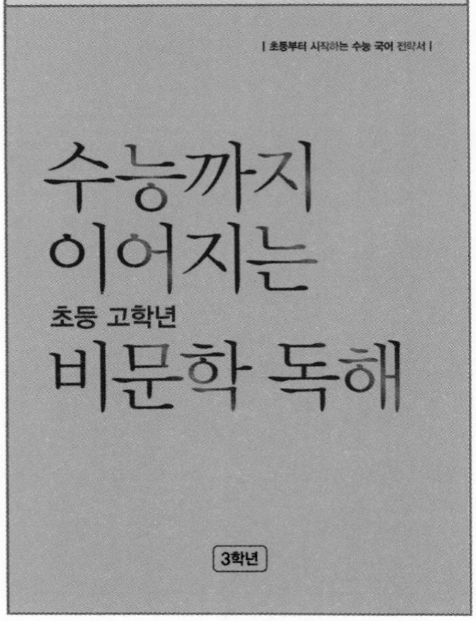

학년	대상	주요 영역
3학년	3학년~4학년	인문, 사회, 과학, 기술, 예술·체육
4학년	4학년~5학년	
5학년	5학년~6학년	
6학년	6학년~예비 중	

★주요 주제

- **3학년** 스마트폰과 고릴라(사회/사회 문화), 비눗방울의 과학적 비밀(과학/물리), 하얀 거짓말(인문/윤리)
- **4학년** 역사를 알려 주는 우리말 유래(인문/언어), 웨어러블 로봇(기술/첨단 기술), 공해가 되어 버린 빛(사회/사회 문화)
- **5학년** 혐오 표현(사회/사회 문화), 보온병의 물이 식지 않는 까닭(과학/물리), 조선판 하멜 표류기, 『표해시말』(인문/한국사)
- **6학년** 한·중·일의 젓가락(사회/사회 문화), 다수를 위한 소수의 희생(인문/철학), 유전자 편집 시대(기술/첨단 기술)

문학

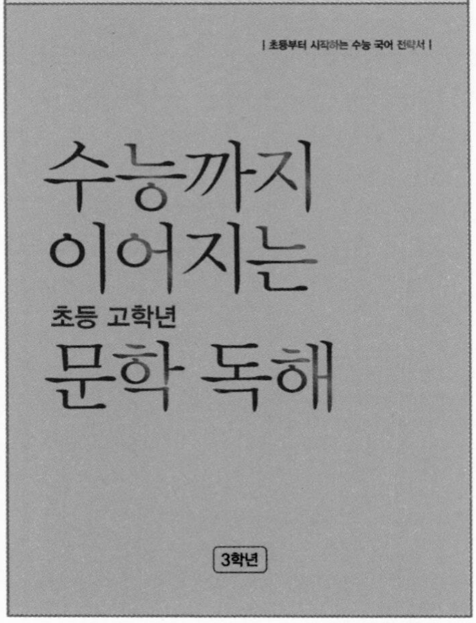

학년	대상	주요 영역
3학년	3학년~4학년	창작·전래·외국 동화, 신화·전설, 동시, 희곡
4학년	4학년~5학년	
5학년	5~6학년	현대·고전·외국 소설, 신화·전설, 현대시, 현대·고전 수필
6학년	6학년~예비 중	

★주요 작품

- **3학년** 바위나리와 아기별(마해송), 할머니 집에 가면(박두순), 대별왕과 소별왕, 크리스마스 캐럴(찰스 디킨스)
- **4학년** 산새알 물새알(박목월), 곰이와 오푼돌이 아저씨(권정생), 큰 바위 얼굴(나다니엘 호손), 저승 사자가 된 강림 도령
- **5학년** 꿈을 찍는 사진관(강소천), 자전거 도둑(박완서), 늙은 쥐의 꾀(고상안), 유성(오세영), 마녀의 빵(오 헨리)
- **6학년** 소음 공해(오정희), 양반전(박지원), 배추의 마음(나희덕), 사막을 같이 가는 벗(양귀자), 동물 농장(조지 오웰)

〈수능까지 이어지는 초등 고학년 독해〉로 꾸준히 공부하면
탄탄한 독해 실력을 키울 수 있어요. 모의고사로
달라진 내 실력을 확인해 보세요!

교재 활용법

"3단계 독해 집중 훈련 코스"

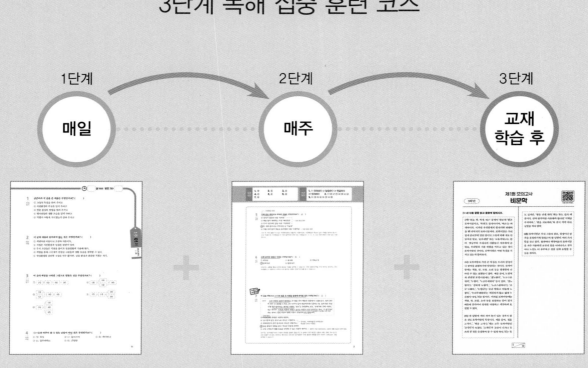

1단계 **매일** → 2단계 **매주** → 3단계 **교재 학습 후**

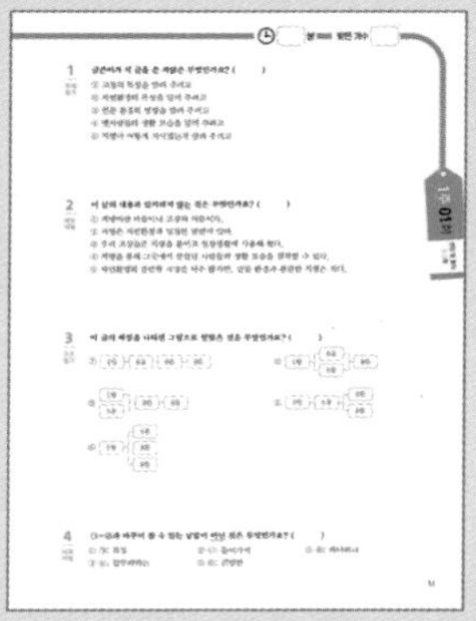

★매일 15분 독해 훈련

하루에 15분씩 필수 화제를 하나씩 읽고 실전 문제를 풀며 독해 훈련을 합니다.

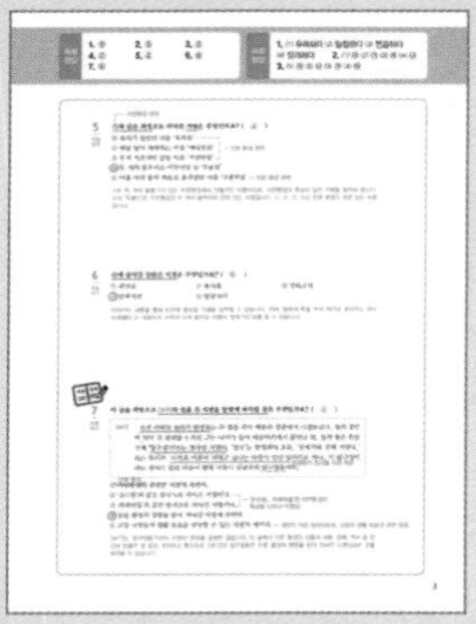

★이번 주 틀린 문제 체크

매주 한 번씩 정답 책에 표시해 둔 이번 주에 틀린 문제만 한 번씩 다시 풀면서 복습합니다.

★모의고사로 최종 점검

교재 학습을 모두 마친 후에는 모의고사로 자신의 실력을 최종 점검합니다.

☑ 매일 15분씩 하나의 지문을 해결하면 25일만에 한 권을 완성할 수 있습니다.

☑ 매주 정답 책으로 틀린 문제를 복습해 자신이 취약한 문제 유형을 파악합니다.

☑ 5주 학습을 모두 마친 후에는 모의고사 문제로 자신의 최종 실력을 확인합니다.

CONTENTS

1주

2주

3주

4주

● 교과 연계

5주

학습 계획표 매일매일 꾸준히 공부하고 기록해 보세요.

주제		쪽수	공부한 날	공부 시간	맞은 개수	
					독해	어휘
01	인간의 본성	10~13쪽	월 일	분	/ 7	/ 3
02	기후 변화의 책임	14~17쪽	월 일	분	/ 7	/ 3
03	세균과 바이러스	18~21쪽	월 일	분	/ 7	/ 3
04	메타버스	22~25쪽	월 일	분	/ 7	/ 3
05	유니버설 디자인	26~29쪽	월 일	분	/ 7	/ 3
06	플라세보 효과	32~35쪽	월 일	분	/ 7	/ 3
07	독도의 가치	36~39쪽	월 일	분	/ 7	/ 3
08	태풍의 생성 원리	40~43쪽	월 일	분	/ 7	/ 3
09	자격루의 원리	44~47쪽	월 일	분	/ 7	/ 3
10	쇠라의 점묘법	48~51쪽	월 일	분	/ 7	/ 3
11	토의와 토론	54~57쪽	월 일	분	/ 7	/ 3
12	제헌절과 헌법의 의미	58~61쪽	월 일	분	/ 7	/ 3
13	보온병의 물이 식지 않는 까닭	62~65쪽	월 일	분	/ 7	/ 3
14	스피드 건의 작동 원리	66~69쪽	월 일	분	/ 7	/ 3
15	타지마할 건축의 비밀	70~73쪽	월 일	분	/ 7	/ 3
16	서희의 외교 담판	76~79쪽	월 일	분	/ 7	/ 3
17	혐오 표현	80~83쪽	월 일	분	/ 7	/ 3
18	우리은하의 모든 것	84~87쪽	월 일	분	/ 7	/ 3
19	드론이 하늘을 나는 원리	88~91쪽	월 일	분	/ 7	/ 3
20	우리 악보, 정간보	92~95쪽	월 일	분	/ 7	/ 3
21	조선판 하멜 표류기, 『표해시말』	98~101쪽	월 일	분	/ 7	/ 3
22	면의 역사	102~105쪽	월 일	분	/ 7	/ 3
23	행성 고리의 비밀	106~109쪽	월 일	분	/ 7	/ 3
24	미래 대체 식품	110~113쪽	월 일	분	/ 7	/ 3
25	파도타기, 서핑	114~117쪽	월 일	분	/ 7	/ 3

1주

01회

인문 I 철학 글 수준: ★★★★ 어휘 수준: ★★★ 글자 수: 1125

공부한 날 월 일

14분 안에 푸세요.

(가) 인간의 본성*이 선한 것인지 악한 것인지에 대한 논쟁*은 아주 예전부터 있어 왔다. 종종 뉴스에서 학생들 사이의 따돌림 사건이나 흉악한 범죄와 관련된 이야기를 들으면 인간의 본성은 악할 것이라는 생각이 든다. 반면, 위험에 처한 타인을 구하려고 열차가 들어오는 선로*에 뛰어들어 목숨을 잃은 청년의 이야기를 듣다 보면 인간의 본성은 선하다는 생각이 들기도 한다. 인간은 어떤 본성을 가지고 태어났을까? 맹자와 순자는 이 문제에 대해 깊이 고민한 동양의 대표적 사상가*이다.

(나) 맹자는 인간의 본성에 대해 인간은 태어나면서부터 선하다는 성선설을 주장했다. 사람의 마음속에는 누구나 사랑하는 마음, 올바른 마음, 예의바른 마음, 지혜로운 마음의 특성을 가지고 있다는 것이다. 이는 불쌍히 여기는 마음, 자신의 잘못을 부끄러워하고 남의 잘못을 미워하는 마음, 사양하는* 마음, 옳고 그름을 가리는* 마음을 통해 완성할 수 있다고 한다. 맹자는 인간의 본성을 우물에 빠질 뻔한 아이의 이야기에 비유하여 말한다. 어린아이가 우물에 빠지려는 모습을 본다면 사람들은 모두 깜짝 놀랄 것이고, 이때 걱정하는 마음이 생기는데 이는 인간이 선하게 태어났기 때문이라는 것이다. 따라서 맹자는 인간의 이러한 착한 본성을 길러 내는 것이 중요하다고 본다.

(다) 순자는 맹자와는 반대되는 입장에서 사람은 본래 악한 본성을 갖고 태어난다는 성악설을 주장했다. 그에 의하면 사람은 태어나면서부터 이익을 추구하며* 선은 사람이 노력하여 이루는 것이다. 악한 본성을 그대로 두면 남을 해치게 된다. 굽은 나무는 바로잡아야 곧게 되고 무딘* 연장은 연마한* 후에 날카롭게 되는 것과 마찬가지로 사람의 악한 본성도 가르침이나 예의로써 다스려야 한다는 것이다. 즉, 순자는 교육을 통해 악한 마음을 착하게 바꿀 수 있다고 보았으며, 예의를 무척 중요하게 생각했다. 그러므로 인간은 이익을 따르고 싶어 하는 불완전한 모습을 인정하고 바르게 살도록 꾸준히 노력해야 한다고 했다.

(라) ㉠인간의 본성을 선과 악으로 구분할 수 있을까? 우리는 인간이 선한지 악한지에 대한 문제에 대해 끊임없이 고민해 왔지만 아직까지 정확한 답을 찾지 못했다. 다만 인간의 본성을 지금처럼 탐구하고* 두 사상의 장점을 잘 조화시킨다면* 오늘날 우리가 삶을 살아가는 데 바람직한 방향을 찾을 수 있을 것이다.

낱말 풀이

* **본성** 사람이나 동물이 태어날 때부터 가진 성질. * **논쟁** 생각이 다른 사람들이 자신의 생각이 옳다고 말이나 글로 다툼. * **선로** 기차나 전차 등이 다닐 수 있도록 만들어 놓은 길. * **사상가** 사회나 정치 등에 대해 일정한 견해를 가지고 그것을 주장하는 사람. * **사양하는** 겸손하여 받지 않거나 응하지 않는. * **가리는** 잘잘못이나 좋고 나쁨 등과 같은 기준에 따라 구분하거나 나누는. * **추구하며** 목적을 이루기 위해 계속 따르며 구하며. * **무딘** 칼이나 가위 등의 날이나 끝이 날카롭지 못한. * **연마한** 금속이나 돌 등을 갈고 닦아 표면을 반질반질하게 한. * **탐구하고** 학문 등을 깊이 파고들어 연구하고. * **조화시킨다면** 서로 잘 어울리게 한다면.

1 주제 찾기

이 글의 제목으로 알맞은 것은 무엇인가요? (　　　)

① 인간의 본성은 악한가 선한가
② 인간 본성을 구분해야 하는가
③ 성악설이 성선설보다 중요한가
④ 맹자와 순자의 삶은 어떠했을까
⑤ 우리 삶의 바람직한 방향은 무엇인가

2 구조 알기

글 ㈎~㈑를 세 부분으로 나눌 때 빈칸에 들어갈 알맞은 문단의 기호를 쓰세요.

구조	역할	문단
처음	읽는 사람의 흥미를 끄는 내용과 설명할 대상을 밝힘.	(1) (　　　)
가운데	여러 가지 방법을 사용하여 대상을 알기 쉽게 설명함.	(2) (　　　)
끝	설명한 내용을 요약하고 정리함.	(3) (　　　)

3 구조 알기

글 ㈐에서 사용한 설명 방법으로 알맞은 것은 무엇인가요? (　　　)

① 설명 대상을 일정한 기준으로 나누어 설명하고 있다.
② 원인과 결과를 중심으로 핵심 내용을 설명하고 있다.
③ 구체적 사례를 활용하여 주장의 근거를 제시하고 있다.
④ 말하고자 하는 바를 유사한 내용에 빗대어 설명하고 있다.
⑤ 전문가의 견해를 인용하여 말하고자 하는 바를 강조하고 있다.

4 어휘 어법

다음 낱말의 관계와 다른 하나는 무엇인가요? (　　　)

선 – 악

① 출구 – 입구　② 감량 – 증량　③ 소년 – 소녀
④ 과일 – 사과　⑤ 어른 – 아이

5 ㉠에 대한 답으로 이 글에서 제시한 것은 무엇인가요? (   )

세부 내용

① 인간의 본성은 선에 좀 더 가깝다.
② 인간의 본성은 악에 좀 더 가깝다.
③ 인간의 본성은 선과 악의 중간이다.
④ 인간의 본성을 선과 악으로 구분하는 일은 무의미하다.
⑤ 인간의 본성을 선과 악으로 구분할 수 있는지 아직 알 수 없다.

6 [보기]는 이 글을 읽고 난 반응입니다. 알맞게 말한 친구를 찾아 기호를 쓰세요.

비판 하기

[보기]
㉮ 윤찬: 결국 인간의 본성은 자기의 마음에 달려 있구나.
㉯ 예지: 난 인간이 태어날 때부터 선하다고 생각했는데, 이것은 맹자의 사상과 통하는구나.
㉰ 시우: 다리를 다친 친구를 도와주고 싶은 마음이 드는 것은 순자의 사상 때문이야.
㉱ 민서: 어려움에 처한 친구를 도울 마음이 들지 않는다면 맹자의 생각처럼 악한 본성을 가르침으로 다스릴 필요가 있어.

(   )

수능 연계

7 [보기]와 같은 상황에서 순자가 했을 말로 알맞은 것은 무엇인가요? (   )

적용 창의

[보기] 서울에서 한 초등학교 3학년 아이가 같은 3학년 아이의 등에 뜨거운 물을 부어 위중한 화상을 입히는 사건이 발생했다. 이 사고로 피해 학생은 눕지도 걷지도 못하는 심각한 상황이라고 한다.

① 인간의 본성은 선하다는 것을 널리 알려야겠군.
② 친구를 괴롭히는 일이 잘못임을 알리고 가르쳐야겠군.
③ 인간의 타고난 착한 본성을 기르기 위해 더욱 노력해야겠군.
④ 인간의 선한 본성 중 잘못을 미워하는 마음을 이끌어 내야겠군.
⑤ 인간이 만든 질서만으로는 사회의 안정을 이룰 수 없다는 것을 보여 주는군.

정답 3쪽

01회 지문 익힘 어휘

1
어휘 의미

낱말과 그 뜻이 알맞게 짝 지어지지 않은 것은 무엇인가요? (　　　)

① 본성: 사람이나 동물이 태어날 때부터 가진 성질.
② 추구하다: 목적을 이루기 위해 계속 따르며 구하다.
③ 무디다: 칼이나 가위 등의 날이나 끝이 날카롭지 못하다.
④ 탐구하다: 알려지지 않은 사물이나 사실을 빠짐없이 조사하다.
⑤ 논쟁: 생각이 다른 사람들이 자신의 생각이 옳다고 말이나 글로 다툼.

2
어휘 활용

빈칸에 들어갈 알맞은 낱말을 [보기]에서 찾아 쓰세요.

[보기]	본성	논쟁	추구	탐구	무디면

(1) 지윤이는 새를 (　　　　　　　)하는 즐거움에 푹 빠져 있다.
(2) 요리를 할 때 칼이 (　　　　　　　) 오히려 손을 다치기 쉽다.
(3) 내가 봉사하는 복지 단체는 이윤을 (　　　　　　　)하는 곳이 아니다.
(4) 학급 회의에서 이어달리기 선수 선발을 두고 (　　　　　　　)을/를 벌였다.
(5) 개는 사람을 잘 따르는 (　　　　　　　)을/를 가지고 있어 반려동물로 인기가 있다.

3
어휘 확장

밑줄 친 낱말의 뜻을 [보기]에서 찾아 기호를 쓰세요.

[보기] • 가리다: ㉮ 여러 가지 중에서 하나를 구별하여 뽑다.
㉯ 수줍음 등의 이유로 낯선 사람을 대하기 싫어하다.
㉰ 잘잘못이나 좋고 나쁨 등과 같은 기준에 따라 구분하거나 나누다.

(1) 내 동생은 처음 보는 사람인데도 낯을 안 가린다. (　　　　)
(2) 두 팀 모두 잘해서 우승 팀을 가리는 것이 매우 힘들다. (　　　　)
(3) 그는 돈을 벌기 위해 옳고 그름을 가리지 않고 모든 일을 했다. (　　　　)

02회

사회 | 사회 문화 글 수준: ★★ 어휘 수준: ★★★ 글자 수: 1081

공부한 날 ( ) 월 ( ) 일

13분 안에 푸세요.

(가) 해수면* 상승은 지구의 바다가 점점 상승하여 육지와 가까워지고 있는 현상을 말한다. 남태평양 섬나라 투발루는 세계에서 네 번째로 작은 나라로 국토의 제일 높은 곳이 해발* 4.5미터(m) 정도이고, 대부분은 해수면보다 고작 1미터 높다. 지구 온난화로 발생한 해수면 상승은 투발루의 섬 중 이미 두 개의 섬을 바닷속으로 사라지게 만들었다. 이러한 비극*의 책임은 과연 누구에게 있을까?

(나) IPCC(기후 변화에 관한 정부 간 협의체*)에 따르면, 빙하기였던 2만 년 전에 비해 현재 해수면은 100미터 이상 상승하였으며 19세기말 이후 현재까지 약 20센티미터(cm) 이상 상승했다고 한다. 이러한 해수면 상승의 가장 큰 원인은 지구 온난화이다. 무분별한 산업 개발로 온실가스 배출이 증가하면서 지구의 온도가 높아진 것이다. 이 때문에 극지방에 있는 수백 미터 두께의 얼음들이 서서히 녹기 시작했다. 이 얼음이 모두 녹으면 최대 98센티미터까지 해수면이 상승할 것이라고 한다.

(다) 기후 위기는 생존의 문제이다. 전문가들은 지구 온난화가 현재와 같은 추세*로 계속될 경우, 2060년이면 투발루는 수몰될* 것이라고 ㉠입을 모은다. 또한 베트남 남부 지역과 중국 상하이 및 태국 방콕, 이집트 알렉산드리아 등 전 세계의 많은 대도시와 주변 도시들이 물에 잠기게 되고, 담수*가 해수로 변하면서 물 부족을 야기하고* 농경이 불가능한 환경을 만들 수 있다. 폭염, 태풍과 해일 등 기상 이변*도 빈번하게 발생할 것이다. 이런 위기에 처한 나라들은 생존을 위해 대책*을 마련해야 할 것이다.

(라) 해수면 상승으로 가장 위협*을 느끼는 곳은 마셜 제도 같은 태평양과 인도양의 섬나라들일 것이다. 하지만 ㉡이들은 지구 온난화의 책임과는 거의 무관하다*. 기후 변화에 책임을 느껴야 할 나라들은 화석 연료로 산업 발전을 이루고 여전히 에너지를 많이 쓰고 있는 선진국들이다. 선진국들은 온실가스와 이산화 탄소 배출을 줄이는 일에 가장 먼저 앞장서야 한다.

(마) 우리나라 역시 기후 변화의 책임에서 자유롭지 못하다. 2019년 우리나라의 이산화 탄소 배출량은 세계 9위로, 탄소 배출에 책임이 큰 나라 중 하나이다. 따라서 온실가스와 이산화 탄소 배출량을 줄이기 위해 우리 모두가 노력해야 한다.

낱말 풀이

*해수면 바닷물의 표면. *해발 바닷물의 표면으로부터 잰 육지나 산의 높이. *비극 매우 슬프고 비참한 일. *협의체 어떤 중대한 일을 의논하기 위하여 구성한, 일정 한 체계를 가진 조직체. *추세 어떤 일이나 현상이 일정한 방향으로 나아가는 경향. *수몰될 물속에 잠김. *담수 강이나 호수의 물처럼 소금기가 없는 물. *야기하고 일이나 사건 등을 일으키고. *기상 이변 보통 지난 30년간의 기상과 아주 다른 날씨 현상. *대책 어려운 상황을 이겨 낼 수 있는 계획. *위협 무서운 말이나 행동으로 상대방이 두려움을 느끼도록 함. *무관하다 서로 관계가 없다.

1 주제 찾기

글쓴이가 말하고자 하는 내용은 무엇인가요? (　　　)

① 선진국에게 해수면 상승을 일으킨 책임을 물어 처벌을 해야 한다.
② 무분별한 개발을 막고 원시 시대로 돌아가 기후 위기에 대비해야 한다.
③ 지구 온난화로 인한 기후 변화의 문제를 해결하기 위해 노력해야 한다.
④ 수몰 예정 지역에서는 바닷속에서도 생활이 가능한 환경을 만들어야 한다.
⑤ 해수면 상승으로 피해를 입은 국가에 선진국들이 경제적 지원을 해야 한다.

2 구조 알기

글 ㈎에서 사용한 설명 방법으로 알맞은 것은 무엇인가요? (　　　)

① 어떤 두 대상의 공통점을 중심으로 설명하고 있다.
② 용어의 뜻을 풀이하여 내용에 대한 이해를 돕고 있다.
③ 설명 대상을 일정한 기준에 따라 나누어 설명하고 있다.
④ 말하고자 하는 바를 다른 대상에 빗대어 설명하고 있다.
⑤ 대상에 대한 문제점을 언급하고 해결 방안을 제시하고 있다.

3 어휘 어법

㉠의 의미로 알맞은 것은 무엇인가요? (　　　)

① 혼자서 이익을 챙기고 모른 척하다.
② 여러 사람이 똑같이 말하기로 약속하다.
③ 여러 사람이 어떤 일에 대해 똑같이 말하다.
④ 하던 말을 그치거나 비밀을 지키기 위해 말을 하지 않다.
⑤ 듣기 싫은 말이나 자기에게 불리한 말을 하지 못하게 하다.

4 구조 알기

[보기]의 내용이 들어가기에 알맞은 곳은 어디인가요? (　　　)

> [보기] 인도네시아의 수도인 자카르타는 일 년에 1~15센티미터씩 땅이 내려앉고 있으며 도시의 절반은 이미 해수면보다 낮다고 밝혔다. 인도네시아 정부는 땅의 표면이 내려앉고 물에 잠기는 일이 잦아 그 피해가 커지자 수도를 현재 자카르타에서 보르네오섬의 동칼리만탄으로 이전하는 계획을 발표했다.

① 글 ㈎의 뒤　　② 글 ㈏의 뒤　　③ 글 ㈐의 뒤
④ 글 ㈑의 뒤　　⑤ 글 ㈒의 뒤

5 세부 내용

이 글에 나타난 문제를 해결하는 방법은 무엇인가요? (   )

① 이산화 탄소 배출을 줄인다.
② 기후 변화를 수시로 관찰한다.
③ 대체 에너지 개발을 자제한다.
④ 해수를 담수로 바꾸어 생존 가능성을 높인다.
⑤ 기후 위기와 관련하여 IPCC에 책임을 묻는다.

6 추론하기

㉡의 근거로 제시하기에 알맞은 것은 무엇인가요? (   )

① 태평양에 있는 작은 섬들의 대부분은 인간이 거주할 수 없는 곳이다.
② 50년에서 100년에 한 번 발생할 홍수와 폭풍이 최근에는 10년마다 일어났다.
③ 태평양 섬나라들은 해수면 상승으로 농작물 재배가 어려워지고 저지대가 침수되는 어려움을 겪고 있다.
④ 마셜 제도 주민들이 지난 50년 동안 배출한 온실가스의 총량은 미국 오리건주 포틀랜드시의 연간 배출량보다 적다.
⑤ 기후 변화의 심각성을 인식한 선진국들이 기금을 마련해 기후 변화로 어려움을 겪고 있는 개발 도상국들을 지원하기로 결정했다.

수능 연계

7 추론하기

이 글을 읽고 [보기]의 그래프에서 추론할 수 있는 내용은 무엇인가요? (   )

[보기]

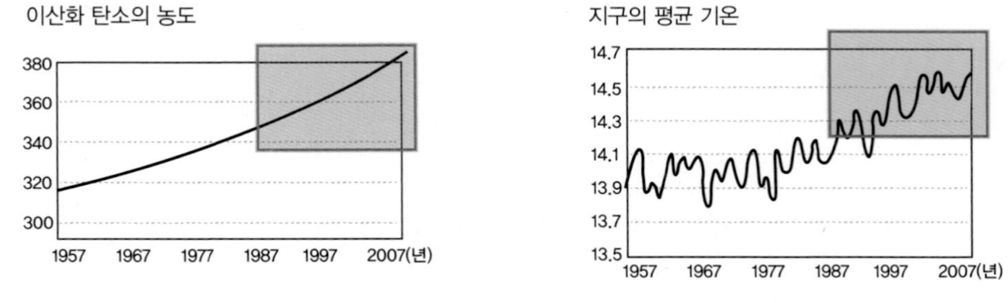

▲ 이산화 탄소의 농도 변화와 지구 온난화

① 이산화 탄소의 농도와 지구의 평균 기온은 관계가 없다.
② 지구 온난화는 지구의 평균 기온이 올라가면 늦추어진다.
③ 이산화 탄소의 농도가 증가하면 지구 온난화가 심해진다.
④ 지구의 평균 기온이 올라가면 이산화 탄소의 농도는 감소한다.
⑤ 이산화 탄소의 농도는 시간의 흐름에 따라 자연스럽게 감소한다.

02회 지문 익힘 어휘

1 어휘 의미

뜻에 알맞은 낱말을 [보기]에서 찾아 쓰세요.

[보기] 대책 위협 추세 야기하다 수몰되다

(1) ( ): 물속에 잠기다.

(2) ( ): 일이나 사건 등을 일으키다.

(3) ( ): 어려운 상황을 이겨 낼 수 있는 계획.

(4) ( ): 어떤 일이나 현상이 일정한 방향으로 나아가는 경향.

(5) ( ): 무서운 말이나 행동으로 상대방이 두려움을 느끼도록 함.

2 어휘 활용

빈칸에 들어갈 알맞은 낱말을 [보기]에서 찾아 쓰세요.

[보기] 대책 추세 수몰 야기 위협

(1) 우리나라는 노령 인구가 계속 증가하는 ( )이다.

(2) 도심의 극심한 대기 오염은 가로수의 생명을 ( )하고 있다.

(3) 환경 문제의 심각성을 느낀 국가들은 ( )을/를 세워야 한다.

(4) 밀가루의 가격 상승이 빵, 라면, 과자 등의 가격 상승을 ( )하고 있다.

(5) 이번 태풍으로 ( )된 동네의 주민들이 임시로 학교 체육관에서 생활한다.

3 어휘 확장

[보기]에서 밑줄 친 낱말과 바꾸어 쓸 수 있는 낱말은 무엇인가요? ( )

[보기] 그 정치가와 이번 사건이 <u>무관하다</u>고 생각하는 사람들이 많다.

① 친하다 ② 거스르다 ③ 관계있다
④ 상관없다 ⑤ 무심하다

03회

과학 | 생명 과학 글 수준: ★★★★ 어휘 수준: ★★★★ 글자 수: 1109

공부한 날 ( )월 ( )일

15분 안에 푸세요.

㈎ 세균과 바이러스는 우리 몸에 침입해* 질병을 일으키는 대표적인 미생물이다. 결핵, 콜레라, 흑사병 등은 세균에 감염되어 발생하는 질병들이고 천연두, 사스, 메르스, 코로나 등은 바이러스가 원인이 된 질병들이다. 우리는 보통 세균과 바이러스가 동일한* 것이라고 생각하지만 사실 이 둘은 차이가 있다.

㈏ 세균은 '박테리아'라고도 불리는 가장 단순한 형태의 생물로 그 크기가 1~5마이크로미터(㎛)로 바이러스보다 커서 광학 현미경으로도 관찰이 가능하다. 세균은 한 세포 안에서 유전 물질인 DNA*를 똑같이 복제하여* 세포를 둘로 갈라 복제한 DNA를 나누어 갖는 방식으로 증식한다*. 이처럼 세균은 단세포*이지만 스스로 번식*이 가능하기 때문에 생물에 속한다. 또한 양분이 있는 곳 어디에서든 증식할 수 있고 에너지를 만들 수 있으며 진화할* 수 있다. 공기, 흙, 바다뿐만 아니라 우리가 사용하는 침대, 책상, 가방 심지어 우리의 입, 코, 배 속에도 세균이 살고 있다. 이 ㉠세균은 질병을 일으키기도 하지만 인간에게 이로운 것들이 더 많다.

㈐ 1928년 플레밍이 최초로 항생제를 발견하면서 전염병을 일으키는 세균은 몰락*의 길을 걸었다. 항생제로 수많은 감염성 질병을 일으키는 세균을 통제할* 수 있었기 때문이다.

㈑ 바이러스는 핵산*과 단백질인 단순한 구조로 이루어져 있고, 스스로 증식할 수 없다. 그 때문에 살아 있는 다른 생물을 숙주*로 삼아, 그 세포의 DNA를 파괴하고 자신의 유전 물질을 복제하여 번식한다. 바이러스에게 공격당한 세포는 무수히 많은 바이러스를 만들다가 사멸한다*. 이처럼 바이러스는 다른 생물에 의지하지* 않으면 번식할 수 없어 생물인지 무생물인지에 대해 과학적으로 논란*이 있다. 바이러스의 크기는 세균의 약 1,000분의 1정도인 30~700나노미터(㎚)여서 전자 현미경으로만 볼 수 있다. 너무 작아서 몸속에 침투하기* 쉽고 전염성이 매우 강하다.

㈒ 바이러스는 대부분 인간에게 ㉡해로우며 여러 질병의 원인이 된다. 숙주가 있어야 번식할 수 있어 바이러스가 세균에 비해 덜 위협적일 것 같지만, 사실 치료가 더 까다롭다. 지속적*으로 유전자가 구조를 바꾸며 돌연변이*를 일으켜 예측이 불가능하고 항바이러스제도 잘 듣지 않는다. 그래서 백신이 있는 질병이라면 미리 백신을 접종하는 것이 가장 효과적이다.

낱말 풀이

***침입해** 함부로 남의 나라나 영역이나 집에 들어와. ***동일한** 어떤 것과 비교하여 똑같은. ***DNA** 모든 생물의 세포 속에 들어 있으며 유전 정보를 담고 있는 유전자의 본체. ***복제하여** 본래의 것과 똑같이 만들어. ***증식한다** 생물이나 조직 세포 등이 세포 분열을 하여 그 수가 늘어난다. ***단세포** 하나의 세포로 이루어진 생물. ***번식** 생물체의 수나 양이 늘어서 많이 퍼짐. ***진화할** 생물이 오랜 시간에 걸쳐 조금씩 변하면서 점점 복잡한 것으로 발전되어 갈. ***몰락** 망해서 완전히 없어짐. ***통제할** 어떤 방침이나 목적에 따라 행위를 하지 못하게 막을. ***핵산** 생명체에서 생명 유지에 필요한 모든 유전 정보를 포함하고 있는 물질. ***숙주** 기생하는 생물에게 영양을 공급하는 생물. ***사멸한다** 죽어서 없어진다. ***의지하지** 다른 것에 몸을 기대지. ***논란** 여러 사람이 서로 다른 주장을 내며 다툼. ***침투하기** 세균이나 병균 등이 몸속에 들어오기. ***지속적** 어떤 상태가 오래 계속되는 것. ***돌연변이** 유전자의 이상으로 이전에는 없었던 독특한 모습이나 특성이 나타나는 현상.

1
주제 찾기

글쓴이가 이 글을 쓴 목적은 무엇인가요? (   )

① 세균의 이로운 점을 알리려고
② 바이러스와 세균의 차이점을 설명하려고
③ 미생물 병원체를 활용한 치료법을 제안하려고
④ 바이러스와 세균이 유발하는 질병을 밝히려고
⑤ 항생제와 항바이러스제의 중요성을 주장하려고

2
세부 내용

세균에 대한 설명으로 알맞지 <u>않은</u> 것은 무엇인가요? (   )

① 세균은 스스로 번식하고 진화한다.
② 세균은 질병을 일으키는 미생물이다.
③ 세균은 인간에게 이로운 것들이 많다.
④ 세균은 광학 현미경으로 관찰할 수 있다.
⑤ 세균은 박테리아보다 크기가 1,000배 작다.

3
구조 알기

이 글과 같은 방법처럼 글을 쓸 수 있는 주제는 무엇인가요? (   )

① 박물관 관람 방식
② 우리 가족의 얼굴
③ 혈액의 구성 성분
④ 개와 고양이의 특징
⑤ 된장찌개 끓이는 방법

4
적용 창의

㉠을 뒷받침할 사례를 찾는 방법으로 알맞은 것은 무엇인가요? (   )

① 유산균이 몸속에서 하는 역할은 무엇인지 인터넷에서 검색한다.
② 상한 음식을 먹고 식중독에 걸려 치료를 받은 친구를 인터뷰한다.
③ 우리 몸의 면역을 높이는 일의 중요성을 다룬 신문 기사를 읽어 본다.
④ 코로나 19를 예방하기 위해 손을 씻는 방법을 다룬 동영상을 시청한다.
⑤ 독감이 유행하기 전 백신을 접종했을 때의 효과를 나타낸 통계 자료를 조사한다.

5 어휘 어법

[보기]를 참고해 ㉡과 반대되는 뜻을 가진 낱말을 이 글에서 찾아 쓰세요.

> [보기] • 해롭다: 해가 되는 점이 있다.
> 예 다인이가 너에게 해로운 짓은 하지 않을 거야.

( )

6 세부 내용

세균과 바이러스를 비교한 내용으로 알맞지 않은 것은 무엇인가요? ( )

		세균	바이러스
①	번식	자신의 유전자를 복제하여 증식함.	숙주가 있어야 번식할 수 있음.
②	크기	크기가 1~5마이크로미터임.	크기가 30~700나노미터임.
③	치료법	항생제로 치료함.	항바이러스제나 백신을 접종함.
④	특징	단순한 형태를 가진 생물임.	생물인지 무생물인지 논란이 있음.
⑤	일으키는 질병	천연두, 사스, 메르스 등의 질병을 일으킴.	결핵, 콜레라, 흑사병 등의 질병을 일으킴.

수능 연계

7 추론 하기

이 글과 [보기]에서 ㉮의 원인을 짐작한 내용으로 알맞은 것은 무엇인가요? ( )

> [보기] '코로나 19'는 2019년 12월 중국 후베이성 우한시에서 처음 발견된 사람 코로나바이러스 변종이다. 코로나바이러스는 감기 등 호흡기 질환을 일으키는데 주변을 둘러싼 모양이 왕관 모양이어서 '코로나바이러스'라고 부른다.
> ㉮코로나바이러스에 감염되면 열이 나거나 기침, 목의 통증, 호흡 곤란과 같은 호흡기 증상이 나타난다. 환자에 따라 두통, 근육통, 춥고 떨리는 오한, 가슴 통증, 설사 등의 증상이 나타나기도 하며, 증상이 없거나 약해서 감염 사실을 스스로 알기가 어려운 경우도 있다. 코로나 19에 걸리지 않으려면 손을 자주 씻고 눈, 코, 입을 만지지 않는 것이 좋다. 또한 마스크를 끼면 바이러스의 전염 예방에 도움이 될 수 있다.

① 몸속에 침입한 코로나바이러스가 이로운 형태로 바뀌었겠군.
② 단세포인 코로나바이러스가 세포 안에서 DNA를 복제했겠군.
③ 항생제로 코로나바이러스의 세포벽을 파괴하여 사멸시켰겠군.
④ 코로나바이러스가 숙주에 들어가 자신의 유전 물질을 복제했겠군.
⑤ 크기가 작은 코로나바이러스가 공기 중에 노출되어 전염 속도가 느려졌겠군.

03회 지문 익힘 어휘

1
어휘 의미

뜻에 알맞은 낱말을 찾아 선으로 이으세요.

(1) 다른 것에 몸을 기대다.	㉮ 논란
(2) 어떤 것과 비교하여 똑같다.	㉯ 침투하다
(3) 세균이나 병균 등이 몸속에 들어오다.	㉰ 동일하다
(4) 여러 사람이 서로 다른 주장을 내며 다툼.	㉱ 의지하다
(5) 생물이나 조직 세포 등이 세포 분열을 하여 그 수가 늘어나다.	㉲ 증식하다

2
어휘 활용

밑줄 친 낱말의 쓰임이 알맞지 않은 것은 무엇인가요? (　　　)

① 덥고 습한 여름에는 세균이 증식하기 쉽다.
② 상처 난 곳에 병균이 침투하여 주사를 맞게 되었다.
③ 다른 사람에게 자신의 주장을 따르라고 의지해야 한다.
④ 청소 당번을 정하는 문제로 학급 회의 시간에 논란이 벌어졌다.
⑤ 알고 보니 도서관에서 빌린 책과 삼촌이 주신 책이 동일한 책이었다.

3
어휘 확장

밑줄 친 낱말과 반대되는 뜻을 가진 낱말을 [보기]에서 찾아 기호를 쓰세요.

바이러스에게 공격당한 세포는 무수히 많은 바이러스를 만들다가 사멸한다.

[보기] ㉮ 생겨나다: 없던 것이 있게 되다.
㉯ 마련하다: 어떤 물건이나 상황을 준비하여 갖추다.
㉰ 사라지다: 어떤 현상이나 물체의 자취 등이 없어지다.

(　　　　　　　)

04회

기술 | 첨단 기술 글 수준: ★★★★ 어휘 수준: ★★★★ 글자 수: 1200

공부한 날 [ ] 월 [ ] 일

15분 안에 푸세요.

(가) 팬데믹*으로 인해 대면* 소통이 어려워지자, 국내의 한 대학교는 플랫폼*을 통해 신입생 입학식을 가상 공간에서 진행했다. 또한 케이 팝 스타인 BTS는 메타버스 공간에서 신곡을 발표했다. 이처럼 가상 현실은 에스에프(SF) 영화의 소재만이 아니라 최근에는 ㉠'메타버스'라는 이름으로 넓은 범위에서 활용되고 있다.

(나) '메타버스'는 '초월*, 가상'이라는 의미의 '메타'와 '세계'를 뜻하는 '유니버스'가 합쳐진 말로, 현실 세계와 가상 세계가 상호 작용할 수 있고 가상 세계에서 현실에서의 일이나 생활을 영위할* 수 있는 공간이다. 즉, 메타버스에서는 현실에서 가능한 일이 가상 세계에서도 동일하게 이루어진다. 처음에 가상 세계와 현실 세계는 서로의 경계가 분명했다. 그러나 점차 기술이 발달하면서 그 경계가 모호해지고* 두 세계가 서로 영향을 주고받는 수준에까지 이르렀다. 현재는 현실에서 이루어지는 많은 경제 활동이나 음악 공연, 사회적 모임 등이 메타버스에서 이루어진다.

(다) 메타버스는 크게 네 가지 유형으로 구분한다. 첫 번째는 증강* 현실이다. 증강 현실은 우리가 사는 현실에 컴퓨터 그래픽으로 특수 효과를 입히는 기술이다. 이것을 활용하면 현실에서 경험하기 어려운 것을 편리하고 새롭게 체험할 수 있다. 스마트폰 앱을 켜고 특정 장소에 가서 가상 현실 속 괴물을 잡는 '○○○ 고' 게임이 대표적인 예이다. 두 번째는 삶의 기록 즉, 라이프로깅이다. 그것은 개인의 일상을 기록하고 저장하며 공유하는* 것을 말하는데, 누리 소통망 서비스(SNS)나 브이로그 등이 있다. 또 시계처럼 착용하는 밴드나 피부에 부착하는* 센서 등으로 실시간 생체 정보를 기록하는 것도 이에 해당한다. 세 번째는 거울 세계이다. 가상 공간에 실제 세계의 모습이나 정보, 구조 등을 가져가 복사하듯이 재현하되* 정보를 더욱 확장시킨* 가상 세계를 말한다. 온라인 지도나 원격 회의 등이 그 예이다. 마지막으로 가상 세계가 있는데, 현실처럼 만들어진 완성된 형태의 세계이다. 이 속에서 사용자들은 아바타*를 통해 현실에서와 똑같은 생활을 한다. 각종 온라인 게임이 여기에 속한다.

(라) 기술의 발전과 함께 메타버스에 대한 관심은 점점 높아지고 있다. 메타버스는 현실을 복제하기 때문에 저작권 문제, 가상 세계에서 사용하는 가상 화폐*로 인한 불법 거래*나 탈세* 같은 경제적 문제도 발생할 수 있다. 특히 아바타로 인해 발생하는 명예 훼손*이나 모욕*같은 윤리적 문제도 앞으로 해결해야 할 과제이다. 그러나 메타버스는 [㉡]

낱말 풀이

*팬데믹 전염병이 전 세계적으로 크게 유행하는 상태를 말함. *대면 직접 얼굴을 보며 만남. *플랫폼 정보 시스템 환경을 만들고 개방하여 누구나 다양하고 방대한 정보를 쉽게 활용할 수 있도록 제공하는 기반 서비스. *초월 현실적이고 정상적인 한계를 뛰어넘음. *영위할 일이나 생활을 이끌어 나갈. *모호해지고 어떤 말이나 태도가 정확하게 무엇을 뜻하는지 분명해지지 않고. *증강 수나 양을 늘려서 더 강하게 함. *공유하는 두 사람 이상이 어떤 것을 함께 가지고 있는. *부착하는 떨어지지 않게 붙이거나 다는. *재현하되 다시 나타내되. *확장시킨 시설, 사업, 세력 등이 늘어나서 넓게 한. *아바타 가상 현실에서 자신의 역할을 대신하는 캐릭터. *가상 화폐 가상 공간에서만 사용할 수 있는 화폐. *불법 거래 법에 어긋나게 주고받거나 사고파는 것. *탈세 납세자가 세금의 전부 또는 일부를 내지 않음. *훼손 가치나 이름, 체면 등을 상하게 함. *모욕 낮추어 보고 창피를 주고 불명예스럽게 함.

1 주제 찾기

글쓴이가 이 글을 쓴 목적은 무엇인가요? (　　　)

① 메타버스의 의미와 특징을 설명하려고
② 메타버스의 위험을 알리고 경고하려고
③ 메타버스가 발전해 온 과정을 알리려고
④ 메타버스가 앞으로 나아가야 할 방향을 소개하려고
⑤ 메타버스에 많은 경제적 지원이 필요하다는 것을 주장하려고

2 세부 내용

이 글에서 알 수 <u>없는</u> 내용은 무엇인가요? (　　　)

① 메타버스의 뜻
② 메타버스의 종류
③ 메타버스의 활용
④ 메타버스의 문제점
⑤ 메타버스의 개발자

3 세부 내용

메타버스에 대한 설명으로 알맞지 <u>않은</u> 것은 무엇인가요? (　　　)

① 현재 여러 분야에서 활용되고 있다.
② 현실처럼 만들어진 완성된 형태의 세계이다.
③ 현실 복제로 인한 저작권 문제가 있을 수 있다.
④ 경제 활동에서 현실과 동일한 화폐가 사용된다.
⑤ 현실 세계의 일이 가상 세계에서도 동일하게 벌어진다.

4 구조 알기

글 ㈐의 짜임과 <u>같은</u> 문장은 무엇인가요? (　　　)

① 운동장은 낮에는 북적대지만 밤이 되면 매우 조용하다.
② 집으로 와서는 손을 닦고, 우유를 마신 뒤 숙제를 시작했다.
③ 감기와 독감은 모두 바이러스에 의해 생긴다는 공통점이 있다.
④ 사람들이 마구 버린 쓰레기로 인해 바다 생물들의 생존이 위협받고 있다.
⑤ 레몬은 첫째, 비타민 시(C)가 풍부하며, 둘째, 피부 미용에 좋고, 셋째, 다이어트에 좋다.

5 추론하기

㉠의 사례로 알맞지 않은 것은 무엇인가요? (　　　)

① 스마트폰으로 병원에 입원하신 할머니와 통화를 했어.
② 100미터 달리기를 한 후 스마트 시계에서 맥박을 확인했어.
③ 독감에 걸려서 동네 이비인후과 선생님께 원격으로 진료를 받았어.
④ 브이아르(VR) 고글을 쓰고 가상으로 꾸며진 곳에서 번지 점프를 했어.
⑤ 온라인 회의로 전 세계 과학자들이 모여 환경 보호를 위한 방법을 고민했어.

6 추론하기

㉡에 들어갈 내용으로 알맞은 것은 무엇인가요? (　　　)

① 지나친 기술 발전의 위험을 사람들에게 경고하고 있다.
② 실제 현실을 무시하고 가상 현실만을 중요하게 여기고 있다.
③ 가상 세계에서 발생한 심각한 문제를 바로잡지 못하고 있다.
④ 기술의 발전과 함께 사람들의 무관심 속에 그 한계를 드러내고 있다.
⑤ 여전히 사람들이 사는 현실 세계를 디지털 세계로 계속해서 확장하고 있다.

수능 연계

7 적용 창의

이 글의 독자가 [보기]를 읽은 후의 반응으로 알맞지 않은 것은 무엇인가요? (　　　)

> [보기] 스티븐 스필버그 감독의 영화「레디 플레이어 원」은 메타버스의 세상을 그린 영화이다. 영화의 배경은 2045년으로 이 영화에서 사람들은 대부분의 시간을 '오아시스'라는 게임 속 가상 세계에서 생활한다. 사람들은 '오아시스'에서 게임을 하며 돈을 벌고 이 돈을 현실에서 사용한다.

① 아바타를 사용하면 윤리적 문제가 생길 수도 있겠군.
② 실제 공간 위에 가상 정보를 겹쳐 '오아시스'를 만들었겠군.
③ '오아시스'는 메타버스의 유형 중 '가상 세계'에 해당하는군.
④ 사람들은 '오아시스' 속 가상 세계에서 현실과 동일하게 생활하겠군.
⑤ '오아시스'에서 사람들은 가상 화폐로 인한 경제적 문제를 겪을 수 있겠군.

04회 지문 익힘 어휘

1 어휘 의미

낱말과 그 뜻이 알맞게 짝 지어지지 <u>않은</u> 것은 무엇인가요? (　　　)

① 재현하다: 다시 나타내다.
② 대면: 직접 얼굴을 보며 만남.
③ 부착하다: 떨어지지 않게 붙이거나 달다.
④ 공유하다: 두 사람 이상이 어떤 것을 함께 가지고 있다.
⑤ 영위하다: 시간이 오래 지나도 변하지 않고 무한히 계속되다.

2 어휘 활용

빈칸에 들어갈 알맞은 낱말을 [보기]에서 찾아 쓰세요.

[보기]　대면　영위　부착　재현　공유

(1) 친구와 읽은 책의 제목을 (　　　　　　)하기로 했다.
(2) 입학식 날 지훈이는 나와의 (　　　　　　)을/를 어색해했다.
(3) 용돈 기입장을 쓰면 계획적인 소비 생활을 (　　　　　　)할 수 있다.
(4) 학생회장 선거에 나온 후보 명단이 복도 게시판에 (　　　　　　)되어 있다.
(5) 작년의 산사태 사고를 (　　　　　　)하지 않기 위해서는 폭우와 폭풍에 대한 대비를 철저히 해야 한다.

3 어휘 확장

[보기]의 내용과 관계있는 한자 성어는 무엇인가요? (　　　)

[보기] 메타버스에서는 현실에서 가능한 일이 가상 세계에서도 동일하게 이루어진다. 처음에 가상 세계와 현실 세계는 서로의 경계가 분명했다. 그러나 점차 기술이 발달하면서 그 경계가 모호해지고 두 세계가 서로 영향을 주고받는 수준에까지 이르렀다.

① 이심전심(以心傳心): 마음과 마음으로 서로 뜻이 통함.
② 고진감래(苦盡甘來): 힘든 일이 끝난 후에 즐거운 일이 생김.
③ 온고지신(溫故知新): 옛것을 익히고 그것을 통해서 새로운 것을 앎.
④ 목불인견(目不忍見): 눈앞에 벌어진 상황을 차마 눈 뜨고 볼 수 없음.
⑤ 괄목상대(刮目相對): 상대방의 능력이나 성과가 놀랄 정도로 매우 좋아짐.

05회

예술·체육 | 미술 글 수준: ★★★ 어휘 수준: ★★★ 글자 수: 1077

공부한 날 ( )월 ( )일

13분 안에 푸세요.

㈎ 미국의 건축가이자 노스캐롤라이나 유니버설 디자인 센터 소장을 역임한* 로널드 메이스는 '유니버설 디자인'이라는 용어를 처음 사용한 사람이다. 그는 아홉 살 때 척수성 소아마비*의 영향으로 1급 중증 장애인이 되었고, 그때부터 특정한* 몇몇 사람이 아닌 많은 사람들에게 편리한 디자인을 고민하게 되었다. 그럼 그가 말한 유니버설 디자인은 무엇일까?

㈏ ㉠<u>유니버설 디자인이란 '모든 사람들을 위한 디자인'으로 장애*의 유무나 성별, 연령, 국적, 문화적 배경 등에 상관없이 누구나 손쉽게 사용할 수 있는 제품, 건축, 환경, 서비스 등을 만드는 디자인을 말한다.</u>

㈐ 1970년대 장애인을 위한 복지로서 주창된* 유니버설 디자인은 다양성을 존중하고 사회 복지를 중시했다. 최근에는 장애인뿐 아니라 노인, 어린이, 임산부 등 사회적 약자*를 배려하는 디자인으로 확장되었다. 즉, 유니버설 디자인은 사회적 약자만을 위한 디자인이 아니라 모든 사회 구성원이 사용할 수 있도록 한 디자인이다. 그래서 장애를 가진 사람은 물론이고, 임산부, 아기를 동반한 부모, 일시적* 질병을 지닌 사람까지 고려하여* 현대인의 삶의 질을 개선하기* 위해 보편적 디자인을 적용한다.

㈑ 실내 바닥이 낮아, 휠체어를 타고 편하게 탑승할 수 있는 저상 버스는 유니버설 디자인의 대표적 사례라고 할 수 있다. 공공 도서관의 키 높이가 다른 다양한 책장, 높이를 조절할 수 있는 신문대 역시 키가 작은 어린이나 휠체어를 탄 장애인들이 쉽게 책과 신문을 이용하게 한 유니버설 디자인에 해당한다. 이 외에도 계단을 없애고 오르막 을 설치한 건물 입구, 시각 장애인을 위한 오디오북, 센서 수도꼭지, 미끄럼 방지를 위해 코팅한* 주방 기구, 날개 없는 선풍기, 공중화장실의 기저귀 교환대 등도 모두 유니버설 디자인의 사례이다.

㈒ 이전에는 특정 사용자들을 따로 고려하여 설계하느라 추가 비용을 지불해야* 했다. 하지만 유니버설 디자인은 모든 사람들이 편리하게 사용할 수 있는 도구나 시설을 처음부터 계획하고 설계함으로써 사회적으로 비용을 절감할* 수 있다. 무엇보다 우리 사회의 시설이나 환경을 누구나 편리하고 안전하게 이용할 수 있도록 변화시켜 장애인, 노인 등 사회적 약자들이 공평하게 참여하고 누릴 수 있게 한다.

낱말 풀이

* **역임한** 여러 직위를 두루 거쳐 지낸. * **척수성 소아마비** 소아마비를 일으키는 바이러스의 감염으로 인한 급성 전염병. * **특정한** 특별히 정하여져 있는. * **장애** 신체 기관이 제 기능을 하지 못하거나 정신 능력이 완전하지 못한 상태. * **주창된** 주의나 사상이 앞장서서 주장된. * **사회적 약자** 사회의 구성원 중 사회적으로 힘이 없어 약자의 위치에 있는 사람들. * **일시적** 짧은 기간 동안의. * **고려하여** 생각하고 헤아려 보아. * **개선하기** 부족한 점, 잘못된 점, 나쁜 점 등을 고쳐서 더 좋아지게 하기. * **코팅한** 물체의 겉면을 엷은 막으로 입힌. * **지불해야** 돈을 내거나 값을 치러야. * **절감할** 아껴서 줄일.

1 구조 알기

이 글에 대한 설명으로 알맞은 것은 무엇인가요? (　　　)

① 유니버설 디자인의 한계와 개선 방안을 제시하고 있다.
② 유니버설 디자인의 구성 요소와 각각의 기능을 설명하고 있다.
③ 유니버설 디자인의 의미와 사례를 제시하고 가치를 설명하고 있다.
④ 유니버설 디자인이 발전하는 과정을 시간의 순서로 배열하고 있다.
⑤ 유니버설 디자인의 구체적인 종류를 일정한 기준에 따라 분류하고 있다.

2 세부 내용

이 글의 내용과 일치하지 않는 것은 무엇인가요? (　　　)

① 유니버설 디자인을 하려면 추가 비용이 있어야 한다.
② 유니버설 디자인은 약자들이 편리하게 이용할 수 있다.
③ 유니버설 디자인은 모든 사회 구성원들이 사용할 수 있다.
④ 로널드 메이스는 유니버설 디자인이라는 용어를 처음 사용했다.
⑤ 유니버설 디자인은 처음부터 모든 사람들이 이용할 수 있게 계획되어 비용을 절감할 수 있다.

3 주제 찾기

글 ㈎~㈒의 중심 내용으로 알맞지 않은 것은 무엇인가요? (　　　)

① 글 ㈎: 유니버설 디자인의 역사
② 글 ㈏: 유니버설 디자인의 정의
③ 글 ㈐: 유니버설 디자인의 확장
④ 글 ㈑: 유니버설 디자인의 사례
⑤ 글 ㈒: 유니버설 디자인의 장점

4 구조 알기

글 ㈎에 대한 설명으로 알맞은 것은 무엇인가요? (　　　)

① 질문을 통해 말할 내용을 제시하고 있다.
② 일정한 기준에 따라 대상을 나누어 제시하고 있다.
③ 구체적인 예를 들어 내용에 대한 이해를 돕고 있다.
④ 대상을 유사한 성격을 지닌 다른 상황에 빗대고 있다.
⑤ 관용 표현을 사용하여 내용을 인상 깊게 전달하고 있다.

5 ㉠으로 보아 유니버설 디자인이 중요하게 생각하는 것은 무엇인가요? (　　　　)

추론하기

① 아름다운 디자인　　② 색감이 다양한 디자인
③ 사용량이 적은 디자인　　④ 차별하지 않는 디자인
⑤ 환경을 보호하는 디자인

6 글 ㈏에 [보기]의 자료를 추가할 때 얻을 수 있는 효과는 무엇인가요? (　　　　)

추론하기

> [보기] 유니버설 디자인의 핵심은 사용하는 사람들의 폭을 넓히는 것이다. 그래서 ○○대 시스템 공학과 이 모 교수는 "장벽이 있는 환경에 무언가를 덧대고 장비를 추가하는 것이 아니라, 처음부터 환경 내에 장벽이 없도록 만드는 것이 유니버설 디자인"이라고 설명한다.

① 글의 형식을 잘 드러낼 수 있다.
② 글을 더 쉽고 빠르게 읽을 수 있다.
③ 주제와 내용을 긴밀하게 연결할 수 있다.
④ 글의 내용이 진실하다고 믿을 수 있게 한다.
⑤ 개념의 실제 사례를 제시해 이해를 쉽게 한다.

수능 연계

7 이 글의 독자가 [보기]를 이해한 내용으로 알맞지 않은 것은 무엇인가요? (　　　　)

적용창의

[보기]

㉮ 저상 버스

㉯ 일반 버스

① ㉮는 계단이 없고 실내 바닥이 낮겠군.
② ㉮는 ㉯에 비해 편리하게 사용할 수 있겠군.
③ ㉮와 ㉯ 모두 환경적 제약이 있을 수 있겠군.
④ ㉮는 누구든 편리하게 평등한 입장에서 사용할 수 있겠군.
⑤ ㉯는 어떤 사용 조건에서는 충분한 공간이 제공되기 어렵겠군.

정답 11쪽

05회 지문 익힘 어휘

1

어휘 의미

낱말에 알맞은 뜻을 찾아 선으로 이으세요.

(1) 일시적 ● ● ㉮ 아껴서 줄이다.

(2) 절감하다 ● ● ㉯ 짧은 기간 동안의.

(3) 역임하다 ● ● ㉰ 돈을 내거나 값을 치르다.

(4) 주창되다 ● ● ㉱ 여러 직위를 두루 거쳐 지내다.

(5) 지불하다 ● ● ㉲ 주의나 사상이 앞장서서 주장되다.

2

어휘 활용

빈칸에 들어갈 알맞은 낱말을 [보기]에서 찾아 쓰세요.

[보기] 절감 일시적 주창 역임 지불

(1) 나는 책값을 ( )하고 서점을 급히 나왔다.

(2) 민주주의는 우리나라 역사에서 꾸준히 ( )되어 왔다.

(3) 그는 여러 직위를 두루 ( )하고 그 회사의 대표가 되었다.

(4) 에너지 ( )을/를 위해 체육 시간에는 교실의 전등을 끄고 나가자.

(5) 의사 선생님께서 감기약을 먹어도 ( )(으)로 머리가 아플 수 있다고 말씀하셨다.

3

어휘 확장

밑줄 친 낱말의 뜻을 [보기]에서 찾아 기호를 쓰세요.

[보기] • 장애(障礙): ㉮ 통신에서 신호의 전송을 방해하는 잡음이나 혼신 등의 물리적 현상.
㉯ 신체 기관이 제 기능을 하지 못하거나 정신 능력이 완전하지 못한 상태.
㉰ 가로막아서 어떤 일을 하는 데 거슬리거나 방해가 됨. 또는 그런 일이나 물건.

(1) 루미의 소심한 성격은 친구를 사귀는 데 <u>장애</u>가 되었다. ( )

(2) 오늘은 은행의 전산 <u>장애</u>로 인터넷 뱅킹에 접속할 수 없다. ( )

(3) 그 선수는 청각 <u>장애</u>를 가지고 태어났지만 훌륭한 축구 선수가 되었다. ( )

先

먼저 선

'선(先)' 자는 '먼저'나 '미리'라는 뜻을 가지고 있어요. 발 지(止) 자와 사람 인(人)자가 합쳐져 사람보다 발이 먼저 나가는 모습을 표현했어요.

● 다음 획순에 따라 한자를 따라 쓰세요.

先 丿 𠂉 ⺧ 生 𠂒 先

先 先 先

선두 先頭
(먼저 선, 머리 두)

줄이나 행렬, 활동 등에서 맨 앞.
예 우리 모둠이 재활용품 모으기에서 선두를 달리고 있다.
비슷한말 앞장

선배 先輩
(먼저 선, 무리 배)

같은 분야에서 자기보다 먼저 활동하여 경험이나 지위 등이 더 앞선 사람.
예 입학식 때는 항상 선배들이 신입생을 맞아 준다.
반대말 후배(後輩): 같은 분야에서 자기보다 늦게 일을 시작한 사람.

선진국 先進國
(먼저 선, 나아갈 진, 나라 국)

다른 나라보다 정치, 경제, 문화 등의 발달이 앞선 나라.
예 얼마 전 우리나라는 선진국 대열에 올랐다.

Q 빈칸에 공통으로 들어갈 한자는 무엇인가요? (　　　)

□두　　□배　　□진국

① 先　② 善　③ 後　④ 中　⑤ 大

① 답

2주

06회

인문 | 심리　글 수준: ★★★　어휘 수준: ★★★　글자 수: 1132

공부한 날 　월 　일

14분 안에 푸세요.

(가) 누구나 어릴 때 한 번쯤은 '엄마 손은 약손'이 가진 위력*을 경험했을 것이다. 예를 들어 배가 아팠는데 '엄마 손'이 계속 쓰다듬어 주니 아픈 것이 싹 나았던 경험 말이다. 이것을 심리학*에서는 '플라세보 효과'라고 한다. 실제로는 아무 효과가 없지만 받아들이는 사람의 기대에 의해 ㉠긍정적 효과가 나타나는 경우를 말한다.

(나) '플라세보'라는 말은 '마음에 들다, 기쁘게 하다.'라는 뜻을 가진 라틴어에서 유래되었다. 우리말로는 위약* 또는 가짜 약이라는 뜻이다. 여기서 파생된* 플라세보 효과는 의사가 환자에게 가짜 약을 주면서 진짜 약이라고 말하면 환자의 긍정적인 믿음으로 정말로 병세*가 호전되는* 현상이다. 이것은 환자에게 필요한 처방을 했는데도 환자의 불신* 때문에 효과를 보지 못하거나 부작용*이 생기는 '노시보 효과'와 대비된다*.

(다) 플라세보 효과는 약품이 나타나기 훨씬 전인 고대부터 이어져 온 것으로 역사가 아주 오래되었다. 이 효과는 1807년 한 외과 의사의 가짜 약 처방으로부터 시작되었다. 이후 제1차 세계 대전 때에 부족한 약을 대체하기* 위해 쓰이면서 본격화되었다*. 이러한 플라세보 효과는 의학 영역을 뛰어넘어 일상생활의 전 영역에서 광범위하게 쓰여 왔다. 오늘날에는 플라세보 효과에 의한 처방은 금지되고, 신약을 개발할 때 플라세보 효과를 적용한 집단과 그렇지 않은 집단을 비교하기 위한 임상 실험*에만 제한적*으로 사용되고 있다.

(라) '엄마 손은 약손'의 경우도 과거에는 심리적 요인에 의한 대표적 플라세보 효과로 여겨졌다. ㉡어린아이가 배앓이를 할 때 엄마가 따뜻한 손으로 쓰다듬어 주면 통증이 덜 할 것이라고 믿기 때문에 긍정적 효과가 나타난다는 것이다. 그런데 최근 들어 '엄마 손은 약손'의 과학적 효과를 입증하는* 결과들이 속속* 등장하고 있다.

(마) 2002년에 스웨덴과 캐나다의 과학자들은 '엄마의 사랑이 담긴 손이 실제로 고통을 줄어들게 하는 효과가 있다.'는 것을 증명하여 과학 잡지 『네이처』에 발표했다. 그들은 사람의 몸에 엄마의 접촉 등 특별한 감정을 느끼는 특수 신경조직이 있다는 것을 밝혀냈다. 2012년에는 미국 캘리포니아대 연구팀에서 초파리 실험을 통해 '엄마 손은 약손'의 효능을 더욱 구체적으로 증명하였다. 연구팀은 초파리 유충의 특수한 단백질이 부드러운 촉각에 반응한다는 사실을 밝혀내 『네이처』에 발표했다.

낱말 풀이

* **위력** 상대방을 눌러 꼼짝 못 하게 할 만큼 매우 강력함. * **심리학** 인간이나 동물의 의식과 행동을 연구하는 학문. * **위약** 환자에게 심리적 효과를 얻도록 하려고 주는 가짜 약. * **파생된** 사물이 어떤 근원으로부터 갈려 나와 생기게 된. * **병세** 병의 증세나 상태. * **호전되는** 병의 증세가 나아지게 될. * **불신** 믿지 않음. * **부작용** 약을 사용했을 때 나타나는, 원래 효과 이외의 좋지 않은 작용. * **대비된다** 두 가지의 차이를 알아보기 위해 서로 비교된다. * **대체하기** 비슷한 다른 것으로 바꾸기. * **본격화되었다** 모습을 제대로 갖추고 적극적으로 이루어지게 되었다. * **임상 실험** 어떤 병의 증상이나 진행 단계를 알아보고 치료하기 위해 환자를 대상으로 이루어지는 실험. * **제한적** 일정한 정도나 범위를 정하거나, 그 정도나 범위를 넘지 못하게 막는 것. * **입증하는** 증거를 들어서 어떤 사실을 증명하는. * **속속** 이어서 계속.

1 주제 찾기

글 ㈎~㈐의 중심 내용으로 알맞지 않은 것은 무엇인가요? (　　　)

① 글 ㈎: 플라세보 효과의 뜻
② 글 ㈏: 플라세보 효과의 어원
③ 글 ㈐: 플라세보 효과의 역사
④ 글 ㈑: '엄마 손은 약손'이 거짓인 까닭
⑤ 글 ㈒: '엄마 손은 약손'의 과학적 근거

2 세부 내용

이 글의 내용과 일치하지 않는 것은 무엇인가요? (　　　)

① 현재는 플라세보 효과에 의한 처방이 완전히 없어졌다.
② '엄마 손은 약손'은 과거 대표적인 플라세보 효과의 사례였다.
③ 플라세보 효과는 고대부터 이어져 온 것으로 역사가 오래되었다.
④ 과학계에서도 최근 '엄마 손은 약손'의 효능을 인정하기 시작했다.
⑤ 과학자들이 부드러운 촉각에 반응하는 단백질을 발견해서 '엄마 손은 약손'의 효능을 밝혀냈다.

3 어휘 어법

㉠과 반대되는 뜻을 가진 낱말은 무엇인가요? (　　　)

① 심리적　② 의학적　③ 부정적
④ 제한적　⑤ 포괄적

4 세부 내용

[보기]의 내용과 관계있는 말을 이 글에서 찾아 쓰세요.

[보기]
- '기쁨을 주다' 혹은 '즐겁게 하다'라는 라틴어에서 유래되었다.
- 의사가 효과 없는 가짜 약을 환자에게 주었는데, 환자가 좋아질 것이라는 기대와 믿음을 가져서 실제로 병이 낫는 현상이다.
- 새 약품을 개발할 때 해당 약이 실제 신체에 효과가 있는지 보이기 위해 흔히 가짜 약을 투여한 집단과 진짜 약을 투여한 집단의 효과를 서로 비교할 때 쓰인다.

(　　　　　　　　　　　　)

5 구조 알기

글 ㈏에서 사용한 설명 방법이 쓰인 문장은 무엇인가요? (   )

① 사과는 사과나무의 열매를 의미한다.
② 구기 종목에는 축구, 배구, 야구, 농구 등이 있다.
③ 사자는 주로 낮에 활동하고, 호랑이는 주로 밤에 활동한다.
④ 태권도와 택견은 우리나라 고유의 무술이라는 공통점이 있다.
⑤ 악기는 소리를 내는 방법에 따라 현악기, 타악기, 관악기로 나눌 수 있다.

6 적용 창의

㉡과 비슷한 경험으로 알맞은 것은 무엇인가요? (   )

① 갑자기 다리가 아팠는데 자고 일어나니 나았어.
② 운동하다가 상처가 났는데 약을 발랐더니 나았어.
③ 감기약을 먹었는데 오히려 두드러기가 나서 병원에 갔어.
④ 체해서 할머니께서 손을 따 주셨는데 낫지 않아서 밤새 고생했어.
⑤ 평소에 멀미를 하는데 엄마가 효과가 있다고 준 사탕을 먹고 멀미를 하지 않았어.

수능 연계

7 비판하기

이 글의 독자가 [보기]를 읽고 난 반응으로 알맞은 것은 무엇인가요? (   )

> [보기] 1950년대 포르투갈 리스본 항구에 도착한 배의 냉동 창고에서 한 선원의 시체가 발견되었다. 동료의 실수로 냉동 창고에 갇힌 그는 영하의 온도라고 생각해 얼어 죽은 것이다. 나중에 보니 냉동 창고의 전원은 꺼져 있었고, 물건을 다 빼내고 난 뒤라 공기도 충분했다.

① [보기]는 플라세보 효과의 예라고 할 수 있군.
② [보기]는 노시보 효과를 설명하는 예라고 할 수 있어.
③ [보기]는 '엄마 손은 약손'의 효능을 보여 주는 예라고 할 수 있어.
④ [보기]는 인간의 정신력이 얼마나 위대한지를 보여 주는 예라고 볼 수 있어.
⑤ [보기]는 다른 나라에서는 냉동 창고를 얼마나 철저히 관리하는지 보여 주고 있어.

06회 지문 익힘 어휘

1

어휘 의미

낱말 뜻에 알맞은 낱말을 낱말 카드로 만들어 쓰세요.

체	작	호	용	파	대	전	생	부

(1) 병의 증세가 나아지게 되다. → ☐☐되다

(2) 비슷한 다른 것으로 바꾸다. → ☐☐하다

(3) 사물이 어떤 근원으로부터 갈려 나와 생기게 되다. → ☐☐되다

(4) 약을 사용했을 때 나타나는, 원래 효과 이외의 좋지 않은 작용. → ☐☐☐

2

어휘 활용

빈칸에 들어갈 알맞은 낱말을 찾아 선으로 이으세요.

(1) 영어는 라틴어에서 ☐된 언어이다. •

(2) 모든 약에는 ☐이/가 있을 수 있으므로 사용 방법에 주의해야 한다. •

(3) 할아버지께서는 증상이 많이 ☐되셔서 다음 달이면 퇴원하실 것이다. •

(4) 세계 여러 나라에서는 화석 연료를 ☐할 연료를 찾기 위해 노력하고 있다. •

• ㉮ 호전

• ㉯ 대체

• ㉰ 파생

• ㉱ 부작용

3

어휘 확장

두 낱말의 관계가 [보기]와 같은 것은 무엇인가요? (　　　)

[보기] 영양소 – 단백질

① 시각 – 청각

② 모기 – 파리

③ 책상 – 의자

④ 교통수단 – 지하철

⑤ 감각 기관 – 신경 기관

07회

사회 | 지리 글 수준: ★★★ 어휘 수준: ★★★ 글자 수: 1049

공부한 날 ( )월 ( )일

13분 안에 푸세요.

▲ 독도

(가) 독도는 두 개의 큰 섬인 동도와 서도, 그리고 89개의 크고 작은 섬들로 구성된 우리나라의 영토*로, 오천 년을 이어온 민족의 자존심을 간직한 땅이다. 현재 우리 국민이 살고 있고, 우리 주권*이 미치는 공간이며 국제법상으로 대한민국의 실효적* 지배를 받는 곳이다. 그럼에도 일본은 일제 강점기의 아픈 역사를 빌미* 삼아 터무니없는 영토 분쟁을 일삼고* 있다. 그러므로 우리는 독도를 지켜내기 위해 독도의 가치를 제대로 알 필요가 있다.

(나) 먼저, 독도는 한반도 동쪽 끝 군사적 ㉠요충지*에 자리 잡고 있어서 군사·안보적* 가치가 크다. 독도가 위치한 지점은 동북아시아에 있는 주요 나라들의 군사력이 교차하는 곳이다. 이곳에서는 러시아와 일본의 동향은 물론 분단으로 대치* 중인 북한의 해군과 공군의 이동 상황을 손쉽게 파악할 수 있다. 독도는 우리 국토로서 한반도의 영해*와 영공*을 넓히는 중요한 섬인 것이다.

(다) [㉮] 독도는 천혜*의 자원이 풍부해서 경제적 가치가 크다. 독도 주변 바다는 한류와 난류가 만나 플랑크톤이 풍부하기 때문에 다양한 수산물과 해조류를 얻을 수 있다. 또한, 주변 바다에는 천연가스를 비롯한 광물 자원이 풍부하고, 울릉도-독도를 연계한* 관광 상품은 훌륭한 관광 자원이 된다. 그런데 현재 독도는 국제법상으로 섬이 아닌 암석으로 분류되어 있다. 그래서 우리나라와 일본은 '배타적 경제 수역*'을 정하지 못해서 일본과 공동으로 수역을 설정해 조업하고* 있다.

(라) 마지막으로, 독도는 섬 전체가 천연기념물 제336호 '독도 천연 보호 구역'으로 지정되어 있어서 생태적* 가치가 크다. 여러 차례의 화산 활동으로 생긴 바위섬인 독도에는 희귀한* 동식물들과 해조류가 산다. 동북아시아에서만 볼 수 있는 슴새, 바다제비, 괭이갈매기뿐 아니라 130여 종의 곤충과 160여 종의 조류가 함께 살고 있다. 또한 독도에는 60여 종의 식물들을 비롯해 바다 밑에도 수많은 해조류와 해양생물들이 서식하고 있다.

(마) 이렇게 다양한 가치를 가지는 독도는 우리의 소중한 국토이다. 우리 땅 독도의 소중한 가치를 깊이 가슴에 새기고* 독도에 대한 정확한 지식을 갖도록 노력해야 한다. 또, 일본의 영유권* 주장에 단호하게 대처하며, ㉡세계에 독도를 바르게 알려야 한다.

낱말 풀이

* **영토** 국가의 주권이 미치는 육지의 범위. * **주권** 다른 나라의 간섭 없이 나라의 중요한 일을 스스로 결정하는 권리. * **실효적** 실제로 효과가 나타나는. * **빌미** 어떤 일을 하기 위한 핑계. * **일삼고** 좋지 않은 일을 계속하고. * **요충지** 교통이나 상업, 군사적인 면에서 아주 중요한 지역. * **안보적** 편안히 보전되는. * **대치** 서로 맞서서 버팀. * **영해** 한 나라의 주권이 미치는 바다의 영역. * **영공** 한 나라의 주권이 미치는 하늘의 영역. * **천혜** 하늘이 베푼 은혜. 또는 자연의 은혜. * **연계한** 서로 밀접하게 관계를 맺은. * **배타적 경제 수역** 연안으로부터 200해리 범위 안에서 한 국가의 경제적 주권이 미치는 바다 영역. * **조업하고** 기계 등을 움직여 일을 하고. * **생태적** 생물이 살아가는 생활 상태와 관련있는. * **희귀한** 많이 없거나 쉽게 만날 수 없어서 매우 특이하거나 귀한. * **가슴에 새기고** 잊지 않게 단단히 마음에 기억하고. * **영유권** 일정한 영토에 대한 해당 국가의 관할권.

1 주제 찾기

글 ㈎~㈐의 중심 생각으로 알맞지 <u>않은</u> 것은 무엇인가요? (　　　)

① 글 ㈎: 우리 땅 독도에 일본이 영토 분쟁을 일삼고 있다.
② 글 ㈏: 독도는 군사·안보적 가치를 가진다.
③ 글 ㈐: 독도는 경제적 가치를 가진다.
④ 글 ㈑: 독도는 생태적 가치를 가진다.
⑤ 글 ㈒: 독도의 여러 가치 중에서 역사적 가치가 가장 중요하다.

2 구조 알기

이 글에 대한 설명으로 알맞은 것은 무엇인가요? (　　　)

① 글쓴이의 경험을 토대로 독도에 대한 관심을 유도한다.
② 독도에 대한 대립된 주장을 소개하고 자신의 의견을 밝힌다.
③ 독도에 대한 기존의 생각을 비판하고 새로운 방향을 제시한다.
④ 독도가 가지는 장점과 단점을 나누어 설명하고 해결 방안을 찾는다.
⑤ 독도가 가지는 여러 가지 가치를 나누어 설명하여 자신의 의견을 뒷받침한다.

3 세부 내용

이 글의 내용과 일치하는 것을 골라 기호를 쓰세요.

㉮ 독도는 두 개의 섬만으로 이루어져 있다.
㉯ 독도는 바위섬이라서 우리 국민이 살지 않는다.
㉰ 독도는 국제법상 대한민국의 실효적 지배를 받는다.
㉱ 우리 국민은 독도에서 군사 활동이나 경제 활동을 할 수 없다.

(　　　　　　　)

4 어휘 어법

㉠의 쓰임으로 알맞은 것은 무엇인가요? (　　　)

① 내가 태어난 <u>요충지</u>를 찾아 여행했다.
② 선생님이 말한 핵심 <u>요충지</u>를 기억해라.
③ 백두산은 압록강이 시작되는 <u>요충지</u>이다.
④ 할 수 있다는 자신감을 가지고 <u>요충지</u>를 가져라.
⑤ 공주성은 삼국 시대뿐 아니라 고려와 조선에서도 <u>요충지</u>였다.

5 **㉮에 들어갈 알맞은 낱말은 무엇인가요? (　　　)**

추론하기

① 결국　② 그리고　③ 하지만
④ 그래서　⑤ 왜냐하면

수능 연계

6 **이 글의 독자가 [보기]를 읽고 난 반응으로 알맞은 것은 무엇인가요? (　　　)**

비판하기

[보기] 경상북도 울릉군 독도 인근의 해저이다. '불타는 얼음'이라고 불리는 광물 자원 '메탄 하이드레이트'가 매장되어 있는 것으로 알려졌다. 메탄 하이드레이트는 바닷속 미생물이 썩어서 생긴 퇴적층에 메탄가스, 천연가스 등과 물이 높은 압력에 의해 얼어붙은 고체 연료이다. 메탄 하이드레이트는 1리터(ℓ)에 최대 200리터의 가스가 들어있을 정도로 효율이 높은 연료이다. ○○대 연구팀이 이번에 독도에 매장되어 있다는 사실을 밝혀 냈다. 메탄 하이드레이트는 앞으로 500년 동안 지구의 연료를 책임질 수 있지만 매탄가스를 얻는 과정에서 폭발이 일어나면 환경 오염을 일으키고 생태계에도 위협을 줄 수 있다. 그래서 기술이 개발되기까지 지켜볼 수밖에 없는데, 이 과정에서 일본과 독도를 둘러싼 영토 분쟁이 더욱 심화될 것으로 보인다.

① 독도의 경제적 가치를 살려 친환경적인 기술을 개발해야 해.
② 세계인이 쓸 광물 자원이니까 세계가 힘을 모아 함께 캐내야 해.
③ 메탄 하이드레이트를 캐내서 일본에게 빌미를 줄 일을 만들지 말아야 해.
④ 미래 에너지가 될 메탄 하이드레이트는 캐내지 말고 자손을 위해 남겨 둬야 해.
⑤ 메탄 하이드레이트처럼 환경을 오염시키고 생태계를 위협하는 자원을 개발하면 안 돼.

7 **㉡의 방법으로 알맞지 <u>않은</u> 것은 무엇인가요? (　　　)**

적용창의

① 독도에서 나는 새우를 먹는다.
② 독도를 홍보하는 동영상을 제작한다.
③ 독도의 모양을 딴 캐릭터로 애니메이션을 만든다.
④ 독도를 지키려고 노력하는 사람이나 단체를 소개한다.
⑤ 민간단체에서 주최하는 독도 홍보 활동에 관심을 가지고 참여한다.

07회 지문 익힘 어휘

1
어휘 의미

뜻에 알맞은 낱말을 [보기]에서 찾아 쓰세요.

[보기] 천혜 대치 빌미 일삼다 희귀하다

(1) ( ): 서로 맞서서 버팀.

(2) ( ): 하늘이 베푼 은혜.

(3) ( ): 좋지 않은 일을 계속하다.

(4) ( ): 어떤 일을 하기 위한 핑계.

(5) ( ): 드물어서 특이하거나 매우 귀하다.

2
어휘 활용

빈칸에 들어갈 알맞은 낱말을 찾아 선으로 이으세요.

(1) 그는 과거에도 거짓말을 [ ] 했다.	㉮ 대치
(2) 그 보석은 너무 [ ]해서 어디에서도 살 수 없다.	㉯ 천혜
(3) 지금 두 나라는 국경을 사이에 두고 [ ] 상태이다.	㉰ 빌미
(4) 많은 나라들이 전염병을 [ ] 삼아 국경을 봉쇄하였다.	㉱ 희귀
(5) 홍도는 수많은 상록수와 동물들이 사는 [ ]의 자연환경을 가진 섬이다.	㉲ 일삼아

3
어휘 확장

밑줄 친 관용 표현의 뜻을 [보기]에서 찾아 기호를 쓰세요.

현민이는 며칠 전 아버지가 해 주신 충고를 <u>가슴에 새겼다</u>.

[보기]
㉮ 몹시 애태우다.
㉯ 잊지 않게 단단히 마음에 기억하다.
㉰ 마음이 슬픔이나 고통으로 가득 차 견디기 힘들게 되다.

( )

08회

과학 | 지구 과학 글 수준: ★★★ 어휘 수준: ★★★ 글자 수: 1149

공부한 날 [ ]월 [ ]일

13분 안에 푸세요.

▲ 태풍

(가) 우리는 일기 예보에서 강력한 태풍이 온다고 하면 그저 태풍이 무사히 지나가기를 바란다. 실제로 태풍은 나무가 뽑히고 건물 외벽이 떨어져 나갈 정도의 강풍과 폭우를 동반하고*, 막대한 인명 피해를 주기도 한다. 이런 태풍은 어디서 생기고 어떻게 만들어질까?

(나) '태풍'은 적도 부근의 북서태평양에서 발생하여 우리나라를 포함한 동아시아에 영향을 주는 열대성 저기압*을 말한다. 세계 기상 기구(WMO)에서는 열대성 저기압 중에서 중심 부근의 최대 풍속*이 초속 33 이상인 것을 태풍이라고 하지만, 일반적으로 우리나라와 일본에서는 최대 풍속이 초속 17 이상인 것을 모두 태풍이라고 부른다. ㉠적도 부근에 발생하는 열대성 저기압에는 태풍 외에도 허리케인, 사이클론, 윌리윌리 등이 있다.

(다) 태풍은 저위도* 열대 지방의 바다가 내뿜는* 수증기를 에너지원*으로 만들어진다. 열대 바다는 태양 빛을 많이 받기 때문에 바닷물의 온도가 높고, 고온다습한 수증기를 대기로 뿜어낸다. 태양열 때문에 뜨거워진 공기가 이 수증기를 빨아들이면서 강한 상승 기류*를 만들며 하늘로 올라간다. 하늘의 찬 공기와 만난 수증기는 물방울로 변하고 이 물방울들이 덩어리로 모여 태풍의 씨앗인 구름이 된다. 이렇게 만들어진 구름은 열대 바다의 수증기를 계속해서 빨아들여 점점 더 커진다. 이때 세력이 불어난 구름은 지구의 자전으로 생기는 전향력*을 받아 회전하면서 마침내 강력한 태풍이 된다. 이렇게 만들어진 태풍은 고위도를 향해 시계 반대 방향으로 회전하며 이동하는데, 발생에서 소멸*까지 약 1주에서 1개월이 걸린다.

(라) 태풍은 안쪽으로 갈수록 바람이 세지만, 그 중심은 돌아가는 힘 때문에 오히려 바람이 없고 고요하다. 이를 '태풍의 눈'이라고 한다. 이곳에서는 바람이 약하고 구름도 없이 날씨가 맑다. 북반구에서는 태풍이 이동하는 진로*와 같은, 태풍의 오른쪽은 편서풍*과 무역풍*과 합쳐지면서 강풍과 폭우를 동반하고 해안가에는 해일이 발생하기도 한다. 반대로 왼쪽은 바람에 부딪혀 상대적으로 풍속이 약해진다. 우리나라로 향하는 태풍은 대부분 일본으로 빠져나가거나 남부 지방에 직접적 피해를 입히며 동해 쪽으로 빠져나가 사라지는 것이 일반적이다.

(마) 태풍은 생태계에 막대한 피해를 주지만 긍정적 역할을 하기도 한다. 대기를 순환시켜서* 공기를 맑게 해 주며, 지구의 온도를 낮추어 준다. 또한 가뭄을 해소하고* 바닷물에 생긴 적조 현상*을 없애 주기도 한다.

낱말 풀이

*동반하고 어떤 일이나 현상이 함께 나타나고. *열대성 저기압 열대 지방의 바다에서 발생하는 저기압. *풍속 바람의 속도. *저위도 적도에 가까운 위도. *내뿜는 속에 있는 기체나 액체 등을 밖으로 세차게 밀어 내는. *에너지원 에너지를 만들어 내는 근원. *기류 공기의 흐름. *전향력 지구 자전의 영향으로 운동하는 물체에 작용하는 가상의 힘. *소멸 사라져 없어짐. *진로 앞으로 나아갈 길. *편서풍 중위도 지방에서 일 년 내내 서쪽에서 동쪽으로 치우쳐 부는 바람. *무역풍 저위도 지방에서 일정한 방향으로 부는 바람. *순환시켜서 주기적으로 자꾸 되풀이하여 돌게 해서. *해소하고 어려운 일이나 좋지 않은 상태를 해결하여 없애 버리고. *적조 현상 식물성 플랑크톤이 많아져서 바다가 붉게 보이는 현상.

1 주제 찾기

이 글의 제목으로 알맞은 것은 무엇인가요? (　　　)

① 태풍의 역사　② 태풍으로 인한 피해
③ 태풍과 폭우의 관계　④ 태풍의 원리와 영향
⑤ 태풍을 포함한 자연재해

2 주제 찾기

글 ㈎~㈒의 중심 내용으로 알맞지 <u>않은</u> 것은 무엇인가요? (　　　)

① 글 ㈎: 태풍이 어디서 생기고 어떻게 만들어지는지 알아보자.
② 글 ㈏: 태풍은 적도 지방에서 발생하여 동아시아에 영향을 주는 열대성 저기압이다.
③ 글 ㈐: 태풍은 열대 지방의 바다가 내뿜는 수증기를 에너지원으로 만들어진다.
④ 글 ㈑: 태풍의 안쪽은 바람이 세지만, 태풍의 눈 주변은 강풍과 폭우 피해를 입는다.
⑤ 글 ㈒: 태풍은 생태계에 긍정적 역할을 하기도 한다.

3 세부 내용

이 글의 내용과 일치하는 것은 무엇인가요? (　　　)

① 태풍은 강풍과 폭우를 동반하지 않는다.
② 태풍이라는 이름은 우리나라에서만 사용한다.
③ 태풍이 발생하고 이동하지만 사라지지는 않는다.
④ 태풍은 고위도에서 발생하여 저위도에 피해를 준다.
⑤ 태풍이 시계 반대 방향으로 회전하며 태풍의 오른쪽이 피해가 크다.

4 추론하기

[보기]를 참고해 ㉠을 알맞게 이해한 것의 기호를 쓰세요.

[보기] '태풍'은 북서태평양에서 발생하여 동아시아에 영향을 주는 열대성 저기압이다. 그리고 열대성 저기압 중에서 북대서양, 카리브해, 멕시코만 등에 영향을 주는 것을 '허리케인'이라고 부르고, 인도양, 아라비아해, 뱅골만 등에서 생기는 것은 '사이클론'이라고 한다. 오스트레일리아 지역에서는 회오리바람을 '윌리윌리(willy-willy)'라고 불렀는데 지금은 사이클론으로 통합하여 부르기도 한다.

㉮ 풍속에 따라 태풍을 부르는 이름이 다르다.
㉯ 태풍의 이름은 그 나라의 특성에 따라 독창적으로 짓는다.
㉰ 태풍이 발생 장소와 영향을 미치는 범위에 따라 이름이 다르다.

(　　　　　　　　)

5 세부 내용

태풍이 생기는 데 영향을 미치는 것이 아닌 것은 무엇인가요? (　　　)

① 강풍과 폭우
② 바닷물의 온도 상승
③ 지구의 자전으로 생긴 전향력
④ 수증기가 공급해 주는 에너지
⑤ 저위도 열대 지방의 바다가 내뿜는 수증기

6 어휘 어법

다음 낱말의 관계와 다른 것은 무엇인가요? (　　　)

발생 – 소멸

① 심다 – 뽑다
② 상승 – 하강
③ 중심 – 가운데
④ 강하다 – 약하다
⑤ 긍정적 – 부정적

수능 연계

7 적용 창의

[보기]를 보고 7월 7일에 나타난 태풍의 영향을 잘 예상한 친구는 누구인가요? (　　　)

[보기]

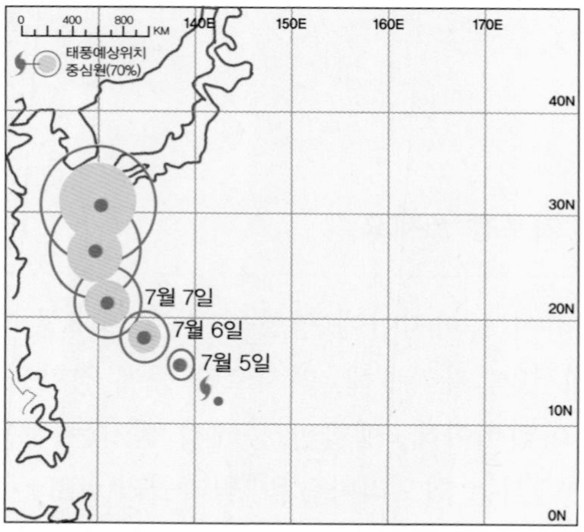

▲ 태풍 최근 위치 및 예상 경로도

태풍 다람쥐

▶진행 방향: 북서쪽에서 북동쪽
▶진행 풍속: 초속 24.0
▶예상 경로
• 7월 5일 15시 괌 서북쪽 약 720Km 해상
• 7월 6일 일본 오키나와 남동쪽 약 1,170Km 해상
• 7월 7일 독도 오른쪽 해상으로 이동 예상

① 예서: 우리나라는 태풍 오른쪽에 위치하니 맑아지겠군.
② 가령: 독도의 왼쪽은 강풍, 폭우, 해일이 생길 수 있겠군.
③ 지수: 괌 부근에서 발생했으니 따뜻한 날씨를 몰고 올 거야.
④ 경민: 한반도가 태풍의 왼쪽에 드니 피해가 크지 않을 거야.
⑤ 연경: 진행 풍속이 초속 30 이하인 약한 태풍이니까 안전하겠군.

정답 17쪽

08회 지문 익힘 어휘

1
어휘 의미

뜻에 알맞은 낱말을 찾아 선으로 이으세요.

(1) 사라져 없어짐.	㉮ 진로
(2) 앞으로 나아갈 길.	㉯ 소멸
(3) 속에 있는 기체나 액체 등을 밖으로 세차게 밀어 내다.	㉰ 내뿜다
(4) 어려운 일이나 좋지 않은 상태를 해결하여 없애 버리다.	㉱ 해소하다

2
어휘 활용

빈칸에 들어갈 알맞은 낱말을 [보기]에서 찾아 쓰세요.

[보기] 소멸 진로 해소 내뿜어

(1) 이 쿠폰은 유효 기간이 지나서 권리가 (   )한 것이다.

(2) 기상청은 태풍의 (   )을/를 미리 예측해서 알려 주었다.

(3) 나는 갑자기 웃음이 나와 마시던 물을 허공에 (   ) 버렸다.

(4) 주차난을 (   )하기 위해서 시청에서 공청회가 열린다고 한다.

3
어휘 확장

밑줄 친 낱말의 뜻으로 알맞은 것을 [보기]에서 찾아 기호를 쓰세요.

[보기] • 동반하다: ㉮ 어떤 일이나 현상이 함께 나타나다.
㉯ 어떤 일을 하거나 어디를 가는 것을 함께 하다.

(1) 경찰이 사건 현장에 경비견을 <u>동반하였다</u>. (   )

(2) 한여름 더위는 일반적으로 습기를 <u>동반한다</u>. (   )

(3) 우리 학교는 참관 수업에 학부모를 <u>동반해야</u> 한다. (   )

09회

기술 | 기술 이론 글 수준: ★★★★ 어휘 수준: ★★★ 글자 수: 1166

공부한 날 ( ) 월 ( ) 일

14분 안에 푸세요.

(가) 시계가 없던 옛날에는 해의 그림자로 시각*을 알 수 있었지만, 비가 오는 날이나 밤에는 사용할 수 없었다. 그리고 사람이 일일이 물을 채워 시각을 알려 주던 물시계는 제때를 맞추지 못할 때가 많았다. 이런 단점을 보완하기* 위해 ㉠탄생한 것이 '자격루'이다. 자격루는 물의 흐름으로 시각을 측정하고* 알려 주는 우리나라 최초의 기계식 시계이자 알람 시계였다.

(나) 자격루는 1434년 장영실이 세종의 명령으로 이천, 김조 등과 함께 제작한 자동 시보* 장치가 붙어 있는 물시계이다. 세종이 밤에 시찰하다가* 물시계의 시각을 알려 주는 군졸*이 잠도 못 자고 고생하는 것을 보고, 장영실에게 자동으로 울리는 시계를 만들게 했다. 당시 농경 사회*였던 조선은 하늘의 움직임을 관찰하여 시각과 24절기*를 백성들에게 알려 주는 일이 매우 중요했기 때문이다.

(다) ㉡자격루는 시간을 측정하는 물시계와 물시계로 측정한 시간을 소리로 바꿔 주는 시보 장치, 물시계와 시보 장치를 연결해 주는 신호 발생 장치로 구성되어 있다. 먼저, 맨 위에 있는 대파수호에 물을 붓는다. 그 물이 아래의 중파수호와 소파수호를 거쳐 일정하게 흘러나와 제일 아래쪽에 있는 원통형 항아리인 수수호에 찬다. 그러면 수수호에 꽂힌 잣대*가 점점 올라가 미리 정해진 눈금에 닿으면 거기에 장치해 놓은 지렛대를 건드려 그 끝의 쇠구슬을 구멍 속에 굴려 넣어 준다. 그 쇠구슬이 떨어지면서 동력*이 전해져서 나무로 된 세 개의 인형이 종, 징, 북을 쳐서 시보 장치를 움직인다. 그리고 아래의 나무 인형이 움직이면서 시각을 알려 주는 시패*를 들어 보이는 것이다.

(라) 이와 같이 자격루는 물의 높낮이 차이로 생긴 부력을 운동 에너지*로 바꾸어 종을 울리는 원리*로 만들어졌다. '부력'이란 물이 중력의 반대 방향으로 물체를 밀어 올리는 힘을 말한다. 자격루는 높이가 각각 다른 파수호에 찬 물의 부력이 잣대를 들어 올려, 지렛대가 움직이면 쇠구슬을 움직이는 운동 에너지로 바뀌어 시보 장치를 작동시키는 것이다. 자격루는 낮 시간을 12간지*로, 밤에는 오경*을 다시 5점으로 나누어 각각의 시보를 알렸다.

(마) 자격루가 발명되면서 조선의 백성들은 정확한 시각과 24절기를 알게 되었다. 비가 오는 날에도 시각을 알 수 있었고, 농사에 때를 놓치는 일도 없어졌다. 그리고 관리가 시각을 잘못 알려 주어 처벌받는 일도 사라졌으며, 전쟁 중인 부대가 약속한 시각에 작전을 수행할* 수 있게 되었다.

낱말 풀이

* **시각** 연속되는 시간의 어느 한 지점. * **보완하기** 모자라거나 부족한 것을 보충하여 완전하게 하기. * **측정하고** 일정한 양을 기준으로 하여 같은 종류의 다른 양의 크기를 재고. * **시보** 표준 시간을 알리는 일. * **시찰하다가** 두루 돌아다니며 현장의 분위기나 사정을 살피다가. * **군졸** 예전에, 군인이나 군대를 이르던 말. * **농경 사회** 주로 논밭을 갈아 농작물을 심고 가꾸며 생활하는 사회. * **절기** 일 년을 스물넷으로 나눈 계절의 구분. * **잣대** 자로 쓰는 대막대기나 나무막대기 등을 이르는 말. * **동력** 자연에 있는 에너지를 쓰기 위하여 기계적인 에너지로 바꾼 것. * **시패** 조선 시대에 시각을 적은 목패. * **운동 에너지** 운동하는 물체가 가지고 있는 에너지. * **원리** 사물의 근본이 되는 이치. * **간지** 동양에서 십간과 십이지를 조합하여 만든 육십 개의 순서. * **오경** 하룻밤을 다섯으로 나눈 시각. * **수행할** 일을 생각하거나 계획한 대로 해낼.

1 주제 찾기

글쓴이가 이 글을 쓴 목적은 무엇인가요? (　　　　)

① 자격루와 해시계를 비교하려고
② 자격루의 구조와 원리를 설명하려고
③ 자격루 발명의 역사적 의미를 설명하고
④ 자격루가 현대의 시계보다 정확하다는 것을 알리려고
⑤ 자격루가 최초의 기계식 시계이자 알람 시계라는 것을 주장하려고

2 세부 내용

자격루에 대한 설명으로 알맞은 것은 무엇인가요? (　　　　)

① 자격루는 조선 시대에 세종이 직접 만들었다.
② 자격루는 해가 없을 때에는 사용할 수 없었다.
③ 자격루는 물시계가 고장 나서 보완하기 위해 만들어졌다.
④ 세종은 백성들의 농사에 도움을 주기 위해 자격루를 만들었다.
⑤ 자격루는 시각을 측정하기보다는 시각을 알려 주는 역할을 하는 시계이다.

3 어휘 어법

㉠과 바꾸어 쓸 수 있는 낱말은 무엇인가요? (　　　　)

① 측정한　② 알리는　③ 제작한
④ 움직이는　⑤ 알려 주는

4 추론 하기

[보기]의 빈칸에 들어갈 말을 알맞게 짝 지은 것은 무엇인가요? (　　　　)

[보기]

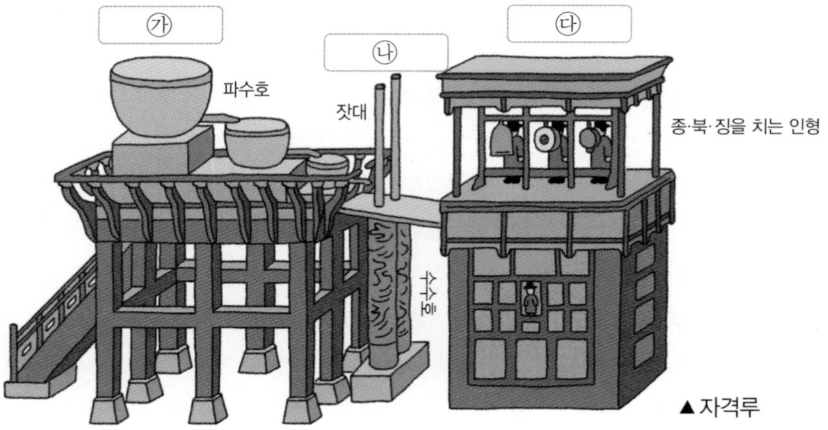

▲자격루

	㉮	㉯	㉰
①	시보 장치	신호 발생 장치	물시계
②	물시계	신호 발생 장치	시보 장치
③	물시계	시보 장치	신호 발생 장치
④	시보 장치	물시계	신호 발생 장치
⑤	신호 발생 장치	물시계	시보 장치

5 구조 알기

㉡과 같은 설명 방법이 쓰인 것은 무엇인가요? (　　　　)

① 탑은 기단부, 탑신부, 상륜부로 나눌 수 있다.
② 축구는 구기 종목이고, 태권도는 투기 종목이다.
③ 해가 기우는 하늘은 붉은 물감이 번진 듯한 모습이었다.
④ 라면은 물을 끓인 다음 라면을 넣고 스프를 넣는 과정으로 완성된다.
⑤ 나의 소원은 첫째도 통일이요, 둘째도 통일이요, 셋째도 통일입니다.

6 추론 하기

이 글을 읽고 더 알고 싶은 내용을 알맞게 말한 것은 무엇인가요? (　　　　)

① 자격루를 제작한 사람이 장영실이 맞는지 알아볼래.
② 해 그림자로 시각을 알 수 있는 방법을 알아봐야겠어.
③ 부력을 이용해서 만든 물건에 무엇이 있는지 알아봐야겠어.
④ 자격루로 시간을 알려 줄 때 틀린 적은 없었는지 찾아봐야지.
⑤ 자격루가 발명되고 나서 사람들의 생활이 어떻게 달라졌는지 알아볼래.

수능 연계

7 적용 창의

이 글의 독자가 [보기]를 읽고 난 반응으로 알맞은 것은 무엇인가요? (　　　　)

[보기] 서양에도 자격루와 비슷한 물시계가 있었지만 너무 커서 사용하기 불편했다. 1500년경 독일에서 스프링의 원리를 이용해 소형 시계를 만들었고, 지구의 중력을 이용한 추시계도 제작되었다. 그러나 이 시계들은 너무 비싸서 가난한 사람들은 살 수 없었고 부자들만 사용할 수 있었다. 그러다가 20세기 미국의 한 시계 회사가 부품을 규격화하면서 시계를 대량 생산하여 서민들도 값싼 시계를 사용할 수 있게 되었다. 이후 전자시계, 스마트 워치 등 다양하고 정확한 시계들이 만들어지고 있다.

① 자격루는 현대의 시계를 따라갈 수 없어.
② 자격루는 자연 현상과 관계없이 사용할 수 있는 최초의 시계였어.
③ 자격루가 휴대하기 불편했기 때문에 손목시계와 같은 휴대용 시계가 탄생했어.
④ 자격루는 농사를 위해 발명되었지만 현대의 시계는 못하는 것이 없는 발명품이야.
⑤ 자격루가 앞선 시계의 단점을 보완해서 탄생되었듯 인류는 끊임없이 더 나은 시계를 만들고 있어.

정답 19쪽

09회 지문 익힘 어휘

1

어휘 의미

낱말과 그 뜻이 알맞게 짝 지어지지 않은 것은 무엇인가요? (　　　)

① 보완하다: 잘 보호하고 간수하여 남기다.
② 절기: 일 년을 스물넷으로 나눈 계절의 구분.
③ 수행하다: 일을 생각하거나 계획한 대로 해내다.
④ 시찰하다: 두루 돌아다니며 현장의 분위기나 사정을 살피다.
⑤ 측정하다: 일정한 양을 기준으로 하여 같은 종류의 다른 양의 크기를 재다.

2

어휘 활용

빈칸에 들어갈 알맞은 낱말을 찾아 선으로 이으세요.

(1) 우리는 맡은 역할을 잘 [　　]했는지 반성하였다.	㉮ 절기
(2) 오늘 경기에서 한 실수를 [　　]하여 더 나은 경기를 해야겠다.	㉯ 수행
(3) 측우기는 조선 시대 세종 때 강우량을 [　　]하기 위해 만들어졌다.	㉰ 보완
(4) 농부들은 [　　]에 맞춰 씨를 뿌리고 논에 물을 대고 추수를 한다.	㉱ 시찰
(5) 정부는 홍수로 피해를 입은 현장을 [　　]하고 대책을 세우기로 하였다.	㉲ 측정

3

어휘 확장

두 낱말의 관계가 [보기]와 같은 것은 무엇인가요? (　　　)

[보기]	자격루 – 시계

① 시각 – 시간
② 밀물 – 썰물
③ 춘분 – 입추
④ 해시계 – 물시계
⑤ 피아노 – 건반 악기

10회

예술·체육 | 미술 글 수준: ★★★★ 어휘 수준: ★★★★ 글자 수: 1101

공부한 날 [ ]월 [ ]일

15분 안에 푸세요.

(가) 쇠라는 1886년 파리에서 열린 제8회 인상파전에 「그랑드자트섬의 일요일 오후」를 출품해* 화제가 되었다. 이 그림을 가까이에서 보면 원색*의 무수한* 점으로 이루어져 있지만 멀리서 보면 전혀 다른 색으로 보였기 때문이다. 그림을 본 사람들은 ㉠입을 모아* 새로운 방식의 그림을 칭찬했다. 작가 겸 비평가인 페네옹은 쇠라의 그림을 '신인상주의'라고 불렀다.

(나) 이전의 인상주의 화가들은 태양 빛을 받아 시시각각* 변하는 찰나*를 그림에 담으려고 했다. 빛을 순간적으로 포착해서* 그리다 보니 먼저 칠한 물감이 마르기도 전에 다른 색깔을 덧칠해야 했다. 그 결과 선명한* 색을 얻으려던 생각과 달리 그림은 더욱 탁하고 칙칙해졌다*.

(다) 쇠라는 이러한 문제점을 해결하기 위해 과학을 미술에 적용하기로* 했다. 바로 그 당시 과학자들이 연구한 빛과 색채에 관한 이론이었다. 물리학자 맥스웰은 여러 가지 색이 칠해진 팽이를 빠르게 돌리면 새로운 색으로 보인다는 사실을 발견했다. 홀름헬츠는 물감은 섞을수록 검은색이 되고 빛은 섞을수록 흰색이 된다는 색채 혼합의 원리를 밝혀냈다. 쇠라는 이를 바탕으로 끈질기게 빛을 연구한 끝에 화폭에 각기 다른 원색의 색점을 수없이 찍어 나가는 '점묘법'을 탄생시켰다. 쇠라의 점묘법은 팔레트가 아니라 그림을 보는 감상자의 눈에서 빛에 의해 색이 섞이도록 만든 것이다. 예를 들어, 파란색과 노란색의 점을 가까이에서 보면 파란색과 노란색으로 보인다. 하지만 이 두 점을 멀리 떨어져서 바라보면 두 색이 섞여서 초록색으로 보이게 된다. 이렇게 만들어진 초록색은 물감으로 칠한 초록색보다 훨씬 선명하게 보인다.

(라) 쇠라는 자신이 탄생시킨 점묘법으로 「그랑드자트섬의 일요일 오후」를 완성했다. 그는 이 그림을 그리기 위해 각기 다른 시간에 그랑드자트섬을 여러 번 들러 빛에 따라 달라지는 물의 색깔, 나뭇잎과 꽃 등 주변의 풍경을 꼼꼼하게 관찰하고 기록했다. 마치 과학자가 연구를 하듯 자신이 관찰한 풍경을 그림으로 그려 낸 것이다.

(마) 오늘날 쇠라는 점묘법을 통해 인상주의의 한계*를 극복하고* 인상주의가 포착한 빛의 색을 과학적으로 체계화시켰다는* 점에서 높은 평가를 받고 있다. 그는 같은 시대의 화가인 반 고흐나 고갱뿐 아니라 현대 화가들에게도 영향을 끼쳐 20세기를 연 화가로 자리매김했다*.

▲ 조르주 쇠라, 「그랑드자트섬의 일요일 오후」

낱말 풀이

***출품해** 전시회나 전람회 등에 작품을 내놓아. ***원색** 모든 색의 바탕이 되는 색깔. ***무수한** 헤아릴 수 없는. ***입을 모아** 모두 한결같이 말하여. ***시시각각** 그때그때의 시간. ***찰나** 아주 짧은 동안. ***포착해서** 어떤 것을 꼭 붙잡아서. ***선명한** 뚜렷하고 분명한. ***칙칙해졌다** 빛깔이나 분위기 등이 산뜻하거나 맑지 않고 컴컴하고 어두워졌다. ***적용하기로** 알맞게 이용하거나 맞추어 쓰기로. ***한계** 힘이 미치는 테두리. ***극복하고** 어렵고 힘든 일을 잘 이겨 내고. ***체계화시켰다는** 정해진 원칙에 따라 낱낱의 부분을 짜임새 있게 맞추어 전체를 이루게 했다는. ***자리매김했다** 사회나 사람들의 평가에 알맞은 위치를 차지했다.

1 이 글에 대한 설명으로 알맞은 것은 무엇인가요? ( )

구조 알기

① 미술과 과학의 차이점을 차례대로 설명했다.
② 점묘법의 뜻과 개념을 쉬운 낱말로 풀어서 설명했다.
③ 인상주의 미술과 쇠라의 점묘법이 비슷한 점을 설명했다.
④ 당시 과학자들이 연구하던 분야를 몇 가지로 나누어 설명했다.
⑤ 빛의 색이 섞이는 과정을 예로 들어 점묘법의 원리를 설명했다.

2 이 글의 내용과 일치하지 <u>않는</u> 것은 무엇인가요? ( )

세부 내용

① 홀름헬츠는 색채 혼합의 원리를 밝혀냈다.
② 쇠라는 과학을 미술에 적용해 점묘법을 만들었다.
③ 쇠라는 그림을 그리려고 그랑드자트섬에 여러 번 들렀다.
④ 쇠라의 그림은 가까운 곳과 먼 곳에서 같은 색으로 보였다.
⑤ 인상주의 화가들은 빛을 순간적으로 잡아내 그림을 그렸다.

3 점묘법에 대한 설명으로 알맞지 <u>않은</u> 것은 무엇인가요? ( )

세부 내용

① 쇠라가 끊임없이 빛을 연구한 끝에 나왔다.
② 각기 다른 원색의 색점을 수없이 찍어서 만들었다.
③ 색점을 찍어 만든 색보다 물감을 칠한 색이 더 선명했다.
④ 감상자의 눈에서 빛의 색이 섞이도록 계획해서 만들었다.
⑤ 빛과 색채에 대한 당시 과학자들의 연구가 바탕이 되었다.

4 다음은 이 글의 핵심 내용을 정리한 것입니다. 빈칸에 들어갈 알맞은 낱말을 쓰세요.

구조 알기

인상주의의 특징과 문제점	• 인상주의 화가들은 (1) ( )을/를 받아 시시각각으로 변하는 찰나의 순간을 그림으로 담았다. • 선명한 색을 얻으려고 했지만 그림이 탁하고 칙칙해졌다.
점묘법의 탄생	• 쇠라는 (2) ( )을/를 미술에 적용하려고 당시의 과학자들이 연구한 빛과 색채 이론에 관심을 가졌다. • 쇠라는 과학자의 연구를 바탕으로 빛을 연구해 화폭에 각기 다른 원색의 색점을 수없이 찍어 나가는 (3) ( )을/를 만들었다.
쇠라의 업적과 평가	• 쇠라는 인상주의를 극복하고 인상주의가 포착한 빛의 (4) ( )을/를 과학적으로 체계화시켰다. • 여러 화가들에게 영향을 끼쳐 20세기를 연 화가가 되었다.

5 어휘 어법

㉠의 뜻으로 알맞은 것은 무엇인가요? (   )

① 근근이 살아가다.
② 무엇에 대해 말하다.
③ 아주 익숙하여 버릇이 되다.
④ 여러 사람이 같은 의견을 말하다.
⑤ 어떤 생각이나 사실을 말로 드러내다.

6 추론 하기

[보기]와 관련 있는 문단은 무엇인가요? (   )

[보기] 쇠라의 점묘법은 오늘날 텔레비전과 컴퓨터에서 사진이나 영상을 볼 때 쓰이는 픽셀의 원리와 같다. 텔레비전이나 컴퓨터 화면에서는 빛의 삼원색인 빨간색, 파란색, 초록색을 적절하게 섞어서 모든 색깔의 빛을 낸다. 텔레비전 화면을 돋보기로 보면 픽셀이라고 하는 작은 사각형들이 모여 있는 것을 볼 수 있다. 쇠라가 색점을 찍은 것처럼 픽셀이 빛의 삼원색을 조절해 각각의 픽셀이 표시할 색깔을 만들어 내는 것이다.

① 글 (가) ② 글 (나) ③ 글 (다) ④ 글 (라) ⑤ 글 (마)

수능 연계

7 추론 하기

이 글과 [보기]를 참고해 추론한 것을 알맞게 말한 친구는 누구인가요? (   )

[보기] 레오나르도 다빈치가 그린 「모나리자」에는 당시의 수많은 과학적 연구가 들어 있다. 해부학을 연구했던 다빈치는 마치 살아 있는 여인을 보는 것 같은 그림을 그렸다. 모나리자의 미소도 주변보다 그림의 정중앙에서 보았을 때 더욱 선명하다고 한다.
또, 다빈치는 전체적으로 모든 윤곽선을 뭉개거나 없애는 '스푸마토 기법'을 발명해 신비로운 느낌을 더했다. 다빈치는 끊임없는 실험과 연구를 반복해서 얻어 낸 과학적 지식을 오롯이 그림에 담아내 세기의 걸작을 만들어 냈다.

① 혜린: 쇠라와 다빈치는 원래 화가가 아니라 과학자로 활동한 사람이었어.
② 아인: 화가들은 그림을 그리는 일보다 과학적 탐구가 중요하다고 생각했어.
③ 민주: 쇠라와 다빈치는 과학을 탐구해 과학적 지식을 적용해 그림을 그렸어.
④ 서준: 쇠라와 다빈치가 활동하던 시대에는 화가들이 실험하고 연구하는 일이 유행했어.
⑤ 도윤: 다빈치는 과학을 연구해서 그림을 그렸지만 쇠라는 우연히 발견한 점묘법으로 그림을 그렸어.

10회 지문 익힘 어휘

1

어휘 의미

낱말 뜻에 알맞은 낱말을 낱말 카드로 만들어 쓰세요.

수	한	포	무	복	극	착	적	계	용

(1) 헤아릴 수 없다. → ☐☐하다

(2) 힘이 미치는 테두리. → ☐☐

(3) 어떤 것을 꼭 붙잡다. → ☐☐하다

(4) 어렵고 힘든 일을 잘 이겨내다. → ☐☐하다

(5) 알맞게 이용하거나 맞추어 쓰다. → ☐☐하다

2

어휘 활용

빈칸에 들어갈 알맞은 낱말을 [보기]에서 찾아 쓰세요.

[보기] 극복 적용 한계 무수 포착

(1) 밤하늘의 (　　　　　)한 별이 환하게 빛나고 있었다.

(2) 코브라는 먹이를 (　　　　　)하면 독으로 상대를 물어 버린다.

(3) 새로운 기술을 (　　　　　)해 누리호를 다시 쏠 것이라고 한다.

(4) 시험 전에 여러 과목을 공부하면서 내 머리의 (　　　　　)을/를 느꼈다.

(5) 자신에게 닥친 시련을 (　　　　　)한 사람들의 이야기가 책으로 나왔다.

3

어휘 확장

밑줄 친 낱말과 바꾸어 쓸 수 있는 낱말의 기호를 쓰세요.

(1) 쇠라는 파리에서 <u>열린</u> 전시회에 그림을 출품하였다. ······················ (　　　)

㉮ 초대한 ㉯ 개최한 ㉰ 개방한

(2) 인상주의 화가들은 시시각각 변하는 <u>찰나</u>를 그림에 담으려고 했다. ···· (　　　)

㉮ 순간 ㉯ 생각 ㉰ 시간

(3) 우리 가족은 오랜만에 오게 된 바닷가에서 <u>경치</u>를 즐기기에 바빴다. ··· (　　　)

㉮ 세계 ㉯ 공간 ㉰ 풍경

進

나아갈 진

'진(進)' 자는 쉬엄쉬엄 갈 착(辶) 자와 새 추(隹) 자가 합쳐져 '나아가다' 또는 '오르다'라는 뜻을 나타내요. 새가 앞으로 날아가는 모습을 글자로 표현해 '나아가다'라는 뜻을 갖게 되었어요.

● 다음 획순에 따라 한자를 따라 쓰세요.

進 丿 亻 亻' 亻' 亻' 亻' 亻' 隹 ˋ隹 ⻌隹 ⻌隹 進

進 進 進

진출 進出
(나아갈 진, 날 출)

어떤 방면으로 활동 범위나 세력을 넓혀 나아감.
예 우리나라의 컬링 팀이 결승에 진출했다.

진로 進路
(나아갈 진, 길 로)

앞으로 나아갈 길.
예 태풍의 진로가 동쪽으로 바뀌었다.
반대말 퇴로(退路): 뒤로 물러날 길.

전진 前進
(앞 전, 나아갈 진)

어느 한 분야의 발전 단계나 정도가 다른 것보다 앞섬.
예 배는 기적 소리를 내며 천천히 전진했다.
반대말 후진(後進): 움직여서 뒤쪽으로 향하여 감.

Q 밑줄 친 글자의 뜻이 다른 하나는 무엇인가요? (　　　)

① 진출　② 진리　③ 진로　④ 전진　⑤ 후진

3주

11회

인문 | 언어 글 수준: ★★★ 어휘 수준: ★★★★ 글자 수: 1095

공부한 날 [ ] 월 [ ] 일

14분 안에 푸세요.

㈎ 토의와 토론은 오랜 세월 동안 공동체의 화합*과 집단의 의사* 결정을 위해 큰 역할을 해 왔다. 특히 민주주의의 발전은 토의, 토론의 발전과 ㉠어깨를 나란히 한다고 해도 과언*이 아니다. 굳이 민주주의의 발전이라는 거창한* 목적이 아니더라도, 우리는 일상생활에서도 토의와 토론을 많이 활용하고 있다. 특히 요즘은 적극적으로 자기 표현을 해야 하는 시대이므로 학교에서 토의, 토론 수업의 중요성이 강조되고 있다. 그럼 토의와 토론이 정확히 무엇이며 ㉡공통점과 차이점은 무엇인지 하나씩 살펴보자.

㈏ 먼저, '토의'란 2인 이상의 참가자들이 모여 ㉢특정 주제나 어떤 공통된 문제에 대해 최선의 해결책을 얻기 위하여 다양한 의견을 나누는 말하기이다. '수학여행을 어디로 갈 것인가?'나 '학생회장 선거는 어떻게 할까?'와 같은 말하기가 바로 토의의 예이다. 즉 토의는 주어진 문제에 대해 해결책을 찾고 결론을 도출하기* 위해 상호 협력적으로 대화를 나누고 정보나 생각을 교환하는 과정이다. 이를 통해 토의 참가자들은 다양한 의견의 장단점을 비교하면서 문제점을 해결할 수 있는 방안*을 찾아낼 수 있다.

㈐ 반면, '토론'은 찬성과 반대의 입장이 뚜렷한 참가자들이 모여 정해진 규칙에 따라 근거를 가지고 상대방의 논리적 허점*을 지적하고* 자신의 주장을 증명하여* 상대방을 설득하는 말하기이다. '동물원은 존재해야 하는가?'나 '학교에서 스마트폰을 사용해도 되는가?'와 같은 말하기가 바로 토론의 예이다. 즉 토론은 상대방이 내세우는 주장의 오류*를 밝히고 자신의 주장을 합리적인 근거로 입증함으로써 상대방을 설득하고 관점을 바꾸게 만드는 활동이다. 이러한 토론의 주된 목적은 자신의 주장만 끝까지 고수하는* 것이 아니라, 필요에 따라서는 합의점을 찾아 갈등을 해소하는 데 있다.

㈑ 이러한 토의와 토론은 모두 말을 매개*로 하는 의사 결정 수단이라는 공통점이 있다. [㉣] 둘 이상의 참가자가 모여 특정 주제나 문제를 해결하기 위한 방안을 논의한다는 점도 같다. 즉 둘 다 문제를 해결하는 것을 궁극적인* 목표로 삼는다. 따라서 이 두 가지는 완전히 동떨어진* 것이 아닌 상호 보완적인* 성격을 갖는다. 토론의 결과를 토의로 이어 갈 수도 있고, 반대로 토의의 결과로 도출된 안건을 토론으로 이어 갈 수도 있기 때문이다.

낱말 풀이

***화합** 사이좋게 어울림. ***의사** 무엇을 하고자 마음먹은 생각. ***과언** 지나치게 말을 함. 또는 그 말. ***거창한** 무엇의 규모나 크기가 매우 큰. ***도출하기** 어떤 과정을 거쳐 판단이나 결론을 얻어 내기. ***방안** 일을 처리할 방법이나 계획. ***허점** 모자라거나 허술한 부분. ***지적하고** 잘못된 점이나 고쳐야 할 점을 가리켜 말하고. ***증명하여** 어떤 사항이나 판단이 진실인지 아닌지를 증거를 들어서 밝혀. ***오류** 올바르지 않은 판단이나 지식. ***고수하는** 태도나 자리 같은 것을 바꾸지 않고 굳게 지키는. ***매개** 둘 사이에서 양쪽의 관계를 맺어 줌. ***궁극적인** 어떤 일이 마지막에 이르는. ***동떨어진** 서로 관련성이 거의 없는. ***상호 보완적인** 서로 모자란 부분을 보충하는 관계에 있는.

1 구조 알기

이 글에 대한 설명으로 알맞은 것은 무엇인가요? (   )

① 토의의 관점에서 토론의 단점과 장점을 설명하고 있다.
② 토론을 할 때 지켜야 할 절차를 차례대로 설명하고 있다.
③ 토의와 토론의 발전 과정을 역사적 관점에 따라 설명하고 있다.
④ 토의와 토론의 개념을 밝히고 둘의 공통점과 차이점을 설명하고 있다.
⑤ 토의와 토론을 하기에 적합한 주제와 그 이유를 구체적으로 설명하고 있다.

2 세부 내용

이 글의 내용과 일치하지 않는 것은 무엇인가요? (   )

① 토의 참가자는 서로의 의견을 자유롭게 주고받는다.
② 토론 참가자는 찬성과 반대의 입장에서 서로 대립한다.
③ 토의와 토론은 공동체의 화합과 집단의 의사 결정을 위해 필요하다.
④ 토의와 토론은 최선의 해결 방안을 찾아 제시하는 것을 목표로 한다.
⑤ 토론의 결과를 토의로 이어 갈 수는 있지만, 토의의 결과는 토론의 안건이 될 수 없다.

3 어휘 어법

㉠의 뜻으로 알맞은 것은 무엇인가요? (   )

① 거만한 태도를 취하다.
② 나란히 서거나 나란히 서서 걷다.
③ 칭찬을 받거나 하여 기분이 으쓱해지다.
④ 무거운 책임을 져서 마음에 부담이 크다.
⑤ 뽐내고 싶은 기분이나 떳떳하고 자랑스러운 기분이 되다.

4 추론 하기

이 글을 읽고 ㉡의 내용을 정리한 것으로 알맞지 않은 것은 무엇인가요? (   )

	토의	토론	
①	둘 이상의 참가자가 필요하다.		공통점
②	말을 매개로 하는 의사 결정 수단이다.		
③	정해진 규칙과 절차가 있다.	정해진 규칙과 절차가 없다.	차이점
④	상호 협력적인 말하기이다.	상대방을 설득하는 말하기이다.	
⑤	참가자들이 서로의 의견을 종합하면서 최선의 결론을 도출한다.	근거를 들어 자기 주장을 논리적으로 증명한다.	

5 ㉢의 예로 알맞은 것은 무엇인가요? (　　　)

추론 하기

① 재미를 위한 동물 쇼는 금지해야 하는가?

② 초등학생의 스마트폰 사용을 금지해야 하는가?

③ 플라스틱 사용을 줄일 수 있는 방안은 무엇인가?

④ 지하철 내의 임산부 배려석은 항상 비워 두어야 하는가?

⑤ 수술실에 시시 티브이(CCTV)를 의무적으로 설치해야 하는가?

6 ㉣에 들어갈 알맞은 낱말은 무엇인가요? (　　　)

어휘 어법

① 그리고　　② 그래서　　③ 하지만

④ 그런데　　⑤ 왜냐하면

수능 연계

7 이 글을 참고해 [보기]에서 추론한 것을 알맞게 말하지 <u>못한</u> 친구는 누구인가요? (　　　)

적용 창의

> [보기] 학생회장: 지금부터 '수학여행을 어디로 갈 것인가?'에 대한 학급 회의를 시작하겠습니다. 의견이 있으신 분은 손을 들어 주시기 바랍니다.
>
> 학생 1: 저는 자연 경관도 좋고, 놀거리도 많은 제주도가 좋을 것 같습니다.
>
> 학생 2: 제주도는 여행 경비가 너무 많이 들어서 부담이 되는 학생이 많을 것입니다. 제주도보다는 가까운 강원도로 가면 어떨까 합니다.
>
> 학생 3: 강원도는 가족들과도 많이 가는 곳 아닌가요? 제주도가 경비의 부담이 있고, 강원도는 너무 흔하다면, 부산이나 경주는 어떨까 합니다.
>
> 학생 4: 경주에는 유적지도 많아 역사 공부에도 큰 도움이 될 듯합니다. 저도 경주로 가는 것이 좋을 듯합니다.
>
> 학생 1: 제주도가 너무 멀어 부담스럽다면, 저도 경주로 가는 것을 찬성합니다.
>
> 학생 2: 저도 경주로 수학여행을 가는 것이 좋다고 생각합니다.

① 태형: 학생들은 수학여행 장소로 '경주'를 선택할 것 같아.

② 남준: [보기]의 학급 회의도 '토의'에 해당한다고 볼 수 있겠군.

③ 지민: 학생들은 수학여행 장소에 대한 자신의 생각을 자유롭게 이야기하고 있어.

④ 석진: '수학여행을 어디로 갈 것인가?'가 학급 회의에서 해결하고자 하는 문제로군.

⑤ 윤기: '학생 1'과 '학생 2'는 제주도가 수학여행 장소로 적당한가에 대한 문제로 찬반 논쟁을 하고 있어.

11회 지문 익힘 어휘

1 어휘 의미

빈칸에 들어갈 알맞은 낱말의 기호를 쓰세요.

(1) 거창하다: 무엇의 규모나 [   ]이/가 매우 크다. ··· (   )
㉮ 길이　㉯ 넓이　㉰ 크기

(2) 지적하다: 잘못된 점이나 고쳐야 할 점을 [   ] 말하다. ································· (   )
㉮ 나누어　㉯ 가리켜　㉰ 뽐내어

(3) 도출하다: 어떤 과정을 거쳐 판단이나 [   ]을/를 얻어내다. ························· (   )
㉮ 결론　㉯ 원인　㉰ 사건

(4) 증명하다: 어떤 사항이나 판단이 진실인지 아닌지를 [   ]을/를 들어서 밝히다. ··(   )
㉮ 주장　㉯ 증거　㉰ 원리

2 어휘 활용

빈칸에 들어갈 알맞은 낱말을 [보기]에서 찾아 쓰세요.

[보기]	거창	도출	증명	지적	고수

(1) 자신의 주장을 (   )할 근거가 필요하다.

(2) 내 글을 좀 읽어 보고, 잘못된 점을 (   )해 줘.

(3) 장관은 이 문제에 대해 정부 입장만 (   )하고 있다.

(4) 이번 회의를 통해 합리적인 결론을 (   )할 수 있기를 바랍니다.

(5) 나는 방학을 맞아 (   )한 계획을 세웠지만, 결국 하나도 지키지 못했다.

3 어휘 확장

밑줄 친 말과 바꾸어 쓸 수 있는 낱말을 [보기]에서 찾아 쓰세요.

[보기]	과언	허점	방안	오류

(1) 과학의 발전으로 <u>올바르지 않은 지식</u>을 찾아냈다. (   )

(2) 그는 세계 제일의 피아니스트라고 해도 <u>지나친 말</u>이 아니다.(   )

(3) 이 문제는 해결할 수 있는 <u>방법이나 계획</u>이 좀처럼 떠오르지 않는다. (   )

(4) 토론을 잘하려면 상대방 논리의 <u>허술한 부분</u>을 찾아서 공격해야 한다. (   )

12회

사회 | 정치 글 수준: ★★★★ 어휘 수준: ★★★★ 글자 수: 1127

공부한 날 ( )월 ( )일

15분 안에 푸세요.

(가) 1948년 7월 12일, 자유 민주주의를 바탕으로 독재*와 외세*의 지배에 맞서 자유와 평등의 가치를 지키기 위한 대한민국 첫 헌법이 만들어졌다. 그리고 그로부터 5일 후인 7월 17일, 조선 왕조 건국일에 맞춰 헌법이 공포되어* 그 뜻을 ㉠널리 알렸다. 이 날이 우리나라 5대 국경일 중 하나인 '제헌절'이다.

(나) 헌법은 국가를 운영하는 데 있어서 가장 기본적인 내용을 담은 것으로, 법을 만들 때에는 헌법에서 정한 기준을 벗어나지 않는다. 다시 말해 헌법은 모든 법들의 기본이 되는 법으로, 국가를 구성하는 많은 기관의 질서가 되어 주는 '법 중의 법'이자, '최고의 법'이다. 그래서 만약 어떤 법이 헌법의 내용에 어긋난다고 판단되면 헌법 재판소가 나서서 그 법을 심사한다*. 그리고 헌법을 위반한* 것으로 판결이 나면 그 법은 더 이상 효력*을 발휘하지 못하고 무효가 된다.

(다) 대한민국의 헌법은 지금까지 총 9차례에 걸쳐 개정했으며*, 10장으로 나누어진 전문* 130조와 부칙*으로 구성되어 있다. 그럼 헌법에는 주로 어떤 내용이 들어 있을까?

(라)

> 제1조
> 1항 대한민국은 민주 공화국이다.
> 2항 대한민국의 주권은 국민에게 있고, 모든 권력은 국민으로부터 나온다.

가장 잘 알려진 우리나라의 헌법 제1조 1항과 2항은 대한민국이 민주주의 국가이며, 나라의 주인은 국민이라는 내용을 담고 있다. 이는 국가의 중요한 일을 결정할 때에는 국민의 뜻을 우선으로 존중해야 한다는 것을 의미한다. 또한 헌법에는 국민의 자유와 권리를 보장해야* 한다는 내용도 담겨 있다.

(마)

> 제10조
> 모든 국민은 인간으로서의 존엄*과 가치를 가지며, 행복을 추구할 권리를 가진다.
> 국가는 개인이 가지는 불가침*의 기본적 인권을 확인하고 이를 보장할 의무를 진다.

대한민국 헌법 제10조에서는 국민의 가장 기본적인 권리인 인간으로서의 존엄과 행복 추구권을 규정하고*, 국가가 국민의 권리를 함부로 침해할* 수 없음을 밝히고 있다. 헌법이 보장하고 있는 개인의 권리에는 여러 가지가 있다. 국가 권력에 의해 개인의 자유를 침해당하지 않을 자유권, 모든 사람이 법 앞에 평등할 평등권, 국민이 국가의 일에 참여할 수 있는 정치적인 권리인 ㉡참정권, 국민이 자신의 권리를 침해당했을 때 국가에 대하여 일정한 보상*을 요구할 수 있는 청구권, 모든 국민이 인간다운 생활을 할 수 있도록 하는 사회권 등이 있다.

낱말 풀이

* **독재** 한 사람이나 무리가 권력을 잡고 나랏일을 마음대로 해 나가는 것. * **외세** 다른 나라의 세력. * **공포되어** 새로 정한 법이나 규정 등을 국민에게 널리 알려져. * **심사한다** 잘하고 못한 것을 가리기 위해 자세히 살핀다. * **위반한** 법, 명령, 약속 등을 지키지 않고 어긴. * **효력** 법률이나 규칙 등이 영향을 미침. * **개정했으며** 틀리거나 옳지 않은 것을 바로잡았으며. * **전문** 한 편의 글에서 앞부분에 해당하는 글. * **부칙** 어떤 규정이나 법률을 보충하기 위하여 덧붙이는 규정이나 규칙. * **보장해야** 어떤 일이 잘 이루어지도록 조건을 마련하거나 보호해야. * **존엄** 어떤 사람이나 신분이 매우 높고 엄숙함. * **불가침** 함부로 침범할 수 없음. * **규정하고** 규칙으로 정하고. * **침해할** 남의 땅이나 권리, 재산 등을 범하여 해를 끼침. * **보상** 발생한 손실이나 손해를 갚음.

1 주제 찾기

글쓴이가 이 글을 쓴 목적은 무엇인가요? (   )

① 제헌절과 헌법의 의미를 설명하기 위해서
② 우리나라 헌법 개정의 필요성을 주장하려고
③ 나라별 헌법 내용의 차이점을 비교하여 설명하려고
④ 헌법이 만들어진 과정을 시간 순서에 따라 설명하려고
⑤ 헌법에서 보장하고 있는 기본권의 종류와 특징을 자세히 설명하려고

2 세부 내용

이 글에서 알 수 있는 내용이 아닌 것은 무엇인가요? (   )

① 7월 17일에 헌법이 공포된 이유
② 우리나라 첫 헌법이 만들어진 날짜
③ 헌법이 보장하고 있는 개인의 권리
④ 우리나라 헌법 제1조 1항의 내용과 의미
⑤ 헌법이 지금까지 총 9차례나 개정된 구체적 이유

3 어휘 어법

㉠와 바꾸어 쓸 수 있는 낱말은 무엇인가요? (   )

① 만들었다 ② 공포하였다 ③ 제정하였다
④ 개정하였다 ⑤ 참여하였다

4 세부 내용

[보기]에서 설명하는 것이 무엇인지 이 글에서 찾아 쓰세요.

[보기] 헌법과 관련된 문제를 다루는 특별한 재판소로, 국회에서 만든 법이 헌법에서 정한 기준을 벗어나지 않는지 심사하고 확인하는 일을 한다. 또한 국가 기관이나 지방 자치 단체 사이에 분쟁이 발생했을 때 심판하는 역할을 하기도 한다.

(   )

정답 및 풀이 ·24~25쪽

5 구조 알기

글 ㈏에서 사용한 설명 방법은 무엇인가요? (   )

① 전체를 여러 부분으로 나누어 설명하고 있다.
② 사건이 일어난 원인과 결과를 설명하고 있다.
③ 핵심어의 개념을 풀어서 자세히 설명하고 있다.
④ 구체적인 예를 제시하여 대상의 특성을 설명하고 있다.
④ 대상을 일정한 기준에 따라 분류하여 각각을 설명하고 있다.

수능 연계

6 추론 하기

[보기]는 프랑스 헌법의 내용입니다. 우리나라 헌법과 비교한 것으로 알맞지 않은 것은 무엇인가요? (   )

> [보기] **프랑스 헌법**
>
> **전문 및 제1조**
> 프랑스 국민은 1789년 인권 선언에서 시작되고 1946년 헌법 전문에서 확인하고 보완한 인권과 국민 주권의 원리, 그리고 2004년 환경 헌장에 정의된 권리와 의무를 지킬 것을 엄숙히 선언한다.
>
> **제1장 제3조**
> ① 국가의 주권은 국민에게 있고, 국민은 그 대표자와 국민 투표를 통하여 이를 행사한다.
> ② 국민의 일부나 특정 개인이 주권의 행사를 특수하게 부여받을 수 없다.
> ③ 선거는 헌법에서 정하는 조건에 따라 직접 또는 간접 선거로 할 수 있다. 선거는 항상 보통, 평등, 비밀 선거로 시행된다. ……

① 우리나라가 프랑스보다 훨씬 먼저 헌법을 만들었음을 알 수 있다.
② 우리나라는 프랑스와 달리 인권과 관련된 내용을 제10조에서 다루고 있다.
③ 프랑스는 우리나라와 달리 환경 보호와 관련한 내용을 헌법에서 명시하고 있다.
④ 프랑스와 우리나라 헌법에는 모두 국가의 주권이 국민에게 있다는 내용이 있다.
⑤ 프랑스는 환경 보호뿐 아니라 인권이나 국민 주권과 관련된 내용을 제1조와 제1장 제3조에 넣고 있다.

7 적용 창의

㉡에 해당하는 권리로 알맞은 것은 무엇인가요? (   )

① 성별에 따라 차별을 받지 않을 권리
② 자유롭게 직업을 선택할 수 있는 권리
③ 내가 살고 싶은 곳에서 살 수 있는 권리
④ 대통령 선거에 참여하여 투표할 수 있는 권리
⑤ 공항 근처 주민들이 소음 피해로 인해 국가에 배상을 청구할 권리

정답 25쪽

12회 지문 익힘 어휘

1

어휘 의미

뜻에 알맞은 낱말을 [보기]에서 찾아 쓰세요.

[보기] 효력 부칙 침해하다 위반하다 개정하다

(1) ( ): 법률이나 규칙 등이 영향을 미침.

(2) ( ): 틀리거나 옳지 않은 것을 바로잡다.

(3) ( ): 법, 명령, 약속 등을 지키지 않고 어기다.

(4) ( ): 남의 땅이나 권리, 재산 등을 범하여 해를 끼치다.

(5) ( ): 어떤 규정이나 법률을 보충하기 위하여 덧붙이는 규정이나 규칙.

2

어휘 활용

밑줄 친 낱말의 쓰임이 알맞지 않은 것은 무엇인가요? ( )

① 계약서에 서명이 없으면 법적 효력을 갖지 못한다.
② 그 법은 우리의 자유를 침해할 수 있어 문제가 된다.
③ 우리 앞에 가던 차가 신호를 위반하고 가다가 사고가 났다.
④ 모든 선수들은 경기의 부칙을 지키며 정정당당하게 겨뤄야 한다.
⑤ 이번에 개정된 무역 협정이 우리나라의 수출에 긍정적인 영향을 줄 것이다.

3

어휘 확장

밑줄 친 낱말과 바꾸어 쓸 수 있는 낱말의 기호를 쓰세요.

(1) 헌법은 모든 법들의 기본이 되는 법이다. ( )
㉮ 바탕 ㉯ 도움 ㉰ 보상

(2) 기업은 노동자의 생명과 안전을 보장할 의무가 있다. ( )
㉮ 대답할 ㉯ 확대할 ㉰ 책임질

(3) 헌법 제10조에서는 국민의 가장 기본적인 권리인 인간으로서의 존엄과 행복 추구권을 규정하고 있다. ( )
㉮ 맞서고 ㉯ 정하고 ㉰ 제약하고

13회

과학 | 물리 글 수준: ★★★ 어휘 수준: ★★★ 글자 수: 1143

공부한 날 [ ]월 [ ]일

13분 안에 푸세요.

(가) 추운 겨울, 따뜻한 차 한 잔은 우리가 체온을 유지하는* 데 큰 도움을 준다. 더운 여름에도 마찬가지이다. 시원한 얼음물 한 컵이면 온몸이 시원해진다. 그러나 야외 활동 ㉠중에는 이렇게 따뜻하거나 시원한 음료수를 바로 마시기가 어렵기 때문에 우리는 흔히 보온병을 사용한다. 보온병은 그 안에 넣은 물이나 음료수의 온도를 거의 같은 온도로 장시간 유지시켜 주는 것으로, 따뜻한 액체를 따뜻하게 유지해 주는 것을 보온병, 차가운 액체를 차갑게 유지해 주는 것을 보냉병이라고 구분하기도 한다. 하지만 일상생활에서는 대개 구분 없이 모두 보온병이라 부르는 것이 일반적이다. ㉡그렇다면 이 보온병에 들어 있는 내용물이 오랫동안 같은 온도를 유지할 수 있는 것은 어떤 원리 때문일까?

(나) 보온병의 원리를 알기 위해서는 우선 열전달*의 원리를 이해해야 한다. 열전달은 두 물체 사이에서 열에너지가 이동하는 것을 말하는데, 열은 항상 온도가 높은 곳에서 온도가 낮은 곳으로 이동한다. 이러한 열의 이동은 전도, 대류, 복사라는 세 가지 방법으로 이루어진다. 그중 '전도'는 열에너지가 물질의 이동을 수반하지* 않고 고온에서 저온으로 전달되는 현상으로, 주로 고체 내부에서 일어난다. '대류'는 뜨거운 공기는 위로 올라가고, 차가운 공기는 아래로 내려오는 것처럼 기체나 액체에서 일어나는 열전달 방식이다. 마지막으로 ㉢'복사'는 빛으로 열이 전달되는 방식으로, 태양에서 나오는 열이 빛에 의해 지구까지 전달되는 것이 복사에 해당한다.

(다) 보온병은 이러한 병 내부와 외부의 열전도, 대류, 복사를 막아 열의 이동을 막는 구조로 되어 있다. 즉, 보온병은 두 겹의 벽 구조로 되어 있는데, 이 벽과 벽 사이는 진공*으로 되어 있고 벽의 안쪽은 은으로 도금된* 유리벽이다. 벽과 벽 사이가 진공 상태라는 말은 공기가 없어 열의 전도와 대류가 발생하지* 않는다는 의미이다. 또한 열복사에 의해서도 열이 빠져나갈 수 있기 때문에, 이를 막기 위해 내부의 벽을 은으로 도금했다. 은 도금 벽에 부딪힌 열은 다시 병 속으로 반사되기* 때문에 열복사에 의한 열 손실*을 막을 수 있는 것이다. 뿐만 아니라 외부에서 들어오는 복사열도 그대로 밖으로 반사시켜 복사열이 병의 내부로 출입하지 못하도록 하는 역할을 한다. 보온병의 마개 역시 열전도가 잘 되지 않는 물질인 고무로 만들어 보온의 기능을 갖추고 있다.

낱말 풀이

* **유지하는** 어떤 상태나 상황 등을 그대로 이어 나가는. * **열전달** 열에너지가 옮겨 가는 현상. * **수반하지** 어떤 일과 함께 생기지. * **진공** 공기가 거의 없는 상태. * **도금된** 물체의 겉에 금이나 은과 같은 금속을 얇게 입힌. * **발생하지** 어떤 일이 일어나거나 사물이 생겨나지. * **반사되기** 빛이나 전파 등이 다른 물체의 표면에 부딪혀서 나아가던 방향이 반대 방향으로 바뀌기. * **손실** 줄거나 잃어버려서 손해를 봄.

1 주제 찾기

이 글에서 설명하고 있는 것은 무엇인가요? (　　　)

① 열전달과 보온병의 원리
② 태양열이 지구까지 전달되는 원리
③ 열전도와 열복사의 공통점과 차이점
④ 우리 몸에서 체온 유지가 필요한 이유
⑤ 보온병과 보냉병을 구분하지 않는 이유

2 세부 내용

이 글의 내용과 일치하지 않는 것은 무엇인가요? (　　　)

① 열전달은 세 가지 방법으로 이루어진다.
② 열전달은 열에너지가 이동하는 것을 의미한다.
③ 대류는 기체나 액체에서 일어나는 열전달 방식이다.
④ 열은 항상 온도가 낮은 곳에서 높은 곳으로 이동한다.
⑤ 전도는 물질의 이동을 수반하지 않는 열전달 방식이다.

3 구조 알기

글 ㈎~㈐에 사용된 설명 방법으로 알맞지 않은 것은 무엇인가요? (　　　)

① 글 ㈎: 대상의 개념을 풀어서 자세히 설명하였다.
② 글 ㈏: 구체적인 예를 제시하여 설명하였다.
③ 글 ㈏: 대상을 일정한 기준에 따라 분류하였다.
④ 글 ㈐: 대상의 공통점을 찾아 비교하였다.
⑤ 글 ㈐: 대상을 하나하나의 구성 요소로 나누어 설명하였다.

4 어휘 어법

밑줄 친 낱말이 ㉠과 같은 뜻으로 쓰인 것은 무엇인가요? (　　　)

① 너희들 중 누가 제일 키가 크니?
② 공기 중 가득한 먼지로 기침이 났다.
③ 수업 중에는 핸드폰 사용을 금합니다.
④ 나는 이 음식들 중 자장면을 제일 좋아한다.
⑤ 승규는 내일 중으로 모든 숙제를 제출해야 했다.

5 세부 내용

[보기]는 ㉡에 대한 답을 정리한 것입니다. 빈칸에 들어갈 알맞은 낱말을 쓰세요.

> [보기] 보온병은 병 내부와 외부의 열전도, [　　　], 복사를 막아 열의 이동을 막는 구조로 되어 있기 때문이다.

(　　　　　　　　　　　　　)

수능 연계

6 추론 하기

이 글로 보아, ㉮~㉱에 대한 설명으로 알맞지 않은 것은 무엇인가요? (　　　)

[보기]

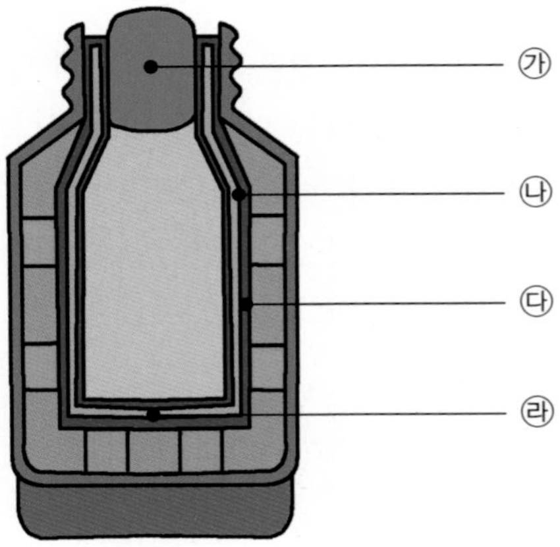

① ㉮는 고무와 같이 열전도가 잘 되지 않는 것으로 만들어진다.
② ㉯의 안쪽은 은으로 도금된 유리벽이어서 열이 병 속으로 반사된다.
③ ㉰는 두 겹의 벽 구조로 되어 있다.
④ ㉱는 진공 상태라 공기가 존재하지 않는다.
⑤ ㉱에서는 열의 전도와 복사가 발생하지 않는다.

7 적용 창의

㉢의 예에 해당하는 것은 무엇인가요? (　　　)

① 난로 곁에서 불을 쬐면 따뜻함을 느낀다.
② 비행기를 타고 하늘 위로 올라갈수록 기온이 낮아진다.
③ 가스레인지 불 위에 냄비를 가열하면, 냄비 뚜껑까지 뜨거워진다.
④ 물이 담긴 주전자를 불 위에 놓고 끓이면, 물이 서서히 끓기 시작한다.
⑤ 금속 막대의 한쪽 끝을 잡고 다른 한쪽을 가열하면 잡고 있던 부분이 뜨거워진다.

정답 27쪽

13회 지문 익힘 어휘

1

어휘 의미

낱말과 그 뜻이 알맞게 짝 지어지지 않은 것을 [보기]에서 찾아 기호를 쓰세요.

[보기]
㉮ 수반하다: 어떤 일과 함께 생기다.
㉯ 유지하다: 어떤 상태나 상황 등을 그대로 이어 나가다.
㉰ 도금하다: 물체의 겉에 금이나 은과 같은 금속을 얇게 입히다.
㉱ 반사되다: 빛을 내는 것이 다른 것을 밝게 하거나 나타나게 하다.

( )

2

어휘 활용

빈칸에 들어갈 알맞은 낱말을 찾아 선으로 이으세요.

(1) 아버지는 꾸준한 등산으로 체력을 ☐하신다. •　　• ㉮ 반사

(2) 엄마는 오래된 목걸이를 ☐해서 새것처럼 만들었다. •　　• ㉯ 수반

(3) 교실의 칠판은 형광등 불빛의 ☐을/를 줄여 눈이 피로하지 않게 만들었다. •　　• ㉰ 유지

(4) 일회용품 사용이 생활을 편리하게 하는 반면, 환경 파괴와 같은 문제를 ☐한다. •　　• ㉱ 도금

3

어휘 확장

낱말의 관계가 [보기]와 다른 것은 무엇인가요? ( )

[보기] 흔히 – 곧잘

① 상황 – 상태
② 손실 – 소실
③ 내부 – 외부
④ 기능 – 쓰임
⑤ 전달 – 전송

14회

기술 | 기술 이론 글 수준: ★★★★ 어휘 수준: ★★★★ 글자 수: 1065

공부한 날 [ ] 월 [ ] 일

15분 안에 푸세요.

(가) 간혹 도로 위를 지날 때, 권총 모양의 기구를 이용해 지나가는 자동차의 속도를 ㉠재는 교통 경찰관을 본 적이 있을 것이다. 이때 경찰관이 사용하는 권총 모양의 기구를 '스피드 건'이라고 하는데, 스피드 건은 자동차의 속도를 잴 때뿐만 아니라, 야구장에서 투수가 던지는 공의 속도를 측정할 때에도 사용된다. 그럼 스피드 건은 어떻게 움직이는 자동차나 공의 속도를 측정할 수 있을까?

▲ 스피드 건

(나) 스피드 건의 작동 원리를 알기 위해서는 먼저, '도플러 효과'를 이해해야 한다. 도플러 효과는 1842년 오스트리아의 물리학자 도플러가 발견한 것으로, 소리를 내는 음원*과 소리를 듣는 관측자가 서로 가까워지거나 멀어질 때 소리의 진동수*가 변하는 현상을 말한다. 예를 들어, 도로에서 들리는 소방차의 사이렌 소리가 정지해 있는 '나'와 가까워지면 '엥– 엥– 엥–'과 같이 촘촘하고* 높은 소리로 들리고, 반대로 '나'를 지나 멀어지면 '엥—— 엥—— 엥——'과 같이 느슨하고 낮은 소리로 들리는 현상 등이다. 이때 소리는 물결 모양의 파동*으로 퍼져나간다. 이 파동이 1초에 얼마나 떨리는지를 말해 주는 진동수가 음높이를 결정하는 것이다. 즉 다가오는 소방차가 내는 사이렌 소리는 원래 소리의 진동수보다 더 큰 진동수의 소리로 들리고, 멀어지는 소방차가 내는 사이렌 소리는 더 작은 진동수의 소리로 들린다. 마찬가지로 듣는 사람이 움직여도 같은 현상이 일어난다. 듣는 사람이 다가가면 소리의 진동수는 높아지고, 듣는 사람이 멀어지면 진동수는 낮아진다. 이런 진동수의 변화가 소리의 [㉡] 차이로 나타난다는 것이다.

(다) 도플러 효과는 비단* 소리뿐만 아니라 빛이나 전파*, 물결과 같은 모든 파동에서 동일하게 나타난다. 미국에서 차량의 속도위반*을 단속하기* 위해 1954년에 처음으로 개발된 스피드 건은 이런 도플러 효과를 잘 이용한 기구이다. 방법은 간단하다. 스피드 건이 다가오는 자동차를 향해 레이더 파*를 발사하고*, 다시 자동차에 반사되어 돌아오는 레이더 파를 감지한다*. 그러면 스피드 건 내부에 있는 컴퓨터가 스피드 건에서 발사한 레이더 파의 진동수와 달리는 자동차에서 반사된 진동수를 비교해 자동차의 속도를 계산해 주는 것이다.

낱말 풀이

*__음원__ 소리가 나오는 근원. *__진동수__ 1초 동안에 같은 현상이 되풀이되는 횟수. *__촘촘하고__ 틈이나 간격이 매우 좁거나 작고. *__파동__ 공간의 한 점에서 일어난 물리적인 상태의 변화가 주변으로 퍼지는 현상. *__비단__ 부정하는 말 앞에서 '다만', '오직'의 뜻으로 쓰이는 말. *__전파__ 물체 안에서 전류가 진동함으로써 밖으로 퍼지는 파동. *__속도위반__ 교통 법규상 제한되어 있는 차량의 속도를 넘어 속력을 내는 일. *__단속하기__ 법, 규칙, 명령 등을 어기지 않게 통제하기. *__레이더 파__ 전자파의 일종으로, 진동수가 빛보다 작고 전파보다 큼. *__발사하고__ 활, 총, 대포, 화살 같은 것을 쏘고. *__감지한다__ 느끼어 안다.

1 주제 찾기

글쓴이가 이 글을 쓴 까닭은 무엇인가요? (   )

① 스피드 건의 용도를 설명하기 위해서
② 파동과 파장에 대해 설명하기 위해서
③ 스피드 건의 필요성을 설명하기 위해서
④ 파동과 진동수의 관계를 설명하기 위해서
⑤ 스피드 건의 작동 원리를 설명하기 위해서

2 구조 알기

이와 같은 글을 읽는 방법으로 알맞은 것은 무엇인가요? (   )

① 설명하는 내용이 정확한지 확인하며 읽는다.
② 글쓴이의 주장과 그 근거를 파악하며 읽는다.
③ 주장에 대한 근거의 타당성을 생각하며 읽는다.
④ 인물 간의 관계와 갈등 상황을 파악하며 읽는다.
⑤ 글쓴이가 전달하고자 하는 교훈을 파악하며 읽는다.

3 세부 내용

이 글의 내용과 일치하지 않는 것은 무엇인가요? (   )

① 스피드 건은 미국에서 처음 개발되었다.
② 스피드 건은 물체의 속도를 잴 때 활용된다.
③ 스피드 건은 도플러 효과를 이용한 도구이다.
④ 스피드 건을 이용해 과속 차량의 속도위반을 단속할 수 있다.
⑤ 스피드 건은 레이더 파의 밝기의 변화량을 측정해 속도를 계산한다.

4 어휘 어법

㉠과 같은 뜻으로 쓰인 낱말은 무엇인가요? (   )

① 시합에서 이겼다고 너무 재지 마라.
② 신체검사를 하는 날은 키와 몸무게를 잰다.
③ 할머니께서는 쌀을 한 가마니 이상 재어 두셨다.
④ 그는 행동이 재서 모든 것을 빨리빨리 처리한다.
⑤ 김장을 하기 위해서는 소금에 잰 배추가 있어야 한다.

5 추론하기

㉡에 들어갈 알맞은 낱말은 무엇인가요? (　　　　)

① 전파　　② 속도　　③ 음파
④ 음높이　　⑤ 음길이

6 구조 알기

스피드 건이 달리는 자동차의 속도를 측정하는 방법의 차례대로 기호를 쓰세요.

㉮ 진동수의 차이를 측정해 자동차의 속도를 계산한다.
㉯ 자동차에 반사되어 돌아오는 레이더 파를 감지한다.
㉰ 스피드 건이 다가오는 자동차를 향해 레이더 파를 발사한다.
㉱ 내부에 있는 컴퓨터가 발사한 레이더 파와 반사된 레이더 파의 진동수를 비교한다.

(　　　　) → (　　　　) → (　　　　) → (　　　　)

수능 연계

7 비판하기

이 글의 독자가 [보기]를 읽고 난 반응으로 알맞지 않은 것은 무엇인가요? (　　　　)

[보기] 도플러 효과는 병원에서도 매우 유용하게 이용된다. 초음파를 혈관 속으로 발사하여 혈액이 흐르는 속도를 측정하면, 부정맥이나 심장병, 협심증이나 뇌졸중 등과 같은 심혈관 질환을 미리 알 수 있다. 또한 기상 레이더에도 도플러 효과를 적용할 수 있다. 구름에 전자기파를 발사한 후, ______ 구름의 이동 속도와 바람의 방향 등을 분석할 수 있다.

① [보기]는 도플러 효과가 사용되는 또 다른 예에 해당해.
② 기상 레이더와 스피드 건은 그 작동 원리가 같다고 볼 수 있겠네.
③ 도플러 효과는 자동차나 공의 속도를 재는 것 외에도 다양한 분야에서 활용될 수 있겠어.
④ [보기]의 빈칸에는 '반사되어 돌아오는 전자기파의 진동수를 비교한다'는 내용이 들어가야겠네.
⑤ 도플러 효과는 빛이나 전파와 같은 파동에서는 소리와 조금 다른 모양이나 상태를 보인다고 알려 주고 있어.

14회 지문 익힘 어휘

1

어휘 의미

낱말에 알맞은 뜻을 찾아 선으로 이으세요.

(1) 비단 ●	● ㉮ 느끼어 알다.
(2) 발사하다 ●	● ㉯ 총, 대포, 화살 같은 것을 쏘다.
(3) 감지하다 ●	● ㉰ 틈이나 간격이 매우 좁거나 작다.
(4) 촘촘하다 ●	● ㉱ 법, 규칙, 명령 등을 어기지 않게 통제하다.
(5) 단속하다 ●	● ㉲ 부정하는 말 앞에서 '다만', '오직'의 뜻으로 쓰이는 말.

2

어휘 활용

빈칸에 들어갈 알맞은 낱말을 [보기]에서 찾아 쓰세요.

[보기] 발사 촘촘 감지 단속 비단

(1) 감기에 걸린 사람이 ( ) 나뿐이 아니었다.

(2) 오징어는 위험을 ( )하면 먹물을 내뿜는다고 한다.

(3) 나는 손바닥만 한 종이에 수업 내용을 ( )하게 적었다.

(4) 다음 달에 우리나라 최초의 달 탐사선이 ( )될 예정이다.

(5) 어린이 보호 구역에서는 속도위반을 철저하게 ( )해야 한다.

3

어휘 확장

[보기]의 빈칸에 공통으로 들어갈 낱말은 무엇인가요? ( )

[보기]
- 우리는 소리가 나는 음□을 찾아 나섰다.
- 지열 발전은 에너지□(으)로 지구 내부의 열을 이용한다.
- 수질을 오염시키는 오염□(으)로 자동차의 배기가스나 공장 폐수 등이 있다.

① 파 ② 악 ③ 원 ④ 질 ⑤ 광

15회

예술·체육 | 건축 글 수준: ★★★ 어휘 수준: ★★★ 글자 수: 1076

공부한 날 [ ]월 [ ]일

13분 안에 푸세요.

▲ 타지마할

(가) 인도 이슬람 예술의 최고봉이라 할 수 있는 타지마할은 궁전 형식의 묘지이다. 무굴 제국의 황제 샤 자한이 사랑했던 왕비 뭄타즈 마할이 아이를 낳다가 죽자, 그녀를 추모하기* 위해 만든 것으로 알려져 있다. 타지마할이 완성되는 데에는 22년이라는 오랜 기간이 걸렸고, 동원된* 인력만 해도 2만 명이 넘는다고 한다. 타지마할이 완공되자* 이보다 더 아름다운 궁전을 만들지 못하게 하기 위해 샤 자한이 건설에 참여했던 모든 사람들의 손목을 잘랐다는 이야기도 전해진다.

(나) 타지마할 건축의 아름다움은 세계적으로도 ㉠손꼽힌다. 최고급 대리석은 밤에 달빛을 반사하여 옅은 분홍색을 띠고, 궁전의 내외부를 장식한 보석들은 터키와 미얀마, 이집트, 중국 등 세계 각지에서 수입된 최고급 천연석만을 사용하였다. 대리석과 보석에는 ㉡'피에트라 듀라'라는 모자이크 기법*이 사용되었는데, 이는 대리석에 모양을 판 뒤 그 홈에 보석을 끼워 넣는 방식이다. 덕분에 5백 년이 지나도 보석들이 대리석에서 떨어지지 않고 찬란하게 빛난다고 한다.

(다) 타지마할은 당시 무굴 제국의 대칭적*인 건축 구조를 그대로 반영하고* 있다. 우선 붉은 사암*으로 된 아치형* 정문을 통과하면 넓은 뜰에 수로가 있는 정원이 펼쳐진다. 이 정원을 크게 넷으로 나누어 정원 중앙의 교차 지점에 연못을 만들었다. 길이가 300m에 이르는 일직선의 수로에는 분수가 촘촘하게 박혀 있고, 수로의 양쪽 길에는 사이프러스 나무를 심었다.

(라) 긴 수로의 끝에는 우리가 일반적으로 타지마할이라고 부르는 흰 대리석의 중앙 묘궁*이 있다. 이 묘궁은 팔각형 평면 위에 돔*을 올린 형태로, 네 모퉁이에 배치한* 첨탑이 중앙의 돔을 둘러싸고 있다. 묘궁을 중심으로 동쪽과 서쪽에 다시 대칭을 이루는 두 개의 붉은색 건물이 있는데, 서쪽 건물은 이슬람교의 예배당인 모스크이고, 동쪽 건물은 미적* 균형을 맞추기 위해 지은 영빈관*이다. 즉 타지마할 전체는 출입구부터 본관까지 중앙의 연못을 중심으로 완벽한 좌우 대칭을 이루고 있다.

(마) 이렇게 완벽한 대칭 구조와 균형 잡힌 아름다움, 아름다운 장식과 보석 등으로 장식된 타지마할은 1983년 유네스코 세계 문화유산으로 등재되었으며*, 아울러 지금까지도 세계 7대 불가사의* 중 하나로 유명하다*.

낱말 풀이

*** 추모하기** 죽은 사람을 그리면서 생각하기. *** 동원된** 어떤 목적이 이루어지도록 사람이나 물건, 방법 등이 한데 모인. *** 완공되자** 공사가 완전히 다 이루어지자. *** 모자이크 기법** 여러 가지 빛깔의 돌이나 유리, 금속, 타일 등을 조각조각 붙여서 무늬를 만들거나 그림을 그리는 기법. *** 대칭적** 두 사물이 서로 크기나 모양이 정확히 같아 한 쌍을 이루는 것. *** 반영하고** 다른 것에 영향을 받아 어떤 현상을 나타내고. *** 사암** 모래가 뭉쳐서 단단히 굳어진 암석. *** 아치형** 활과 같은 곡선으로 된 형태나 형식. *** 묘궁** 묘가 있는 궁전. *** 돔** 공을 반으로 잘라 놓은 것처럼 모양이 둥근 지붕. *** 배치한** 사람이나 물건 등을 일정한 순서나 간격에 따라 벌여 놓은. *** 미적** 아름다움에 관한 것. *** 영빈관** 귀한 손님을 맞이하기 위해 잘 지은 큰 집. *** 등재되었으며** 이름이나 어떤 내용이 장부에 적혀 올려졌으며. *** 불가사의** 보통 생각으로는 도무지 알 수 없는 이상한 일이나 사물. *** 유명하다** 이름이 널리 알려져 있다.

1 구조 알기

이 글에 대한 설명으로 알맞은 것은 무엇인가요? (　　　)

① 타지마할의 역사적 가치를 분석하고 있다.
② 타지마할의 건축 목적과 특징을 설명하고 있다.
③ 타지마할의 건축 기법을 다른 건축물과 비교하여 설명하고 있다.
④ 타지마할의 본관 내부 구조를 그림 그리듯 자세히 설명하고 있다.
⑤ 타지마할이 왜 세계 문화유산으로 지정되었는지 그 이유를 설명하고 있다.

2 세부 내용

이 글의 내용과 일치하지 않는 것은 무엇인가요? (　　　)

① 샤 자한은 무굴 제국의 황제였다.
② 타지마할은 인도에 있는 건축물이다.
③ 타지마할이 완공되기까지는 22년이 걸렸다.
④ 타지마할은 죽은 왕비를 추모하기 위해 지어졌다.
⑤ 타지마할에 사용된 대리석은 세계 각지에서 수입된 것이다.

3 어휘 어법

㉠의 뜻을 활용한 문장으로 알맞지 않은 것은 무엇인가요? (　　　)

① 이 공연의 완성도는 세계적으로 손꼽힌다.
② 지수는 전국에서 그림을 잘 그리기로 손꼽힌다.
③ 소미는 우리 반에서 운동을 잘하기로 손꼽히고 있어.
④ 재욱이는 일 등을 놓친 적이 손꼽힐 정도로 공부를 잘해요.
⑤ 이 책은 내가 읽은 책 중에서 가장 재미있었던 책으로 손꼽힌다.

4 세부 내용

㉡에 대한 설명으로 알맞지 않은 것은 무엇인가요? (　　　)

① 모자이크 기법 중 하나이다.
② 타지마할 건축에 세계 최초로 사용된 기법이다.
③ 천연석들이 대리석에서 떨어지지 않고 박혀 있을 수 있다.
④ 대리석에 모양을 판 뒤 그 홈에 보석을 끼워 넣는 방식이다.
⑤ 타지마할 건물 내외부를 장식한 천연석들에 사용된 기법이다.

5 주제 찾기

다음 중 타지마할의 특징을 가장 잘 나타낸 말은 무엇인가요? (   )

① 수로　　② 대칭 구조　　③ 붉은 사암
④ 찬란한 보석　　⑤ 아치형 정문

6 구조 알기

[보기]의 내용이 들어가기에 알맞은 곳은 어디인가요? (   )

> [보기] 중앙 묘궁의 내부에는 가운데를 둘러싸고 있는 4개의 묘실, 즉 시체가 안치되어 있는 무덤 속의 방이 있고, 중앙 묘실에 샤자 한 황제 부부의 기념비와 무덤이 있다. 무덤은 아름다운 돌로 장식되어 있으며 보석이 박힌 대리석으로 둘러싸여 있다. 그러나 이 무덤은 가짜이며, 진짜 관은 지하실에 보관되어 있다.

① 글 ㈎의 앞　　② 글 ㈏의 뒤　　③ 글 ㈐의 뒤
④ 글 ㈑의 뒤　　⑤ 글 ㈒의 뒤

수능 연계

7 추론 하기

다음 타지마할의 배치도에서 ㉮~㉲에 대해 알맞게 말하지 <u>못한</u> 것은 무엇인가요? (   )

[보기]

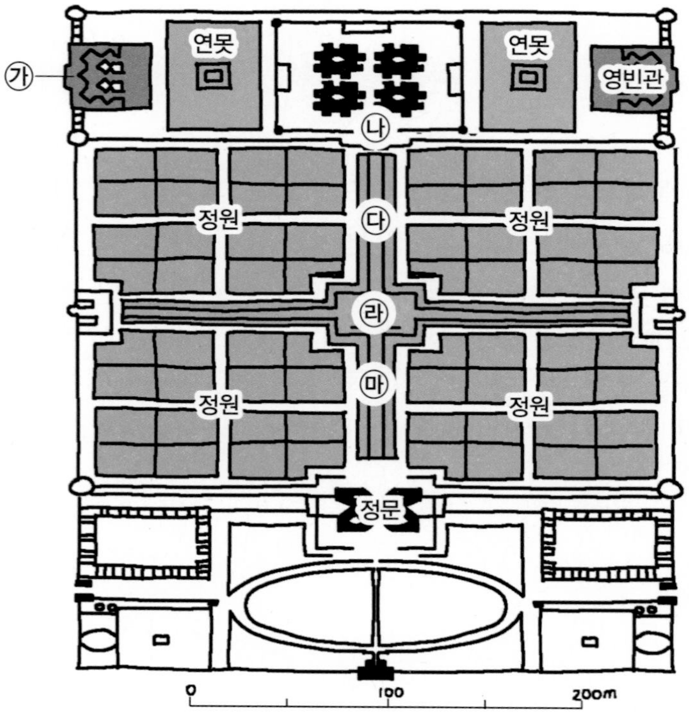

4

① ㉮는 오른쪽의 영빈관과 대칭을 이루고 있으니 모스크라고 볼 수 있어.
② ㉯는 본관 건물로 붉은 사암으로 지어진 묘궁이겠네.
③ ㉰와 ㉲는 정문 앞을 흐르는 긴 수로로 봐야겠군.
④ ㉰와 ㉲에는 분수가 촘촘하게 박혀 있겠군.
⑤ ㉱는 네 개의 정원 중앙에 있는 연못이겠군.

정답 31쪽

15회 지문 익힘 어휘

1

어휘 의미

뜻에 알맞은 뜻을 찾아 선으로 이으세요.

(1) 공사가 완전히 다 이루어지다.	㉮ 추모하다
(2) 죽은 사람을 그리면서 생각하다.	㉯ 배치하다
(3) 사람이나 물건 등을 일정한 순서나 간격에 따라 벌여 놓다.	㉰ 동원되다
(4) 어떤 목적이 이루어지도록 사람이나 물건, 방법 등이 한데 모이다.	㉱ 완공되다

2

어휘 활용

빈칸에 들어갈 알맞은 낱말을 [보기]에서 찾아 쓰세요.

[보기] 추모 완공 동원 배치

(1) 내일 김 선생님을 ( )하는 행사가 열린다.

(2) 공부방에는 책상과 침대를 나란히 ( )해 주세요.

(3) 홍수 피해를 입은 주민들을 돕기 위해 많은 군인들이 ( )되었다.

(4) 올해 공사를 시작한 강당 건물은 내년 ( )을/를 목표로 하고 있다.

3

어휘 확장

밑줄 친 낱말 중 [보기]처럼 뜻이 있는 두 낱말이 합쳐져 한 낱말을 이룬 것은 무엇인가요? ( )

[보기] • <u>묘</u> + <u>궁</u> → 묘궁 • <u>사과</u> + <u>나무</u> → 사과나무

① 잠깐 <u>지우개</u> 좀 빌려줄래?

② 오늘은 <u>달빛</u>이 참 환하구나.

③ 동생이 <u>맨손</u>으로 모기를 잡았다.

④ 재욱이는 동네에서 유명한 <u>장난꾸러기</u>였다.

⑤ 우리집 정원에 <u>장미</u>가 분홍색 꽃을 피웠다.

有

있을 유

'유(有)' 자는 '있다', '존재하다', '소유하다'라는 뜻을 나타내요. 손을 뜻하는 또 우(又) 자와 고기 육(肉)자가 변형된 달 월(月)자가 합쳐져 손에 고기를 들고 있는 글자의 모습에서 '소유하다'라는 뜻을 표현했어요.

● **다음 획순에 따라 한자를 따라 쓰세요.**

有 一 ナ 𠂇 冇 有 有

有 有 有

소유 所有
(바 소, 있을 유)

자기의 것으로 가지고 있음.

예 우리가 묵는 호텔은 아빠 회사의 소유라고 했다.

반대말 무소유(無所有): 아무것도 가진 것이 없음.

유명 有名
(있을 유, 이름 명)

이름이 널리 알려져 있음.

예 이 교회는 유명 건축가가 지은 건물이다.

반대말 무명(無名): 이름이 널리 알려져 있지 않음.

유리 有利
(있을 유, 이로울 리)

이익이 됨.

예 축구 경기에서는 미리 공격하는 팀이 유리하다.

반대말 불리(不利): 조건이나 입장 등이 이익이 되지 않음.

Q 반대되는 뜻을 가진 낱말끼리 짝 지어지지 <u>않은</u> 것의 기호를 쓰세요. (　　　)

㉮ 소유 – 보유　　㉯ 유명 – 무명　　㉰ 유리 – 불리

정답 ㉮

4주

16회

인문 | 한국사 글 수준: ★★★★ 어휘 수준: ★★★★ 글자 수: 1144

공부한 날 [ ] 월 [ ] 일

15분 안에 푸세요.

거란은 몽골 지역에서 유목* 생활을 하던 민족으로, 916년 나라를 세우고 이름을 '요'라고 하였다. 이후 926년 만주의 패권*을 두고 대립하던 발해를 멸망시켰다*.

당시 고려를 건국한 태조 왕건은 거란을 발해를 멸망시킨 무도한* 나라라고 여겨 매우 경계하였다*. 거란은 고려와 외교 관계를 맺기 위해 942년 사신*과 함께 낙타 50필을 선물로 보냈다. 그러나 왕건은 사신들을 모두 섬으로 유배* 보내고, 낙타는 개성의 만부교 아래 묶어 두고 굶어 죽게 하였다. 게다가 고려는 고구려 계승*을 내세우며 북진 정책*을 실시하고 발해의 유민*들을 적극적으로 받아들였고, 그 결과 고려의 영토는 청천강을 넘어 압록강 하류에까지 이르렀다. 960년, 조광윤이 중국을 하나로 통일하여 '송'을 건국하자, 고려는 송나라와 국교*를 맺었다. 송나라를 무너뜨리고 중국 전역을 차지하고 싶었던 거란은 송나라를 공격하기 전에 배후*에 있는 고려를 먼저 공격해 불안 요소를 없애고자 하였다.

그리하여 성종 12년인 993년, 거란의 소손녕이 대군을 이끌고 압록강을 건너 침입하였다. 이 소식을 들은 고려 조정은 서경 이북의 땅을 내주고 전쟁을 끝내자는 의견이 많았다. 그러나 국제 정세*에 밝았던 서희는 거란의 침략 목적이 영토 확장이 아니라는 것을 알아채 직접 소손녕과의 담판*에 나섰다.

소손녕은 "고려는 신라 땅에서 일어났고 고구려 땅은 우리 거란의 땅인데 너희들이 침범하였다. 또 우리와 국경을 맞대고 있으면서 바다 건너 송나라와 교류하기 때문에 군사를 이끌고 온 것이다. 만약 땅을 돌려주고 우리와 교류하면 무사할* 것이다."라고 주장하였다.

이에 서희는 "우리 고려는 고구려를 계승하여, 이름을 고려라고 짓고 평양을 도읍으로 삼았소. 그러니 고구려 땅은 우리의 땅이 분명하오. 다만 고려가 거란과 교류하지 못한 것은 여진이 길을 막고 있기 때문이오. 거란이 여진을 쫓아내 우리의 옛 땅을 돌려준다면 어찌 거란과 외교 관계를 맺지 않겠소?"라고 답하였다.

(가) 이 말을 들은 거란은 서희의 주장을 받아들여 전쟁을 끝내고 돌아갔다. 서희는 전쟁 없이 거란을 물리쳤을 뿐 아니라, 거란에게 여진족이 차지하고 있던 강동 6주를 얻어 냈다. 강동 6주는 흥화진, 귀주, 통주, 용주, 철주, 곽주의 압록강 동쪽에 있는 여섯 개 지역으로, 군사와 교통의 요충지였다. 이로써 고려의 영토는 압록강 연안*까지 넓어졌다.

낱말 풀이

*유목 소나 양과 같은 가축이 먹을 풀과 물을 찾아 옮겨 다니면서 삶. *패권 어떤 분야에서 최고의 자리를 차지하여 가지는 권리와 힘. *멸망시켰다 망하여 없어지게 했다. *무도한 말, 행동 등이 사람이 지켜야 할 도리에 어긋나 아주 못된. *경계하였다 뜻밖의 사고나 위험이 생기지 않도록 살피고 조심하였다. *사신 임금이나 나라의 명령을 받고 다른 나라에 파견되는 신하. *유배 죄인에게 형벌을 주어 먼 시골이나 섬으로 보냄. *계승 조상의 전통이나 문화, 업적 등을 물려받아 계속 이어 나감. *정책 정치적인 목적을 이루기 위한 방법. *유민 일정한 거처 없이 이리저리 떠돌아다니는 백성. *국교 나라와 나라 사이의 외교 관계. *배후 어떤 대상이나 무리의 뒤쪽. *정세 일이 되어 가는 형편. *담판 서로 맞선 관계에 있는 둘이 논의하여 옳고 그름을 따져 결론을 내림. *무사할 아무런 문제나 어려움 없이 편안할. *연안 바다, 강, 호수 등과 닿아 있는 땅.

1 구조 알기

이 글에 대한 설명으로 알맞은 것은 무엇인가요? (　　　)

① 거란의 침략과 관련해 상반된 평가를 소개하고 있다.
② 거란의 역사를 고려의 역사와 비교하여 설명하고 있다.
③ 역사적 사건과 관련된 용어를 정확하게 풀어서 설명하고 있다.
④ 중국과 거란의 역사적 관계를 다른 대상에 빗대어 표현하고 있다.
⑤ 거란의 성장과 고려를 침략하는 과정을 시간 순서대로 서술하고 있다.

2 세부 내용

이 글의 내용과 일치하지 않는 것은 무엇인가요? (　　　)

① 거란은 유목 민족이었다.
② 거란이 세운 나라의 이름은 '요'이다.
③ 고려는 거란을 경계하며 적대하였다.
④ 발해를 공격하여 멸망시킨 것은 송나라이다.
⑤ 고려는 북진 정책을 추진하며 발해의 유민들을 받아들였다.

3 구조 알기

이 글에서 사건이 일어난 차례대로 기호를 쓰세요.

> ㉮ 거란이 고려에 사신과 낙타 50필을 보냈다.
> ㉯ 조광윤이 '송'을 건국해 고려와 국교를 맺었다.
> ㉰ 서희가 거란과 담판에 나서 강동 6주를 얻었다.
> ㉱ 거란의 소손녕이 대군을 이끌고 고려를 침입했다.

(　　　) → (　　　) → (　　　) → (　　　)

4 세부 내용

다음 지도에서 ㉮에 대한 설명으로 알맞은 것을 두 가지 고르세요. (　　,　　)

[보기]

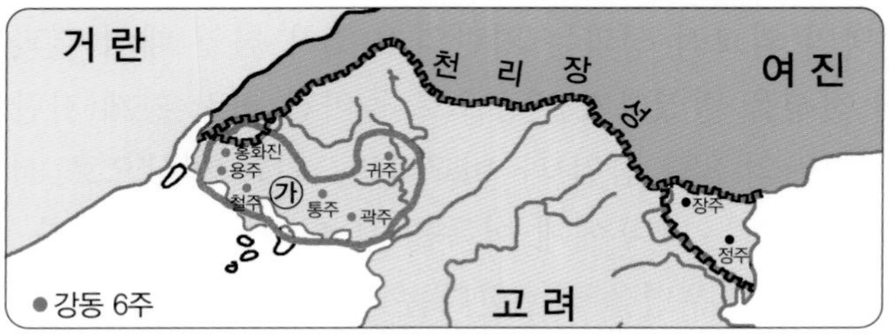

① 옛날부터 거란이 차지하고 있던 곳이었다.
② 고려가 계속해서 차지하고 있던 지역이다.
③ 서희의 외교 담판 후 고려가 얻게 된 지역이다.
④ 거란과의 전쟁에서 고려가 거란에 빼앗긴 지역이다.
⑤ 고려에 있어 중국 대륙과 인접한 군사·교통의 요충지이다.

5 어휘 어법

㈎ 부분의 내용을 속담으로 표현할 때 알맞은 것은 무엇인가요? (　　　　)

① 말이 씨가 된다
② 말이 많으면 쓸 말이 적다
③ 말 한마디에 천 냥 빚도 갚는다
④ 말이란 아 해 다르고 어 해 다르다
⑤ 말은 해야 맛이고 고기는 씹어야 맛이다

6 추론 하기

이 글을 읽고 더 찾아볼 내용으로 알맞지 <u>않은</u> 것은 무엇인가요? (　　　　)

① 서희의 외교 담판 후 고려가 얻은 것은 무엇인지 알아본다.
② 거란은 강동 6주를 어떠한 방식으로 고려에 넘겨주었는지 알아본다.
③ 거란의 침입 당시 고려와 거란, 여진의 지리적 위치를 지도를 통해 알아본다.
④ 서희는 거란의 침략 목적이 영토 확장이 아니라는 것을 어떻게 알았는지 조사한다.
⑤ 강동 6주를 넘겨받은 후에 고려와 거란의 관계, 고려와 여진의 관계는 어떠했는지 알아본다.

수능 연계

7 적용 창의

이 글을 바탕으로 [보기]를 이해한 것으로 알맞은 것은 무엇인가요? (　　　　)

[보기] 고려 초의 외교관인 '서희'는 우리 역사상 최고의 협상가로 평가받는다. 그러나 서희와 외교 담판을 벌였던 거란의 소손녕 장군에 대해서도 주목해야 할 필요가 있다. 소손녕은 자칫 대군을 이끌고 와서 오히려 고려에 강동 6주를 내준 어리숙한 인물로 보일 수 있으나, 그 이면을 살펴보면 그 역시 어리석은 인물만은 아니였다. 그는 전쟁을 오래 끌어 거란에 피해가 갈 수 있는 위험을 피했을 뿐 아니라, 고려가 송 대신 거란과 교류하겠다는 약속을 받아 냈으므로 궁극적인 목표도 달성했다.

소손녕의 외교적 성과는 거란의 2, 3차 침입 때의 결과를 통해 더 잘 드러난다. 무모하게 전쟁을 벌였다가 빈손으로 돌아간 거란 황제(거란의 2차 침입)나 소손녕의 형 소배압(거란의 3차 침입)과 비교하면, 외교 협상으로 서로가 원하는 바를 주고받은 소손녕과 서희는 모두에게 이득을 본 담판을 한 것이다. 이는 외교관의 지혜와 협상력이 그 나라의 운명을 좌우한다는 사실을 잘 보여 준다.

① 서희는 거란의 2, 3차 침입까지 막아 낸 최고의 협상가라 할 수 있다.
② 서희뿐 아니라 소손녕도 전쟁을 최소화한 위대한 협상가라 할 수 있다.
③ 서희와 소손녕은 강동 6주를 놓고 싸운 어리석은 인물들이라 볼 수 있다.
④ 소손녕은 전쟁으로 원하는 바를 이룬 진정한 전쟁 영웅이라고 볼 수 있다.
⑤ 서희가 아니었다면, 고려는 거란과의 전쟁에서 승리할 수 있었다고 평가받는다.

16회 지문 익힘 어휘

1
어휘 의미

낱말과 그 뜻이 알맞게 짝 지어지지 않은 것은 무엇인가요? (   )

① 배후: 어떤 대상이나 무리의 뒤쪽.
② 패권: 싸움이나 경쟁 등에서 크게 짐.
③ 유민: 일정한 거처 없이 이리저리 떠돌아다니는 백성.
④ 유배: 죄인에게 형벌을 주어 먼 시골이나 섬으로 보냄.
⑤ 담판: 서로 맞선 관계에 있는 둘이 논의하여 옳고 그름을 따져 결론을 내림.

2
어휘 활용

첫소리를 참고해 빈칸에 들어갈 알맞은 낱말을 쓰세요.

(1) 오늘 그 사람을 만나 [ ]을/를 짓고 문제를 해결하기로 했다. •   • ㉮ 유민
(2) 아군은 적군이 느슨한 틈을 타 그들의 [ ]을/를 공격하였다. •   • ㉯ 담판
(3) 이 전쟁에서 승리하는 쪽이 이 지역의 [ ]을/를 장악하게 될 것이다. •   • ㉰ 유배
(4) 왕은 백성들을 괴롭혔던 지방 관리들을 모두 섬으로 [ ]을/를 보냈다. •   • ㉱ 배후
(5) 그 당시 계속되는 흉년으로 농민들이 [ ]이/가 되어 전국을 떠돌게 되었다. •   • ㉲ 패권

3
어휘 확장

빈칸에 들어갈 알맞은 낱말을 [보기]에서 찾아 기호를 쓰세요.

[보기] ㉮ 경계(境界): 서로 다른 두 지역이나 사물이 구분되는 지점.
㉯ 경계(警戒): 뜻밖의 사고나 위험이 생기지 않도록 살피고 조심함.

(1) 자고 일어났더니, 꿈과 현실의 [ ]이/가 모호했다. (   )
(2) 남한과 북한 사이의 [ ] 지역에는 군사들이 대치하고 있다. (   )
(3) 겨울철에는 특히 교통사고 예방을 위한 [ ]을/를 게을리해서는 안 된다. (   )

17회

사회 | 사회 문화 글 수준: ★★★ 어휘 수준: ★★★★ 글자 수: 1189

공부한 날 ( )월 ( )일

14분 안에 푸세요.

(가) 아마 '급식충', '틀딱충'이란 말을 들어 본 적이 있을 것이다. 이 말은 모두 최근에 문제가 되고 있는 모욕감을 주는 표현들이다. '급식충'은 미성년자나 중고등학생들을 '급식이나 먹는 존재'로 비하하는* 말이고, '틀딱충'은 '틀니'와 의성어 '딱딱'을 합성한 말로 틀니를 착용하는 노인을 비하하는 말이다. 이밖에도 '엄마'라는 입장을 특권*처럼 내세워 주변에 피해를 입히는 여성들을 비꼬는 '맘충'이나 중국인을 얕잡아* 보는 표현인 '짱개' 등도 모두 누군가를 비하하거나 모욕하는 혐오* 표현들이다.

(나) 그렇다면 혐오 표현이란 정확히 무엇일까? 혐오 표현은 어떤 개인이나 집단에 대하여 그들이 사회적 소수자*로서의 속성*을 가졌다는 이유로 차별, 또는 혐오하거나 차별·적의*·폭력을 선동하는* 표현을 ㉠말한다. 여기서 '사회적 소수자'의 대표적인 예로 여성, 이주민, 장애인 등이 있다. 역사적으로 가장 유명한 혐오도 인종 차별*에서 비롯되었다*. 나치의 유대인 대학살은 히틀러가 이끄는 나치당이 국가와 사회의 각종 문제를 유대인의 책임으로 돌리며 그들에 대한 혐오를 만든 것에서 시작되었다. 또한 1960년대까지 미국에서는 흑인에 대한 차별과 혐오가 만연했다*. 흑인은 아무리 공부를 잘해도 대학에 들어갈 수 없었으며 카페나 식당 등을 자유롭게 이용할 수도 없었다. 이러한 유대인 대학살이나 흑인 차별 등은 모두 인종에 대한 혐오에서 비롯된 것이다.

(다) 혐오 표현은 그 대상이 되는 개인이나 집단에 공포나 모욕감, 수치심* 등을 느끼게 한다. 특히 온라인에서의 언어폭력은 이들을 낙인찍고* 괴롭히는 도구가 되기도 한다. 또한 사람들 사이에 갈등을 일으키고, 주변으로 빠르게 퍼져나가 폭력과 범죄로 이어질 수 있다. 즉 개인의 문제를 넘어서 사회적으로도 큰 문제가 될 수 있다.

(라) 우리는 일상생활에서 무의식적으로 혹은 재미삼아 아무렇지 않게 혐오 표현을 사용하기도 한다. 쉽게 결정을 내리지 못하는 성격을 나타내는 '결정 장애'도 알고 보면 쓰지 말아야 할 혐오 표현이다. 결단력이 부족한 모습에 '장애'라는 말을 붙이는 것은 부족함, 열등감을 의미하기 때문이다.

(마) 우리는 혐오 표현의 개념과 문제점을 정확히 알고, 내가 무의식적으로 하는 말 속에 혐오 표현이 있지 않은지 스스로 주의해야 한다. 나아가 개인의 존엄성을 해치고 차별을 악화시키는 혐오 표현을 사용하지 않도록 노력하고, 각종 미디어를 이용할 때에도 혐오와 차별이 없는지 주의 깊게 살펴보는 자세가 필요하다.

낱말 풀이

* **비하하는** 하찮게 여겨 낮추는. * **특권** 특별한 권리. * **얕잡아** 다른 사람의 재주나 능력 등을 실제보다 낮추어 보아 하찮게 대하여. * **혐오** 싫어하고 미워함. * **소수자** 적은 수의 사람. * **속성** 사물이 본래부터 가지고 있는 특징이나 성질. * **적의** 적으로 대하는 마음. * **선동하는** 다른 사람을 부추겨 어떤 일이나 행동을 하게 하는. * **인종 차별** 특정한 인종에게 편견을 갖고 사회적, 경제적, 법적으로 불평등하게 대하는 일. * **비롯되었다** 처음으로 시작되었다. * **만연했다** 전염병이나 좋지 않은 현상 등이 널리 퍼졌다. * **수치심** 매우 창피하고 부끄러운 마음. * **낙인찍고** 바꾸기 힘든 나쁜 평가나 판정을 하고.

1 주제 찾기

글쓴이가 이 글을 쓴 목적은 무엇인가요? (   )

① 혐오 표현이란 무엇인지 알려 주기 위해서
② 혐오 표현을 쓰지 말자는 주장을 하기 위해서
③ 혐오 표현을 역사적 관점에서 살펴보기 위해서
④ 혐오 표현으로 인한 피해 상황을 보고하기 위해서
⑤ 어떤 것이 혐오 표현에 해당하는지 설명하기 위해서

2 주제 찾기

글 ㈎~㈒의 중심 내용으로 알맞지 <u>않은</u> 것은 무엇인가요? (   )

① 글 ㈎: 최근 문제가 되고 있는 혐오 표현의 예
② 글 ㈏: 혐오 표현의 정확한 의미와 역사적인 예
③ 글 ㈐: 혐오 표현이 문제가 되는 까닭
④ 글 ㈑: 일상생활에서 결정 장애가 생기는 경우
⑤ 글 ㈒: 혐오 표현을 쓰지 않도록 노력하자는 당부

3 세부 내용

이 글의 내용으로 알맞지 <u>않은</u> 것은 무엇인가요? (   )

① 단순한 재미로 혐오 표현을 사용하기도 한다.
② 혐오 표현은 사회적 소수자를 그 대상으로 한다.
③ 혐오 표현은 대체로 중고등학생들에 의해 행해진다.
④ 유대인 대학살은 유대인에 대한 혐오에서 시작되었다.
⑤ 1960년대까지 미국에서는 흑인에 대한 차별이 만연해 있었다.

4 어휘 어법

밑줄 친 낱말이 ㉠과 <u>같은</u> 의미로 사용된 것은 무엇인가요? (   )

① 그분께 일자리를 <u>말해</u> 놓았습니다.
② 죽음은 모든 사람이 평등하다는 것을 <u>말해</u> 준다.
③ 힘센 것으로 <u>말하면</u> 우리 오빠를 따라갈 사람이 없다.
④ 아이는 학교에서 있었던 일을 엄마에게 모두 <u>말하였다</u>.
⑤ 동생에게 장난치지 말라고 아무리 <u>말해도</u> 듣지 않는다.

5 세부 내용

혐오 표현이 문제가 되는 까닭은 무엇인가요? (　　　　)

① 상대를 사회적 소수자로 만들기 때문에
② 상대에게 극심한 정신적 고통을 주기 때문에
③ 상대가 사회의 일원으로 살아갈 힘을 주기 때문에
④ 상대를 결정 장애가 있는 성격으로 만들기 때문에
⑤ 혐오 표현은 어린아이들이나 쓰는 표현이기 때문에

6 구조 알기

이와 같은 글을 읽는 방법으로 알맞은 것은 무엇인가요? (　　　　)

① 인물들의 갈등 상황을 파악하며 읽는다.
② 글쓴이의 주장과 근거가 적절한지 생각하며 읽는다.
③ 글쓴이가 제시한 객관적 정보의 타당성을 파악하며 읽는다.
④ 설명 대상을 파악하고, 설명 내용이 정확한지 판단하며 읽는다.
⑤ 여정에 따라 글쓴이가 보고 듣고 느낀 것이 무엇인지 생각하며 읽는다.

수능 연계

7 추론 하기

이 글의 글쓴이가 [보기]를 읽은 후의 반응으로 알맞은 것은 무엇인가요? (　　　　)

> [보기] 혐오 표현을 하는 사람들 중에는 '누구나 자신의 의견을 자유롭게 말할 수 있지 않나요?'라고 말하는 경우도 있다. 민주주의 사회에서 표현의 자유는 가장 소중하게 여겨지는 권리 중 하나이다. 그렇다면 특정 민족이나 연령층, 소수자에 대한 혐오 표현도 이러한 표현의 자유에 해당한다고 말할 수 있을까?

① 사회적 소수자에게 표현의 자유는 중요하지 않다.
② 어떠한 경우에도 표현의 자유는 법으로 보장되어야 한다.
③ 타인의 인권을 침해하는 혐오 표현은 표현의 자유로 보장받을 수 없다.
④ 표현의 자유를 보장해야 사회적 소수자를 공격하는 혐오 표현을 없앨 수 있다.
⑤ 표현의 자유를 지나치게 억압하면, 사회 구성원의 기본적인 자유조차 보장할 수 없을 것이다.

17회 지문 익힘 어휘

1 어휘 의미

낱말 뜻에 알맞은 낱말을 낱말 카드로 만들어 쓰세요.

동	비	속	선	성	오	하	혐

(1) 싫어하고 미워함. → ☐☐하다

(2) 하찮게 여겨 낮추다. → ☐☐하다

(3) 사물이 본래부터 가지고 있는 특징이나 성질. → ☐☐

(4) 다른 사람을 부추겨 어떤 일이나 행동을 하게 하다. → ☐☐하다

2 어휘 활용

빈칸에 들어갈 알맞은 낱말을 [보기]에서 찾아 쓰세요.

[보기] 선동 속성 비하 혐오

(1) 나는 전쟁을 (　　　　　　　)한다.

(2) 텔레비전은 오락적인 (　　　　　　　)을/를 가진다.

(3) 그 녀석은 늘 친구들을 (　　　　　　　)하여 말썽을 피운다.

(4) 지나친 자기 (　　　　　　　)은/는 스스로를 위해서도 좋지 않다.

3 어휘 확장

밑줄 친 낱말과 바꾸어 쓸 수 있는 낱말의 기호를 쓰세요.

(1) 최근 우리 사회에 사이버 폭력이 <u>만연해</u> 있다. ········· (　　　)
㉮ 만나　㉯ 퍼져　㉰ 증가해

(2) 착한 사마리아 인의 법은 성경에서 <u>비롯되었다</u>. ········· (　　　)
㉮ 발전되었다　㉯ 시작되었다　㉰ 해결되었다

(3) 올바른 <u>결정</u>을 내리기 위해서는 가능한 한 많은 정보를 수집해야 한다. ········· (　　　)
㉮ 의식　㉯ 경향　㉰ 결단

18회

과학 | 지구 과학 글 수준: ★★★★ 어휘 수준: ★★★ 글자 수: 1057

공부한 날 [ ] 월 [ ] 일

14분 안에 푸세요.

(가) ㉠'우리은하'란 '태양계가 속해 있는 은하'를 의미하는 것으로, 흔히 '은하계'라고도 한다. 여기서 '우리'란 말은 지구가 속한 우리 태양계가 속해 있어서 붙여진 것이다. 우주에는 이러한 은하가 1,000억 개도 넘는다고 알려져 있다. 인류는 1925년 '허블'에 의해 안드로메다대성운이 외부 은하* 라는 사실이 밝혀지기 전까지는 우리은하가 우주의 전체라고 믿어 왔다. 이후 외부은하에 대한 연구가 진행되면서 우리은하는 우주의 ㉡수없이 많은 은하 중 하나라는 사실이 밝혀졌다.

(나) 우리은하를 옆에서 보면 은하의 중심부가 ㉢약간 부풀어 오른 납작한 원반* 모양이다. 밤하늘에서 볼 수 있는 천체* 중에서 가장 ㉣거대한 구조인 은하수가 우리은하의 대표적인 구조이다. 은하수는 천구*를 가로지르는* 밝은 띠로 보이는데, 은하수의 이런 모습은 태양계를 포함하는 우리은하가 원반 모양을 하고 있다는 것을 나타내는 것이다. 태양계도 별들이 ㉤빼곡하게 모인 이 원반 내에 위치해 있다. 또 우리은하를 위에서 보면 납작한 원반 모양의 끝에서 나선* 팔이 뻗어 나온 모양이다.

(다) 우리은하의 크기는 상상할 수 없을 만큼 크다. 빛이 1년 동안 가는 거리를 1광년이라고 하는데 우리은하의 지름은 약 10만 광년, 원반 가운데 두꺼운 부분의 두께는 약 1.5만 광년, 나선 팔 부분의 두께는 1천 광년이나 된다. 그리고 태양계는 우리은하의 중심에서 약 3만 광년 정도 떨어져 있다. 만약 지구를 지름 2cm인 동전 크기라고 가정하면*, 태양은 지름 2m인 트레일러* 바퀴의 지름이고, 우리은하의 지름은 15억 킬로미터(km)라고 할 수 있다. 이는 지구와 태양 간 거리의 약 10배에 해당한다.

(라) 일반적으로 은하는 ㉥무수히 많은 별과 가스, 먼지 등으로 구성되어 있다. 우리은하도 이와 마찬가지로 약 2천억~4천억 개의 별이 있는 거대한 별의 집단이다. 그중 원반의 납작한 부분에는 젊은 별들이 집중되어 있고, 원반 가운데의 두꺼운 부분에는 오래되고 늙은 별들이 아주 성기게* 있다. 그리고 지구가 태양을 중심으로 공전하듯, 우리은하를 구성하는 별들도 [㉦]. 태양 역시 우리은하의 중심부를 초속* 250km의 빠른 속도로 2억 5,000년에 한 번씩 돌고 있다.

낱말 풀이

* **외부 은하** 은하계 밖에 있는 천체의 무리. * **원반** 접시처럼 둥글고 넓적하게 생긴 물건. * **천체** 우주에 있는 모든 물체. * **천구** 천체의 겉보기 위치를 정하기 위하여 관측자를 중심으로 하는 둥근 물체의 겉면. * **가로지르는** 어떤 공간의 가운데로 한 쪽 끝에서 다른 쪽 끝까지 놓이는. * **나선** 겉모양이 소라 껍데기처럼 한 방향으로 빙빙 돌면서 꼬인 것. * **가정하면** 사실이 아니거나 사실인지 아닌지 분명하지 않은 것을 임시로 받아들인다면. * **트레일러** 견인차에 연결하여 짐이나 사람을 실어 나르는 차. * **성기게** 비슷한 것들 여러 개의 사이가 좁지 않고 조금 떨어지게. * **초속** 일 초를 기준으로 잰 속도.

1 이 글에 대한 설명으로 알맞은 것은 무엇인가요? (　　　)

구조 알기

① 대상에 대한 다양한 평가를 소개하고 있다.
② 대상에 대한 글쓴이의 주장과 근거를 나열하고 있다.
③ 글쓴이가 보고 듣고 느낀 것을 그대로 전달하고 있다.
④ 대상에 대한 여러 가지 정보를 객관적으로 전달하고 있다.
⑤ 글쓴이의 상상력을 동원하여 실제로 일어날 수 있는 이야기를 하고 있다.

2 이 글에서 알 수 <u>없는</u> 내용은 무엇인가요? (　　　)

세부 내용

① 우리은하의 뜻
② 우리은하의 크기
③ 우리은하의 모양
④ 우리은하의 종류
⑤ 우리은하의 구성 요소

3 ㉠에 사용된 설명 방법으로 설명하기에 알맞은 주제는 무엇인가요? (　　　)

구조 알기

① 메타버스의 개념
② 혈액의 구성 요소
③ 수구와 배구의 공통점
④ 초등생 권장 도서의 예
⑤ 언어 활동의 네 가지 분류

4 글 ㈏의 내용을 정리할 때, [보기]의 빈칸에 들어갈 알맞은 낱말을 쓰세요.

세부 내용

[보기] 우리은하를 옆에서 보면 은하의 중심부가 약간 부풀어 오른 납작한 원반 모양을 하고 있고, 위에서 보면 납작한 원반 모양의 끝에서 (　　　)이/가 뻗어 나온 모양이다.

(　　　　　　)

5 어휘 어법

다음 밑줄 친 낱말과 반대되는 뜻을 가진 낱말은 무엇인가요? (   )

우리은하의 가운데에는 오래되고 늙은 별들이 성기게 있다.

① ㉡ 수없이　② ㉢ 약간　③ ㉣ 거대한
④ ㉤ 빼곡하게　⑤ ㉥ 무수히

6 추론 하기

㉦에 생략된 내용으로 알맞은 것은 무엇인가요? (   )

① 어느 순간 사라져 버린다.
② 태양을 중심으로 돌고 있다.
③ 우리은하의 중심을 돌고 있다.
④ 자신의 중심을 기준으로 돌고 있다.
⑤ 어느 정도 시간이 지나면 폭발한다.

수능 연계

7 추론 하기

이 글을 바탕으로 [보기]를 이해한 내용으로 알맞지 않은 것은 무엇인가요? (   )

[보기]

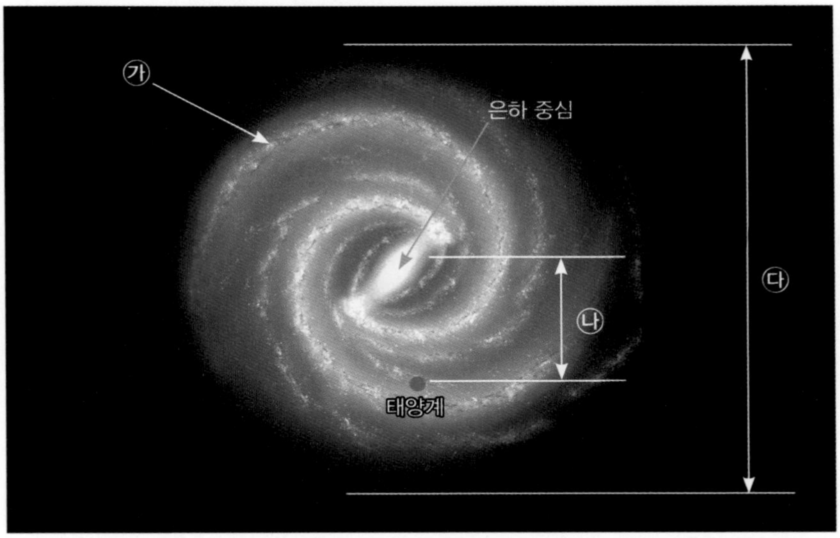

① [보기]는 우리은하를 위에서 바라본 것이다.
② 우리은하의 중심은 가운데가 볼록한 원반 모양이다.
③ ㉮는 납작한 원반 모양의 끝에서 뻗어 나온 나선 팔에 해당한다.
④ ㉯는 우리은하와 태양계까지의 거리이므로, 약 1만 5천 광년이다.
⑤ ㉰는 우리은하의 지름에 해당하므로, 약 10만 광년이다.

18회 지문 익힘 어휘

1 어휘 의미

낱말에 알맞은 뜻을 찾아 선으로 이으세요.

(1) 원반	㉮ 우주에 있는 모든 물체.
(2) 천체	㉯ 일 초를 기준으로 잰 속도.
(3) 초속	㉰ 접시처럼 둥글고 넓적하게 생긴 물건.
(4) 나선	㉱ 겉모양이 소라 껍데기처럼 한 방향으로 빙빙 돌면서 꼬인 것.

2 어휘 활용

빈칸에 들어갈 알맞은 낱말을 [보기]에서 찾아 쓰세요.

[보기] 나선 원반 천체 초속

(1) 강아지가 주인이 날린 ( )을/를 쫓아갔다.

(2) 이번 태풍은 순간 최대 풍속이 ( ) 30m/s 정도로 강력하다.

(3) 등대 꼭대기에 올라가려면 ( ) 모양의 계단을 올라가야 해.

(4) 우리는 별을 관찰하기 위해 ( ) 망원경으로 하늘을 보았다.

3 어휘 확장

밑줄 친 낱말의 뜻을 [보기]에서 찾아 기호를 쓰세요.

[보기] ㉮ 가정(家庭): 한 가족으로 이루어진 공동체나 그들이 생활하는 집.
㉯ 가정(假定): 사실이 아니거나 사실인지 아닌지 분명하지 않은 것을 임시로 받아들임.

(1) 유럽 여행 중 우연히 독일인 <u>가정</u>에 초대받았다. ( )

(2) 경찰은 그가 범인이라는 <u>가정</u>하에 수사를 진행했다. ( )

(3) 가족들이 모두 건강해야 <u>가정</u>이 평화롭고 행복하다. ( )

(4) 우리는 전교 회장 선거가 실시된다는 <u>가정</u> 아래 준비를 해 왔다. ( )

19회

기술 | 첨단 기술 글 수준: ★★★★ 어휘 수준: ★★★ 글자 수: 1160

공부한 날 [ ]월 [ ]일

14분 안에 푸세요.

㈎ 지난 3·1절, 부산의 광안리 해수욕장 하늘에 펄럭이는 대형 태극기가 나타나 화제*가 되었다. 밤하늘에 펼쳐진 화려하고 정교한* 공연은 마치 레이저 쇼라고 착각할 정도였으나, 사실은 드론 1,000대를 띄워 만든 것이었다. 최근 수백, 수천 개의 드론을 띄워 사랑하는 연인에게 고백을 한다거나 연말이나 축제 때 각종 행사를 하는 경우를 종종 볼 수 있다. 그렇다면 드론은 어떻게 하늘을 날 수 있을까?

㈏ '드론'은 조종사 없이 무선 전파의 유도*에 의해서 비행 및 조종이 가능한 무인 항공기이다. 모든 물체는 중력의 영향을 받아 바닥으로 당겨지는 힘을 받는다. 따라서 물체가 공중에 뜨기 위해서는 이러한 중력에 반하는* 힘이 있어야 하는데 그것이 바로 '양력'이다. 일반적으로 비행기 날개의 단면은 위쪽이 볼록하고 아래쪽이 평평하여, 위쪽으로 지나가는 공기는 돌아서 가야 하니 속도가 빠르다. 즉 비행기 날개의 위쪽은 압력이 낮고 날개 아래쪽은 압력이 높아 비행기를 위로 들어올리는 양력이 발생하여 비행기가 떠오르는 것이다. 드론의 프로펠러도 비행기 날개와 비슷하게 제작하여 날개 위, 아래의 압력 차이로 하늘을 날도록 만들었다.

㈐ 드론의 프로펠러는 방향 전환에도 관여한다*. 드론은 프로펠러가 4개 달려 있는 것을 기준으로, 마주보는 프로펠러 2개는 시계 방향으로 돌고, 다른 2개는 반시계 방향으로 회전해 일정 고도*를 유지하며 떠 있을 수 있게 된다. 이때 앞쪽 프로펠러보다 뒤쪽 프로펠러를 빠르게 회전시키면 드론이 앞으로 나아가고, 왼쪽 프로펠러보다 오른쪽 프로펠러를 빠른 속도로 회전시키면 드론이 왼쪽으로 이동하게 되는 것이다. 간단히 말해 드론은 프로펠러가 강하게 회전해서 더 강한 바람을 만드는 반대쪽으로 이동한다.

㈑ 초창기 드론은 전투기 사격 훈련을 위한 무인 표적기*로 개발되어 이후 적을 감시하거나 정찰하는* 데에도 많이 사용되었다. 그러나 최근에는 개인용 드론을 취미로 날리는 경우도 많고, 정글이나 오지*, 화산 지역, 원자력 발전소 사고 지역 등 사람이 접근할 수 없는 곳에 드론을 투입하여* 활용하기도 한다. 농업용 드론으로 비료나 농약을 살포하기도* 하고, 영화나 드라마 촬영 시 다양한 각도로 실감 나게 영상을 찍기도 하며, 스포츠 경기를 중계할* 때에도 드론을 활용하여 촬영한다. 이 외에도 드론의 활용 분야는 ㉠무궁무진하며*, 앞으로도 더 많은 곳에 드론이 활용될 것으로 기대된다.

낱말 풀이

*화제 이야기할 만한 재료나 소재. *정교한 솜씨나 기술이 빈틈이 없이 자세하고 뛰어난. *유도 사람이나 물건을 원하는 방향이나 장소로 이끎. *반하는 반대가 되는. *관여한다 어떤 일에 관계하여 참여한다. *고도 평균 해수면 등을 0으로 하여 측정한 어떤 물체의 높이. *표적기 항공기의 사격, 공중의 목표물을 향한 사격 등의 연습에서 표적으로 쓰는 무인 비행기. *정찰하는 군대에서, 작전에 필요한 정보를 얻기 위해 적의 움직임이나 지형 등을 살피는. *오지 도시에서 멀리 떨어진 외진 곳. *투입하여 사람이나 물건, 돈 등을 필요한 곳에 넣어. *살포하기도 액체나 가루, 가스 등을 뿌리기도. *중계할 방송국 밖의 실제 상황을 방송국이 연결하여 방송할. *무궁무진하며 끝이 없고 다함이 없으며.

1 주제 찾기

글쓴이가 이 글을 쓴 목적은 무엇인가요? (   )

① 최첨단 드론 개발의 필요성을 주장하기 위해
② 드론의 작동 원리와 용도에 대해 설명하기 위해
③ 드론의 발전 과정을 시간 순서대로 설명하기 위해
④ 드론으로 인한 사회적 피해와 그 해결 방안을 제시하기 위해
⑤ 드론의 여러 가지 종류와 용도에 따른 작동법을 설명하기 위해

2 세부 내용

이 글의 내용과 일치하지 않는 것은 무엇인가요? (   )

① 드론은 무인 항공기에 해당한다.
② 초창기 드론은 무인 표적기로 개발되었다.
③ 드론은 날개 위, 아래의 압력 차이로 하늘을 난다.
④ 비행기 날개의 위쪽은 압력이 낮고 아래쪽은 높다.
⑤ 드론으로 하는 쇼는 레이저 쇼보다 화려하고 정교하다.

3 세부 내용

다음 질문 중 이 글을 읽고 답할 수 없는 것은 무엇인가요? (   )

① 드론은 어떻게 방향 전환을 할까?
② 최근 드론은 어떤 용도로 사용될까?
③ 드론은 언제, 누가 처음 개발하였을까?
④ 맨 처음 드론을 만든 목적은 무엇일까?
⑤ 비행기가 하늘을 나는 원리는 무엇일까?

4 구조 알기

글 ㈎에 대한 설명으로 알맞은 것은 무엇인가요? (   )

① 글을 쓰게 된 동기를 제시하고 문제를 제기한다.
② 이어지는 내용에 대해 간단히 요약하고 정리한다.
③ 대상에 대한 글쓴이의 주장이 본격적으로 시작된다.
④ 독자의 관심을 유발하고 설명할 대상에 대해 언급한다.
⑤ 여러 가지 설명 방법을 활용하여 대상에 대해 자세히 설명한다.

5 추론하기

[보기]의 내용과 관련이 있는 문단은 무엇인가요? (　　　　)

> [보기] 드론은 그 용도에 따라 표적 드론, 정찰 드론, 다목적 드론으로 나눌 수 있다. 표적 드론에는 전투기의 사격 훈련을 위한 것이 있고, 정찰 드론에는 핵무기 감시 드론 등이 있다. 다목적 드론은 좀더 다양한데, 사람이 직접 가기 어려운 산이나 지역 등의 지형과 지물을 촬영하는 측량용 드론, 위급 환자에게 의료 물품을 보내는 의료용 드론, 우주와 지구를 탐사하는 탐사용 드론 등이 있다.

① 글 (가)　　② 글 (나)　　③ 글 (다)
④ 글 (라)　　⑤ 글 (가), (나), (라)

6 어휘어법

㉠과 바꾸어 쓸 수 없는 낱말은 무엇인가요? (　　　　)

① 끝없으며　　② 한없으며　　③ 무한하며
④ 그지으며　　⑤ 제한적이며

수능 연계

7 적용창의

이 글의 독자가 [보기]를 읽고 난 후의 반응으로 알맞지 않은 것은 무엇인가요? (　　　　)

> [보기] 최근 드론에 대한 관심이 높아지고 있고 이를 활용하는 분야도 계속 증가하고 있다. 그동안 사람이 직접 하기 어려웠던 일들을 드론을 활용해 보다 쉽게 할 수 있게 되었고, 드론을 활용해 새로운 경험을 할 수도 있기 때문이다.
>
> 그러나 이러한 드론의 대중화와 보편화로 인한 사생활 침해 논란도 끊이지 않고 있다. 카메라가 달린 드론은 실시간으로 동영상이나 사진 촬영이 가능하다. 만약 일반 가정집이나 빌딩, 호텔 등 사생활 침해 가능성이 있는 곳으로 날아가면 다른 사람에게 피해를 줄 수 있다. 최근에는 스마트폰으로 쉽게 조작이 가능한 드론도 출시되고 있어 누구나 마음만 먹으면 타인의 사생활을 찍을 수 있고, 이를 불법적으로 이용할 수도 있다. 따라서 이에 대한 대비책이 하루빨리 마련되어야 할 것이다.

① 이 글과 [보기]는 모두 드론의 활용 가치가 높다고 보고 있어.
② [보기]의 내용 외에도 드론으로 인한 피해에 어떤 것이 있는지 알아봐야겠어.
③ 이 글은 드론의 좋은 점에, [보기]는 드론으로 인한 피해에 초점을 맞추고 있군.
④ 드론이 더 다양하게 활용되기 위해서는 드론이 줄 수 있는 피해에도 신경을 써야겠어.
⑤ 이 글의 글쓴이는 [보기]를 읽고 드론의 첨단화에 더욱 신경 써야 한다는 의견을 내놓겠군.

정답 39쪽

19회 지문 익힘 어휘

1

어휘 의미

뜻에 알맞은 낱말을 [보기]에서 찾아 쓰세요.

[보기] 유도 오지 살포하다 정교하다 투입하다

(1) ( ): 도시에서 멀리 떨어진 외진 곳.

(2) ( ): 액체나 가루, 가스 등을 뿌리다.

(3) ( ): 사람이나 물건, 돈 등을 필요한 곳에 넣다.

(4) ( ): 솜씨나 기술이 빈틈이 없이 자세하고 뛰어나다.

(5) ( ): 사람이나 물건을 원하는 방향이나 장소로 이끎.

2

어휘 활용

밑줄 친 낱말의 쓰임이 알맞지 않은 것은 무엇인가요? ( )

① 농부는 밭에 농약을 살포하였다.
② 김 군은 은퇴 후 오지를 탐험하며 사는 계획을 세웠다.
③ 정 감독은 신입 투수를 경기에 투입해 모두를 놀라게 하였다.
④ 남을 잘 유도하는 사람들은 자기도 다른 사람을 잘 믿지 못한다.
⑤ 이 금관은 신라 때의 것이라고는 믿기 어려울 만큼 매우 정교하다.

3

어휘 확장

밑줄 친 낱말과 바꾸어 쓸 수 있는 낱말의 기호를 쓰세요.

(1) 디자이너는 가구를 제작하는 영상을 보여 주었다. ························ ( )
㉮ 만드는 ㉯ 옮기는 ㉰ 제외하는

(2) 우리는 적군의 움직임을 하나도 놓치지 않고 정찰하였다. ················ ( )
㉮ 감시하였다 ㉯ 복수하였다 ㉰ 기록하였다

(3) 해수욕장 하늘에 펄럭이는 태극기가 나타나 화제가 되었다. ············· ( )
㉮ 제목 ㉯ 그림 ㉰ 이야깃거리

(4) 드론을 활용하면 다양한 각도로 실감 나는 영상을 찍을 수 있다. ········ ( )
㉮ 교환하면 ㉯ 이용하면 ㉰ 합성하면

20회

예술·체육 | 음악 글 수준: ★★★★ 어휘 수준: ★★★ 글자 수: 1144

공부한 날 ( )월 ( )일

14분 안에 푸세요.

(가) 세종 대왕은 우리 역사상 가장 존경받는 인물 중 한 분이다. 누구보다도 백성을 사랑한 어진* 왕이었을 뿐 아니라 세종이 집권했던* 조선은 정치, 경제, 문화가 크게 발전하여 우리 역사에서 가장 문화가 발달한 전성시대*로 꼽힌다. 우리는 흔히 세종의 수많은 업적* 중 가장 뛰어난 것으로 한글 창제를 ㉠들곤 한다. 그러나 그가 소리의 장단*과 고저*를 정확히 표기하기* 위하여 악보를 만들었다는 사실은 잘 알지 못한다. 정간보(井間譜)가 바로 ㉡그것이다.

(나) 정간보는 조선 시대 세종이 창안한* 것으로, 음의 높낮이와 길이를 정확하게 표현한 동양 최초의 악보이다. 당시 사용하던 일부 악보는 음악의 가락을 섬세하게 나타내지 못하고 음만 본떠서* 전한다거나, 음의 길이·리듬·곡조*의 특성 및 관계를 명확하게 표기하지 못하는 문제점을 가지고 있었다. 게다가 중국 음악을 표기하기 위한 악보 기록법으로는 우리 음악을 제대로 적을 수 없었다. 우리나라의 음악은 음의 길고 짧음의 변화가 중국 음악보다 많기 때문에 음의 높낮이만 적는 악보로는 음악을 온전히 적을 수 없었기 때문이다. 그리하여 세종은 당시의 이러한 악보 기록법의 한계를 극복하기 위해 정간보를 만들어 낸 것이다.

(다) 정간보의 형태는 원고지 같은 연속된* 네모 칸으로 되어 있는데, 한 칸을 '정간'이라고 부른다. 1행을 32칸의 정간으로 나누며, 이때 정간 1칸을 1박으로 인식한다*. 그리고 정간 안에는 황(潢), 태(汰), 임(林) 등의 한자를 적는데, 이는 음의 높낮이를 나타내는 것이다. 즉 우물 정(井)자 모양의 네모 칸을 만들어 놓고 각 칸은 음의 길이를, 정간 안의 한자는 음의 높낮이를 보여 주는 것이다. 또한 정간보는 세로 악보이기 때문에, 이를 읽을 때에도 세로쓰기로 된 글을 읽을 때처럼 위에서 아래로, 오른쪽 위에서 시작하여 아래로 내려 읽고 다시 그 왼쪽 줄로 이어 읽는다.

(라) 서양에서 사용하는 악보의 경우, 콩나물같이 생긴 음표*가 음의 길이를 나타내며, 이 음표가 다섯 개의 줄 중 어디에 놓이느냐에 따라서 음의 높낮이가 결정된다.

(마) 정간보는 당시 악보의 본질적*인 문제점을 극복한 악보일 뿐 아니라, 개별적인 악기나 노래의 선율*만을 표기하기 위한 것이 아닌 몇 개의 악기 파트와 노래 파트 등을 포괄하는* 악보이다. 이러한 정간보는 지금까지도 전통 음악을 연주할 때 활용하고 있는 우리의 소중한 문화유산 중 하나이다.

낱말 풀이

* **어진** 너그럽고 인정이 많으며 슬기롭고 덕이 있는. * **집권했던** 권력이나 정권을 잡았던. * **전성시대** 힘이나 세력 등이 한창 왕성한 시대. * **업적** 사업이나 연구 등에서 노력과 수고를 들여 이룩해 놓은 결과. * **장단** 길고 짧음. * **고저** 높고 낮음. * **표기하기** 적어서 나타내기. * **창안한** 전에 없던 물건이나 방법 등을 처음으로 생각해 낸. * **본떠서** 이미 있는 것을 그대로 따라서 만들어서. * **곡조** 음악이나 노래의 흐름. * **연속된** 끊이지 않고 계속 이어진. * **인식한다** 무엇을 분명히 알고 이해한다. * **음표** 악보에서 음의 길이와 높낮이를 나타내는 기호. * **본질적** 사물이나 현상의 근본적인 성질이나 모습에 관한 것. * **선율** 길고 짧거나 높고 낮은 소리가 어우러진 음의 흐름. * **포괄하는** 어떤 대상이나 현상을 하나의 범위 안에 묶어 넣는.

1
주제 찾기

이 글의 중심 화제로 알맞은 것은 무엇인가요? (　　　)

① 세종의 위대한 업적들
② 정간보의 한계와 문제점
③ 정간보가 만들어진 배경과 특징
④ 정간보와 서양 악보의 공통점의 차이점
⑤ 세종이 역사상 가장 존경받는 인물인 까닭

2
세부 내용

이 글의 내용과 일치하지 않는 것은 무엇인가요? (　　　)

① 정간보는 원고지 같은 연속된 네모 칸으로 되어 있다.
② 우리 음악은 음의 길고 짧음의 변화가 중국의 음악보다 많다.
③ 정간보는 위에서 아래로, 왼쪽에서 오른쪽 줄로 이어 읽는다.
④ 정간보는 당시 악보 기록법의 한계를 극복하기 위해 만든 것이다.
⑤ 중국 음악을 표기하기 위한 악보 기록법으로는 우리 음악을 제대로 적을 수 없었다.

3
어휘 어법

밑줄 친 낱말이 ㉠과 같은 뜻으로 쓰인 것은 무엇인가요? (　　　)

① 이 칼은 매우 잘 든다.
② 신부가 꽃을 들고 있다.
③ 음식에 간이 제대로 들었다.
④ 경찰은 목격자의 증언을 증거로 들었다.
⑤ 아이는 잠자리로 들자마자 곯아떨어졌다.

4
세부 내용

㉡이 가리키는 것으로 알맞은 것은 무엇인가요? (　　　)

① 세종이 소리의 장단과 고저를 중요시한 사실
② 세종이 집권했을 때 가장 문화가 발달했다는 사실
③ 한글 창제가 세종의 가장 뛰어난 업적이라는 사실
④ 아무도 세종이 악보를 만들었다는 것을 잘 모른다는 사실
⑤ 세종이 소리의 장단과 고저를 정확히 표시하기 위해 만든 악보

5 구조 알기

글 ㈏에 사용된 설명 방법으로 알맞은 것을 두 가지 고르세요. (　　,　　)

① 정의: 대상의 뜻을 자세하게 풀이하여 설명하는 방법
② 예시: 대상에 대한 구체적인 예를 들어 설명하는 방법
③ 분류: 대상을 일정한 기준에 따라 나누거나 묶어서 설명하는 방법
④ 분석: 대상을 구성하고 있는 요소나 부분들로 나누어 설명하는 방법
⑤ 비교·대조: 둘 이상의 대상을 견주어 공통점과 차이점을 중심으로 설명하는 방법

6 비판 하기

다음 중 이 글에서 생략할 수 있는 문단은 무엇인가요? (　　　)

① 글 ㈎　② 글 ㈏　③ 글 ㈐　④ 글 ㈑　⑤ 글 ㈒

수능 연계

7 적용 창의

[보기]는 정간보와 서양식 악보의 음표를 비교한 것입니다. 이 글과 [보기]로 보아, 알맞지 않은 것은 무엇인가요? (　　　)

[보기]

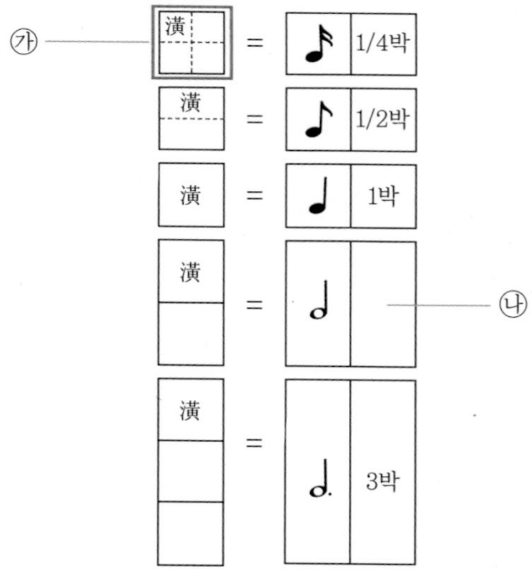

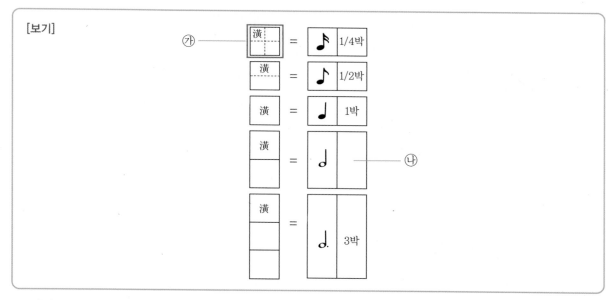

① 정간보에서는 한 칸을 1박으로 한다.
② 정간보의 각 칸과 음표는 모두 음의 길이를 나타낸다.
③ 정간 안의 한자 황(潢)은 음의 높낮이를 나타내는 것이다.
④ ㉮는 정간 한 칸을 4개로 나눈 것이므로 1/4박이라고 한 것이다.
⑤ ㉯의 빈칸에는 1.5박이 들어가야 한다.

20회 지문 익힘 어휘

1 어휘 의미

낱말과 그 뜻이 알맞게 짝 지어지지 않은 것은 무엇인가요? (　　　)

① 집권하다: 권력이나 정권을 잡다.
② 인식하다: 무엇을 분명히 알고 이해하다.
③ 창안하다: 나라나 왕조 등을 처음으로 세우다.
④ 어질다: 너그럽고 인정이 많으며 슬기롭고 덕이 있다.
⑤ 업적: 사업이나 연구 등에서 노력과 수고를 들여 이룩해 놓은 결과.

2 어휘 활용

빈칸에 들어갈 알맞은 낱말을 찾아 선으로 이으세요.

(1) 아인슈타인의 가장 위대한 [　　　]은/는 무엇인가요? •	• ㉮ 집권
(2) 그 나라는 지금의 대통령이 장기 [　　　]을/를 하고 있다. •	• ㉯ 창안
(3) 선생님께서 우리 눈높이에 맞는 실험 방법을 [　　　]하셨다. •	• ㉰ 업적
(4) 임금이 [　　　]고 반듯하니 나라가 평안하고 백성들이 살기가 좋다. •	• ㉱ 인식
(5) 우리는 환경 오염의 심각성을 [　　　]하고 환경 보전에 힘써야 한다. •	• ㉲ 어질

3 어휘 확장

밑줄 친 낱말과 바꾸어 쓸 수 있는 낱말의 기호를 쓰세요.

(1) 그것은 <u>본질적인</u> 해결 방법이 아니다. ······························ (　　　)
㉮ 계획적　　㉯ 근본적　　㉰ 희망적

(2) 산문은 시를 제외한 대부분의 문학 장르를 <u>포괄한다</u>. ························ (　　　)
㉮ 계산한다　　㉯ 이해한다　　㉰ 포함한다

(3) 이 석탑은 미륵사지 석탑을 <u>본떠서</u> 만든 백제 석탑이다. ························ (　　　)
㉮ 꾸며서　　㉯ 모방해서　　㉰ 확장해서

見

볼 견

'견(見)' 자는 '보다'라는 뜻을 가진 글자예요. 눈 목(目) 자에 사람 인(人) 자를 합쳐서 만들었어요. 주로 사람이 눈으로 본다는 뜻을 나타내지요. '보다'라는 뜻 외에도 '나타나다', '보이다'라는 뜻도 가지고 있어요.

● **다음 획순에 따라 한자를 따라 쓰세요.**

見 丨 冂 日 月 目 貝 見

見 見 見

의견 意見
(뜻 의, 볼 견)

어떤 대상이나 현상 등에 대해 나름대로 판단하여 가지는 생각.
예 나는 급식 당번을 돌아가면서 하자는 의견을 말했다.
비슷한말 견해(見解)

발견 發見
(필 발, 볼 견)

아직 찾아내지 못했거나 세상에 알려지지 않은 것을 처음으로 찾아냄.
예 바스코 다가마는 인도로 가는 새 항로를 발견했다.

견학 見學
(볼 견, 배울 학)

어떤 일과 관련된 곳을 직접 찾아가서 보고 배움.
예 나는 부모님과 방송국에 견학하러 다녀왔다.

Q 밑줄 친 낱말의 뜻으로 알맞은 것은 무엇인가요? (　　　)

의견　견해　발견　견학

① 쓰다　② 보다　③ 읽다　④ 맡다　⑤ 크다

정답 ②

5주

21회

인문 | 한국사 글 수준: ★★★ 어휘 수준: ★★★ 글자 수: 1186

공부한 날 [ ] 월 [ ] 일

13분 안에 푸세요.

(가) 『조선왕조실록*』에는 조선 후기에 살았던 평범한 홍어* 장수 '문순득'의 이름이 기록되어 있다. 그런데 ㉠상인이었던 그가 어떻게 실록에까지 기록될 수 있었을까?

(나) 문순득은 조선 후기 우이도에서 근처 섬으로 홍어를 사고팔러 다니던 상인이었다. 그는 1801년 흑산도로 홍어를 사러 갔다가 풍랑*을 만나 '유구국'이라 불리는 현재의 일본 오키나와에 표류한다*. 유구국은 일찍부터 조선과 교류*를 해 온 터라 그곳 사람들은 문순득을 환영해 주었다. 외국어에 호기심이 많고 사람과의 소통을 좋아한 그는 거기에서 8개월간 머물면서 유구국 언어를 배워 조선으로 돌아가기로 마음먹는다*. 하지만 ㉡중국을 거쳐 조선으로 돌아오려던 그는 다시 풍랑을 만나 표류한다. 이번에는 스페인의 지배를 받던 필리핀의 루손섬, 여송국에 닿게 된다. 또다시 9개월을 그곳에서 지내면서 여송국 언어를 열심히 배웠고, 이를 바탕으로 다양한 경험을 하며 다른 서양 국가의 문물*까지도 직접 경험할 수 있었다. 그리고 그는 마카오, 광둥, 난징, 베이징을 거쳐 약 4년 만에 고향 우이도로 돌아오게 된다. 이후 제주도에 표류한 여송국 사람들을 통역하여 고향으로 돌려보냈는데 이 일로 벼슬까지 받았다. 이 일화가 『조선왕조실록』에 기록되어 전한다.

(다) 당시 흑산도에는 정약용의 둘째 형인 정약전이 천주교인으로 몰려 유배를 와 있었다. 마침 고향에 돌아온 문순득이 홍어를 거래하기 위해 흑산도에 들렀고, 정약전에게 유구국과 여송국에서 표류한 이야기를 들려준다. 문순득의 이야기를 들은 정약전은 그 경험을 날짜별로 기록해 『표해시말(漂海始末)』이라는 총 3부로 구성된 책을 쓰게 된다. 책의 제목인 『표해시말』은 '표류의 처음부터 끝까지'라는 뜻이다. 1부에는 표류의 과정을, 2부에서는 표류한 지역의 풍속*, 언어, 기후 등을 소개하였다. 3부에는 유구어 81개와 여송어 54개를 기록하였다. 이 책은 국내 표류 기록 중 이 지역과 관련된 유일한* 자료이다.

(라) 문순득의 표류 체험을 기록한 『표해시말』은 최초의 서양 문화에 대한 기록이라는 점에서 의미가 있다. 사물을 관찰하는 능력이 뛰어나고 언어에도 재능이 있었던 문순득 [㉮] 스페인 식민지였던 여송국의 새로운 문화를 목격하고* 그 경험을 알릴 수 있게 된 것이다. 또한 『표해시말』은 유구국, 여송국 등의 풍속, 집, 의복, 배 등을 생생하게 기록하여 민속학적*으로 의미가 크다. 이야깃거리로 잊힐 뻔했던 문순득의 경험이 소중한 기록 유산*으로 남게 된 것이다.

낱말 풀이

* **조선왕조실록** 조선의 제 1대 임금인. 태조부터 철종 때까지 25대 472년 동안의 역사를 기록한 책. * **홍어** 몸의 길이가 1.5미터 정도로 크며, 마름모 모양으로 납작하게 생긴 바닷물고기. * **풍랑** 바람과 물결. * **표류한다** 물 위에 떠서 이리저리 흘러간다. * **교류** 문화나 사상 등이 서로 오감. * **마음먹는다** 마음속으로 어떤 일을 하겠다고 결심하거나 생각한다. * **문물** 정치, 경제, 학문, 종교, 예술과 같은 문화의 산물. * **풍속** 사회에 속한 사람들에게 옛날부터 전해 오는 생활 습관. * **유일한** 오직 하나밖에 없는. * **목격하고** 눈으로 직접 보고. * **민속학적** 예부터 전해 내려오는 민족의 생활 양식이나 풍속과 관련된 것. * **기록 유산** 앞 세대가 기록물로 남겨 놓은 문화유산.

1 세부 내용

'문순득'에 대한 내용으로 알맞지 않은 것은 무엇인가요? (　　　)

① 문순득은 홍어를 사고팔던 사람이었다.
② 문순득은 사물을 관찰하는 능력이 뛰어났다.
③ 문순득은 유구국에 머물다가 조선으로 돌아왔다.
④ 문순득은『조선왕조실록』에 이름이 기록되어 있다.
⑤ 문순득은 정약전을 만나 표류한 이야기를 들려주었다.

2 세부 내용

다음 중 이 글을 읽고 답할 수 없는 질문은 무엇인가요? (　　　)

① 유구국은 현재의 어떤 나라를 가리키나요?
②『표해시말』은 어떤 내용이 기록되어 있나요?
③『표해시말』은 현재 우리에게 어떤 의미가 있나요?
④ 여송국은 조선 후기 어떤 나라의 지배를 받았나요?
⑤ 정약전은 흑산도에서 얼마나 유배 생활을 하였나요?

3 추론하기

㉠의 표현을 통해 얻을 수 있는 효과는 무엇인가요? (　　　)

① 질문을 통해 독자의 흥미를 유발한다.
② 가상 인물을 창조하여 상상력을 자극한다.
③ 객관적 사실을 바탕으로 정보를 제공한다.
④ 정확한 어휘를 사용하여 주제를 명확히 제시한다.
⑤ 다양한 표현 방법을 통해 대상을 생생하게 전달한다.

4 구조 알기

글 ㈏의 짜임으로 알맞은 것은 무엇인가요? (　　　)

① 순서 짜임
② 나열 짜임
③ 분석 짜임
④ 문제와 해결 짜임
⑤ 비교와 대조 짜임

5 어휘 어법

㉡의 내용과 관계있는 한자 성어는 무엇인가요? (　　　　)

① 일취월장(日就月將): 나날이 다달이 자라거나 발전함.
② 군계일학(群鷄一鶴): 평범한 무리 가운데 뛰어난 사람.
③ 절치부심(切齒腐心): 몹시 분하여 이를 갈며 속을 썩임.
④ 우후죽순(雨後竹筍): 어떤 일이 한때에 많이 생겨나는 것.
⑤ 전화위복(轉禍爲福): 불행하고 나쁜 일이 바뀌어 오히려 좋은 일이 됨.

6 구조 알기

글 ㈑에 대한 설명으로 알맞은 것은 무엇인가요? (　　　　)

① 『표해시말』이 가진 의의를 밝히고 있다.
② 『표해시말』을 집필한 까닭을 설명하고 있다.
③ 『표해시말』의 경제적 가치를 알려 주고 있다.
④ 『표해시말』의 오류를 논리적으로 비판하고 있다.
⑤ 『표해시말』의 진실성을 비교를 통해 증명하고 있다.

수능 연계

7 추론하기

[보기]를 참고할 때 ㉮에 들어갈 말을 알맞게 말한 것은 무엇인가요? (　　　　)

[보기]

(1) 당신 덕분에 여기까지 왔습니다.
(2) 진수는 지각 때문에 교실 청소를 하게 되었다.
(3) 차를 놓친 게 엄마 탓이라는 거야?

선생님: (1)의 '덕분'은 '베풀어 준 은혜나 도움'을 뜻하는 말로 긍정적인 맥락에 잘 쓰입니다. 한편 (2)의 '때문'은 부정적인 맥락과 긍정적인 맥락 모두에서 쓸 수 있는데 '어떤 일의 원인이나 까닭'을 의미합니다. (2)는 부정적인 맥락에서 쓰인 경우군요. 마지막으로 (3)의 '탓'은 '부정적인 현상이 생겨난 까닭이나 원인'을 뜻하는 말로 주로 부정적인 맥락에서 쓰입니다.

① '탓'의 의미를 고려할 때 '탓에'라고 들어갈 수 있겠군.
② '때문에'가 들어간다면 부정적 맥락으로 사용된 경우겠군.
③ '탓에'라고 들어간다면 긍정적 맥락으로 사용된 경우겠군.
④ '덕분'의 의미를 고려할 때 '덕분에'라고 들어갈 수 있겠군.
⑤ '덕분에'라고 들어간다면 부정적 맥락으로 사용된 경우겠군.

21회 지문 익힘 어휘

정답 43쪽

1 어휘 의미

밑줄 친 낱말의 뜻으로 알맞은 것을 골라 기호를 쓰세요.

(1) 그 낚싯배는 며칠 간 표류했다고 한다. ………………………………………………… (　　　)
㉮ 움직여서 자리를 바꾸다.
㉯ 물 위에 떠서 이리저리 흘러가다.

(2) 어린 시절 나의 유일한 취미는 책 읽기였다. ……………………………………… (　　　)
㉮ 오직 하나밖에 없다.
㉯ 홀로 되거나 의지할 곳이 없어 쓸쓸하다.

(3) 정월 대보름에 잡곡밥을 먹는 것은 우리 민족의 풍속이다. ……………………… (　　　)
㉮ 오랫동안 자꾸 반복하여 몸에 익어 버린 행동.
㉯ 사회에 속한 사람들에게 옛날부터 전해 오는 생활 습관.

(4) 우리나라는 세계 여러 나라와 문화 교류를 활발히 하고 있다. ………………… (　　　)
㉮ 문화나 사상 등이 서로 오감.
㉯ 친분 관계를 이루기 위하여 오고 감.

2 어휘 활용

빈칸에 들어갈 알맞은 낱말을 [보기]에서 찾아 쓰세요.

[보기] 표류 교류 문물 풍속 유일

(1) 두 나라 간에 문화, 기술 등의 (　　　　　)이/가 활발하다.

(2) 탐험가들은 (　　　　　) 끝에 파도에 떠밀려 낯선 땅에 도착했다.

(3) 그의 이야기를 들어 주는 것이 지금 내가 할 수 있는 (　　　　　)한 일이다.

(4) 우리나라에서 서양 (　　　　　)을/를 가장 먼저 받아들인 도시는 서울이다.

(5) 미국에서 태어난 사촌과 우리 설날 (　　　　　)을/를 체험하기 위해 떡국을 끓였다.

3 어휘 확장

[보기]의 밑줄 친 낱말과 바꾸어 쓸 수 <u>없는</u> 낱말은 무엇인가요? (　　　)

[보기] 외국어에 호기심이 많고 사람과의 소통을 좋아한 그는 그곳에서 8개월간 머물면서 유구국 언어를 배워 조선으로 돌아가기로 마음먹는다.

① 결심한다　② 다짐한다　③ 생각한다
④ 작정한다　⑤ 기억한다

22회

사회 | 사회 문화 글 수준: ★★★ 어휘 수준: ★★★ 글자 수: 1055

공부한 날 [ ]월 [ ]일

13분 안에 푸세요.

▲ 면

(가) ㉠우리나라의 주식*은 여전히 쌀이 중심이지만 요즘 면이 차지하는 비중*이 높아지고 있다. 손쉽게 국수나 라면 등으로 끼니를 때우거나* 요리로 자장면이나 스파게티를 먹기도 한다. 오늘날 면은 소박한 먹거리로 자리 잡았지만, 과거에는 특별한 날만 먹을 수 있는 귀한 음식이었다.

(나) 면은 중국을 중심으로 한 동아시아 지역과 이탈리아, 중동, 북아프리카에 걸친 이슬람 지역에서 즐겨 왔다. 하지만 면이 서로 같은 기원*을 갖는지는 확실하지 않다. 다만 국수의 재료가 밀가루라는 점을 고려하여 ㉡밀가루의 역사로 ㉢면의 기원을 추측해 볼 수 있다. 고고학자들은 면이 메소포타미아 문명*에서 탄생했다고 말한다. 약 1만 년 전 서남아시아의 메소포타미아 지역은 토양이 비옥해서* 풍부한 양의 곡물을 생산할 수 있었다. 그때 대표적인 작물*이 밀이었다. 밀은 겹겹의 껍질로 싸여 먹기가 까다로웠기 때문에 가루 형태로 만들어 물과 섞은 후 반죽으로 만들었다. 이 밀가루 반죽을 손으로 굴려 면을 만들게 된 것이다.

(다) 메소포타미아에서 재배되던 밀은 기원전 1~2세기경 비단길*을 통하여 중국으로 전파되었다*. 처음에는 밀가루로 수제비 형태의 면을 만들어 먹었다. 6세기경에는 반죽을 젓가락 모양으로 길게 잡아당긴 뒤 그릇에 물을 붓고 삶아 먹었다. 이것이 초기 형태의 면 요리였을 것으로 추정한다*. 10세기에 이르러 국물 요리를 좋아하는 중국인들이 면을 삶아 육수*를 부어 먹는 방식의 요리법을 만들어내었다. 특히 상공업이 발달한 송나라 때는 노동자와 상인들이 바쁠 때 빠르게 먹을 수 있는 면을 즐겼다. 그 당시 30여 가지의 다양한 면 요리가 있었고, 아시아로 빠르게 퍼져나갔다. 이후 면은 한국, 일본, 동남아시아의 여러 국가에서 독특한 조리법과 형태로 발전되었다.

(라) 우리나라는 삼국 시대부터 중국에서 밀을 수입하여 면 요리를 만들었다. 우리나라에서는 밀이 귀해서 주로 귀족들의 잔치에서 밀로 만든 면 요리가 만들어졌다. 이러한 문화는 ㉣잔칫날이나 결혼식 때 국수를 먹는 풍습으로 이어졌다. 고려인들 사이에서 면 요리가 널리 퍼진 이후 조선 시대에 이르러서는 귀한 밀가루만 사용해 국수를 만들기보다는 메밀가루를 함께 섞어 면을 만들었다.

낱말 풀이

* **주식** 밥이나 빵과 같이 끼니에 주가 되는 음식. * **비중** 다른 것과 비교했을 때 가지는 중요성의 정도. * **때우거나** 간단한 음식으로 식사를 대신하거나. * **기원** 사물이나 현상이 처음으로 생김. * **문명** 사람의 물질적, 기술적, 사회적 생활이 발전한 상태. * **비옥해서** 흙에 식물이 잘 자랄 수 있게 하는 성분이 많이 들어 있어서. * **작물** 논밭에서 심어 가꾸는 곡식이나 채소. * **비단길** 내륙 아시아를 가로질러 중국과 서아시아·지중해 연안 지방을 연결하였던 옛날의 무역로. * **전파되었다** 전해져 널리 퍼지게 되었다. * **추정한다** 미루어 생각하여 판단하고 정한다. * **육수** 고기를 삶아 낸 물.

1 주제 찾기

이 글의 제목으로 알맞은 것은 무엇인가요? (　　　)

① 면의 역사　② 면의 활용　③ 면의 가치
④ 면의 개발　⑤ 면의 연구

2 세부 내용

이 글의 내용과 일치하지 <u>않는</u> 것은 무엇인가요? (　　　)

① 우리나라는 현재 쌀이 주식이다.
② 메소포타미아 지역의 대표적 작물은 밀이다.
③ 중국 송나라 때는 30여 가지의 면 요리가 있었다.
④ 요즘 면 요리는 귀한 음식으로 특별한 날에 먹는다.
⑤ 조선 시대 때는 밀과 메밀가루를 섞어 면을 만들었다.

3 구조 알기

글 ㈐의 설명 방법으로 알맞은 것은 무엇인가요? (　　　)

① 유사한 대상에 빗대어 설명하고 있다.
② 두 대상의 차이점을 대조하여 설명하고 있다.
③ 시간 순서에 따른 대상의 변화를 설명하고 있다.
④ 공통점을 기준으로 대상을 비교하여 설명하고 있다.
⑤ 신뢰성 있는 자료를 바탕으로 객관적 정보를 전달하고 있다.

4 비판 하기

이 글을 읽고 ㉠을 비판한 내용으로 알맞은 것은 무엇인가요? (　　　)

① 쌀로 면을 만들 수 있지 않나요?
② 쌀과 면이 우리나라의 주식이 될 수 있나요?
③ 우리나라 사람들에게 주식이 중요한 이유가 있나요?
④ 다른 나라도 면이 차지하는 비중이 높아지고 있나요?
⑤ 면이 차지하는 비중이 높아진 것은 어떻게 확인할 수 있나요?

5

추론하기

㉡과 ㉢에 대한 설명으로 알맞지 <u>않은</u> 것은 무엇인가요? (　　　　)

① ㉡은 1~2세기 경에 처음으로 시작되었다.
② ㉡의 시작은 메소포타미아 지역에서 확인할 수 있다.
③ ㉢은 단독으로 그 내용을 확인할 수 없다.
④ ㉡과 ㉢의 관계는 재료와 관련이 있다.
⑤ ㉢은 ㉡을 살펴보면 추리할 수 있다.

6

어휘어법

[보기]는 ㉣과 관련된 관용 표현을 학습하기 위해 조사한 내용입니다. ㉮에 공통으로 들어갈 낱말은 무엇인가요? (　　　　)

[보기] [　㉮　]**(를) 먹다:** 결혼식을 올리다.

- 너는 혼기가 다 찼는데 언제 [　㉮　] 먹게 해 줄 거야?
- 친구 1: 얘들아, 나 남자 친구랑 결혼하기로 했어.
  친구 2: 그럼 우리 조만간 [　㉮　] 먹는 거야? 잘됐다.

① 밀　　② 더위　　③ 마음　　④ 국수　　⑤ 눈칫밥

수능 연계

7

적용창의

이 글과 다음을 바탕으로 알맞게 이해한 내용을 [보기]에서 고른 것은 무엇인가요? (　　　　)

국수에 대한 첫 기록은 고려 시대에 쓰여진 『고려도경』의 「궤식」에 "밥상에 10여 가지 음식 가운데 국수의 맛이 으뜸이다."는 내용이다. 또 조선 시대에 쓰여진 『고려사』「예조」에는 "귀족 집에서는 제사에 국수를 올린다."고 쓰여 있고, 『용비어천가』에는 "최영이 손님을 맞을 때마다 국수를 대접하였다."는 내용도 있다. 한편 "절집에서 국수를 만들어 판다."는 『고려사』「형법」의 내용을 보면, 국수틀을 이용해 국수를 대량으로 생산하였음을 알려 준다.

[보기]
㉮ 고려 시대에 국수를 대량 생산했을 것이다.
㉯ 조선 시대부터 면을 먹기 시작했을 것이다.
㉰ 옛날에는 국수가 특별한 음식이었을 것이다.
㉱ 우리나라에서 처음에 국수를 팔기 위해 만들었을 것이다.

① ㉮, ㉯　　② ㉮, ㉰　　③ ㉯, ㉰　　④ ㉯, ㉱　　⑤ ㉰, ㉱

22회 지문 익힘 어휘

1 어휘 의미

뜻에 알맞은 낱말을 [보기]에서 찾아 쓰세요.

[보기] 비중 기원 때우다 비옥하다 전파되다

(1) ( ): 전해져 널리 퍼지게 되다.

(2) ( ): 사물이나 현상이 처음으로 생김.

(3) ( ): 간단한 음식으로 식사를 대신하다.

(4) ( ): 다른 것과 비교했을 때 가지는 중요성의 정도.

(5) ( ): 흙에 식물이 잘 자랄 수 있게 하는 성분이 많이 들어 있다.

2 어휘 활용

첫소리를 참고해 빈칸에 들어갈 알맞은 낱말을 쓰세요.

(1) 밭이 [ㅂ][ㅇ]해서 농작물이 매우 잘 자란다.

(2) 나는 인류의 [ㄱ][ㅇ]을/를 조사하기 위해 백과사전을 찾아보았다.

(3) 이번 학급 회장 선거에서는 착한 인성에 [ㅂ][ㅈ]을/를 두고 뽑을 것이다.

(4) 우리나라의 천주교는 양반이 아닌, 차별받는 계층에서 [ㅈ][ㅍ]이/가 이루어졌다.

(5) 할아버지께서는 6·25 전쟁 당시 끼니를 [ㄸ][ㅇ]기 힘들어 늘 배가 고팠다고 하셨다.

3 어휘 확장

밑줄 친 낱말과 바꾸어 쓸 수 있는 낱말의 기호를 쓰세요.

(1) 경찰은 범인이 키가 크고 말랐을 것이라고 <u>추정했다</u>. ································· ( )

㉮ 조사했다 ㉯ 작정했다 ㉰ 짐작했다

(2) 조선 시대에는 귀한 손님을 맞을 때 국수를 <u>대접하기</u>도 하였다. ····················· ( )

㉮ 삶기 ㉯ 내놓기 ㉰ 자랑하기

(3) 이 배추는 강원도 고랭지에서 직접 <u>재배한</u> 것이라 맛이 뛰어나다. ················· ( )

㉮ 기른 ㉯ 성장한 ㉰ 제조한

23회

과학 | 지구 과학 글 수준: ★★★★ 어휘 수준: ★★★ 글자 수: 1137

공부한 날 ( ) 월 ( ) 일

14분 안에 푸세요.

행성은 스스로 빛을 내지 못하고 항성* 주위를 도는 천체이다. 태양계에는 8개의 행성이 태양 주위를 돌고 있다. 이 중 목성, 토성, 천왕성, 해왕성은 가스로 이루어진 목성형 행성으로 고리를 가지고 있다. 이 행성들은 어떻게 이런 고리를 갖게 되었을까?

1610년 갈릴레이는 처음으로 토성의 고리를 관측하였다*. 당시 기술로는 정확한 관측이 어려워 갈릴레이는 토성의 고리를 '토성의 귀'라고 생각했다. 1656년 네덜란드의 천문학자 호이겐스는 '토성의 귀'가 토성의 고리임을 정확하게 밝혀냈다. 1979년 보이저 2호가 목성의 고리를 발견하였으며 1986년 천왕성의 물리적* 특성을 관측하던 중 천왕성의 고리를 발견되었다. 1989년 해왕성의 고리도 천왕성의 고리와 같은 방법으로 발견되었다. ㉠토성에 비해 목성, 천왕성, 해왕성의 고리가 늦게 발견된 것은 밝기도 어둡고 밀도*도 낮아 당시 기술로는 관측이 어려웠기 때문이다. 이러한 행성 고리가 어떻게 형성되었는지에* 대해서는 아직 정확히 ㉡밝혀진 것이 없고 크게 세 가지의 가설*이 있다.

(가)

첫 번째는 행성 고리가 행성을 만들고 남은 부스러기라는 가설이다. 태양계가 처음 만들어질 때 행성이 탄생한 이후 행성 가까이 있는 부스러기가 행성으로 끌려 들어가 고리가 되었다는 것이다. 그러나 이 가설은 토성 고리에 있는 위성*인 '판'과 '다프니스'가 비교적 최근에 탄생했다는 점과 그 크기가 다소 큰 것을 고려할 때 중력에 의해 이 위성들이 행성에 흡수되지* 않은 사실을 설명할 수 없다.

두 번째는 행성 고리가 깨진 혜성*이라는 가설이다. 혜성이나 소행성 같은 천체가 행성으로 날아와 깨지면서 생긴 파편*이 고리를 만들었다는 것이다. 이 가설 역시 주요 행성 근처에서 소천체가 깨질 가능성이 희박하고* 실제로 일어난다고 하더라도 충돌 이후에는 파편이 행성의 중력 범위를 벗어나므로 적절하지 않다.

마지막으로 ㉢행성 고리가 행성이 위성을 흡수한 흔적이라는 가설이다. 요즘 가장 주목*을 받고 있는 가설로, 토성의 고리가 어떻게 형성되었는지 추측할 수 있게 한다. 토성의 고리는 아주 미세한* 얼음덩어리로 구성되어 있다. 토성의 중력이 위성을 흡수할 때, 위성 겉의 얼음층이 떨어져 나오면서 그 얼음들이 고리를 형성했다는 것이다. 다만 이 가설은 토성에만 적합한* 것으로, 다른 행성 고리의 형성과 연결하기 위해서는 아직 더 많은 연구가 필요하다.

낱말 풀이

***항성** 보이는 위치를 바꾸지 아니하고 별자리를 이루며, 스스로 빛을 내는 별. ***관측하였다** 눈이나 기계로 자연 현상을 자세히 살펴 어떤 사실을 알아냈다. ***물리적** 물질의 원리에 기초한 것. ***밀도** 물질의 부피당 질량. ***형성되었는지에** 어떤 모습이나 모양을 갖추었는지에. ***가설** 아직 증명되지 않았지만 어떤 사실을 설명하려고 임시로 세운 이론. ***위성** 행성의 주위를 도는 우주의 천체. ***흡수되지** 안이나 속으로 빨아들이지. ***혜성** 태양을 중심으로 타원이나 포물선을 그리며 도는, 꼬리가 달린 천체. ***파편** 깨지거나 부서진 조각. ***희박하고** 어떤 일이 이루어질 가능성이 적고. ***주목** 관심을 가지고 주의 깊게 살핌. ***미세한** 분간하기 어려울 정도로 아주 작은. ***적합한** 어떤 일이나 조건에 꼭 들어맞아 알맞은.

1 주제 찾기

이 글에서 설명하는 것은 무엇인가요? (　　　)

① 행성의 고리는 어떻게 형성되었는가
② 태양계의 행성은 어떻게 형성되었는가
③ 토성이 어떻게 중력을 가지게 되었는가
④ 토성의 고리가 먼저 발견된 이유는 무엇인가
⑤ 목성형 행성만 고리가 형성된 이유는 무엇인가

2 세부 내용

이 글의 내용과 일치하지 <u>않는</u> 것은 무엇인가요? (　　　)

① 토성의 고리가 가장 먼저 발견되었다.
② 행성은 스스로 빛을 내지 못하는 천체이다.
③ 토성은 '판'과 '다프니스'를 흡수한 흔적이 있다.
④ 목성, 토성, 천왕성, 해왕성은 고리를 가지고 있다.
⑤ 행성 고리의 형성과 관련하여 세 가지 가설이 있다.

3 세부 내용

㉠의 까닭으로 알맞은 것은 무엇인가요? (　　　)

① 정확한 관측을 위해 관측을 미루었기 때문에
② 밝기와 밀도에 관한 이해가 부족했기 때문에
③ 관측할 수 있는 천문학자들이 부족했기 때문에
④ 관측할 수 있는 기술이 발전하지 못했기 때문에
⑤ 목성, 천왕성, 해왕성의 고리가 늦게 형성되었기 때문에

4 어휘 어법

㉡의 뜻으로 쓰이지 <u>않은</u> 것은 무엇인가요? (　　　)

① 정전으로 식탁에는 촛불이 <u>밝혀져</u> 있다.
② 이번 사고의 원인이 과속으로 <u>밝혀졌다</u>.
③ 무슨 수를 써서라도 진실은 <u>밝혀져야</u> 한다.
④ 위인들의 책을 읽고 사리를 <u>밝혀</u> 옳은 일을 하자.
⑤ 범인을 잡고 보니 같은 동네 사람이라는 것이 <u>밝혀졌다</u>.

5 구조 알기

㈎ 부분의 설명 방법으로 알맞은 것은 무엇인가요? (   )

① 세 가지 가설의 공통점을 비교하였다.
② 행성 고리의 의미를 밝혀 서술하였다.
③ 태양계가 형성된 원인과 결과를 밝혔다.
④ 행성 고리의 형성과 관련한 가설을 나열하였다.
⑤ 행성 고리가 형성된 순서대로 과정을 정리하였다.

6 비판 하기

이 글을 읽고 난 독자의 반응으로 알맞지 않은 것은 무엇인가요? (   )

① 토성은 중력을 가지고 있겠군.
② 천왕성의 고리가 형성된 방법은 알 수 없겠군.
③ 갈릴레이는 토성의 고리를 정확히 관측하지 못했군.
④ 해왕성과 천왕성은 같은 방법으로 고리가 발견되었군.
⑤ 태양계에는 목성형 행성 외에도 고리를 가진 행성이 있겠군.

수능 연계

7 추론 하기

이 글을 읽고 [보기]의 수아처럼 생각하고 글을 수정한다면 얻을 수 있는 효과로 알맞은 것은 무엇인가요? (   )

> [보기] 수아: "지난번에 도서관에서 과학 잡지 『네이처』 2010년 12월 10일자 기사를 읽었다. 미국 콜로라도 사우스웨스트연구소(SWRI)의 로빈 카눕 박사가 토성 고리가 생겼을 당시의 상황을 구체적으로 추측해 발표한 내용이었다. 기사의 내용은 토성의 위성이 토성에 흡수될 때 위성 표면을 싸고 있던 얼음층이 떨어져 나와 고리가 됐다는 것이었는데, ㉢의 내용에 이어서 인용해야지."

① 주관성　② 신뢰성　③ 통일성　④ 적절성　⑤ 적극성

23회 지문 익힘 어휘

1
어휘 의미

낱말과 그 뜻이 알맞게 짝 지어지지 않은 것은 무엇인가요? (　　　)

① 주목: 관심을 가지고 주의 깊게 살핌.
② 형성되다: 안이나 속으로 받아들이다.
③ 희박하다: 어떤 일이 이루어질 가능성이 적다.
④ 적합하다: 어떤 일이나 조건에 꼭 들어맞아 알맞다.
⑤ 관측하다: 눈이나 기계로 자연 현상을 자세히 살펴 어떤 사실을 알아내다.

2
어휘 활용

빈칸에 들어갈 알맞은 낱말을 찾아 선으로 이으세요.

(1) 그날 비가 올 확률은 ☐하다. •	• ㉮ 형성
(2) 선생님께서 말씀하실 때에는 선생님을 ☐해야 한다. •	• ㉯ 희박
(3) 정확하게 기상을 ☐하기 위해서는 여러 장비가 필요하다. •	• ㉰ 적합
(4) 많은 인원이 모여 체험 활동을 하기에 ☐한 장소를 발견했다. •	• ㉱ 주목
(5) 구전 소설은 입에서 입으로 전해 내려오는 과정을 통해 ☐되었다. •	• ㉲ 관측

3
어휘 확장

밑줄 친 낱말과 바꾸어 쓸 수 있는 낱말의 기호를 쓰세요.

(1) 우리는 실험을 하고 <u>가설</u>을 세웠다. ······························ (　　　)
㉮ 전망　　㉯ 가정　　㉰ 예언

(2) 복도를 지나다가 깨진 유리의 <u>파편</u>이 발에 박혔다. ······················ (　　　)
㉮ 티끌　　㉯ 원료　　㉰ 조각조각

(3) 그 계획을 실천하기 위해서는 우리가 처한 현실을 <u>고려해야</u> 한다. ··········· (　　　)
㉮ 따져야　　㉯ 변경해야　　㉰ 보답해야

24회

과학 | 생명 과학 글 수준: ★★★ 어휘 수준: ★★★ 글자 수: 1186

공부한 날 [ ] 월 [ ] 일

13분 안에 푸세요.

㈎ 아마 콩고기나 식용* 곤충에 관한 내용을 한 번쯤은 들어 본 적이 있을 것이다. 가끔 방송에서 출연자가 식용 곤충을 집어 들고 난감해하는* 모습을 볼 때도 있다. 이런 콩고기나 식용 곤충은 미래 대체 식품*에 속한다. 인구 증가와 식량 부족, 환경 등의 문제로 미래 먹거리와 대체 식량에 대한 관심이 커지고 있다. 최근 채식주의자들이 ㉠늘고, 코로나19 팬데믹을 지나 건강, 동물 복지 등에 대한 관심 또한 커지면서 식물성 대체 단백질 식품의 종류도 늘어났다. 이러한 대체 식품에는 식용 곤충이나 식물성 고기, 배양육* 등 다양한 종류가 있다.

㈏ 식용 곤충은 건강하고 깨끗한 식재료* 중 하나이다. 소고기에 비해 약 3배 정도의 단백질을 가지고 있다. 맛도 좋고 몸에도 좋으며 환경 보호에도 도움을 준다. ㉡식품 의약품 안전처에 따르면 식용 곤충은 단백질 성분이 풍부해 미래 식량난을 해결할 수 있는 대안*으로 제시되며, 국내에는 식용 누에, 메뚜기, 갈색거저리 유충, 수벌 번데기 등 아홉 종류가 식용 곤충으로 인정되었다고 한다. 이 밖에도 현재 다양한 식용 곤충이 개발되고 있다.

㈐ 식물성 고기 대체육도 있다. 식물성 고기는 인공* 고기, 대체육, 대안 고기 등 다양한 이름으로 불린다. 식물에서 추출한* 단백질을 이용해 고기처럼 만들어 맛을 낸 것으로 콩, 버섯 등의 추출물을 주로 활용해서 채식주의자들이 선호한다*.

▲ 대체육

㈑ 또한 동물의 세포를 채취한* 뒤 생명 과학 기술로 배양하여* 만든 배양 고기도 있다. 이 배양육은 소고기, 닭고기 등 실제 고기와 맛과 향이 비슷하다. 지금은 비싼 가격 때문에 흔하게 먹지 못하지만, 전 세계에서 여러 기업이 앞다투어 연구 개발을 진행하고 있다.

㈒ 대체 우유 역시 전 세계적으로 관심을 가지고 있는 분야이다. 대체 우유는 귀리, 아몬드, 쌀 등 식물성 원료*에서 단백질이나 지방 성분을 추출해 우유처럼 만든다. 대체 우유는 축산으로 인한 탄소 배출량을 줄일 수 있어 환경 보호에 관심이 높은 시대에 선호도가 높아지고 있다.

㈓ 환경 문제와 함께 미래에 닥쳐올 식량 자원의 위기는 대체 식품에 대한 개발을 불가피하게* 만들었다. 앞으로 우리 먹거리는 대체 식품으로 채워질 수밖에 없을 것이다. 심지어 마트에서 고기를 사려면 세금을 내야 하는 시대가 올 수도 있다. 식량 위기를 대비해* 기업은 대체 식품 기술을 혁신적*으로 발전시켜야 한다. 그리고 정부는 대체 식품에 대한 올바른 정보를 제공해 소비자들의 거부감*을 줄여 나가야 할 것이다.

낱말 풀이

＊**식용** 먹을 것으로 씀. ＊**난감해하는** 어떤 일을 감당하기가 어려워하는. ＊**대체 식품** 어떤 식품을 대신하는 식품. ＊**배양육** 살아있는 동물의 세포를 배양하여 축산농가 없이 고기를 배양하는 기술로 생산하는 식용 고기. ＊**식재료** 음식의 재료. ＊**대안** 어떤 안을 대신하는 안. ＊**인공** 자연적인 것이 아니라 사람의 힘으로 만들어 낸 것. ＊**추출한** 고체나 액체 속에서 어떤 물질을 뽑아낸. ＊**선호한다** 여럿 가운데서 특별히 가려서 좋아한다. ＊**채취한** 연구나 조사에 필요한 것을 찾아서 손에 넣은. ＊**배양하여** 세포나 균, 미생물 등을 인공적으로 가꾸어 길러. ＊**원료** 어떤 물건을 만드는 데 들어가는 재료. ＊**불가피하게** 피할 수 없게. ＊**대비해** 앞으로 일어날지도 모르는 어떠한 일에 대응하기 위하여 미리 준비해. ＊**혁신적** 오래된 풍속, 관습, 조직, 방법 등을 완전히 바꾸어 새롭게 하는 것. ＊**거부감** 어떤 것을 받아들이고 싶지 않은 느낌.

1 주제 찾기 **글쓴이의 주장으로 알맞은 것은 무엇인가요? (　　　)**

① 고기에 세금을 부과하여 육류 섭취를 줄여야 한다.
② 소비자에게 식용 곤충을 맛볼 기회를 주어야 한다.
③ 식량 자원의 위기에 대비하여 음식 낭비를 줄여야 한다.
④ 채식주의자들을 위해 다양한 식물성 고기 대체육을 개발해야 한다.
⑤ 기업은 대체 식품에 대한 기술을 발전시키고, 정부는 올바른 정보를 제공해야 한다.

2 어휘 어법 **㉠과 반대되는 뜻을 가진 낱말은 무엇인가요? (　　　)**

① 줄다　　② 길다　　③ 벌다
④ 오르다　　⑤ 잘하다

3 세부 내용 **식용 곤충에 대한 설명으로 알맞지 <u>않은</u> 것은 무엇인가요? (　　　)**

① 환경 보호에 도움을 준다.
② 건강하고 깨끗한 식재료 중 하나이다.
③ 소고기보다 약 3배 많은 단백질을 가지고 있다.
④ 식물에서 추출한 단백질과 동일한 성분을 가진다.
⑤ 우리나라에서 식용 곤충으로 인정된 것은 모두 아홉 종류이다.

4 구조 알기 **글 (가)~(바)의 관계를 그림으로 나타낸 것은 무엇인가요? (　　　)**

①
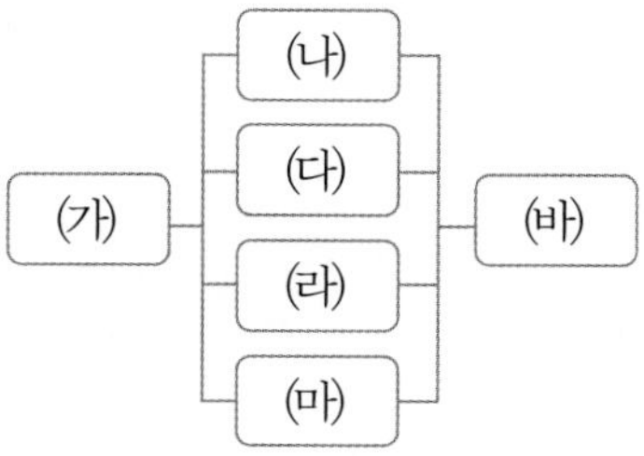

②
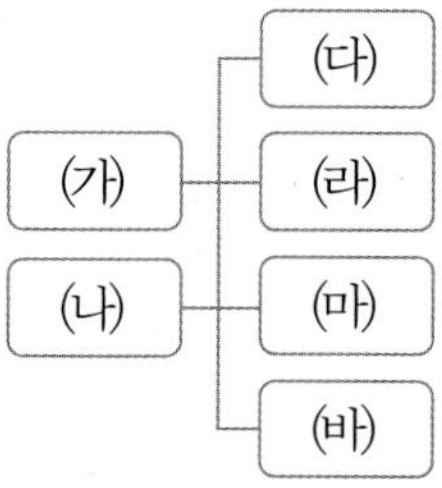

③
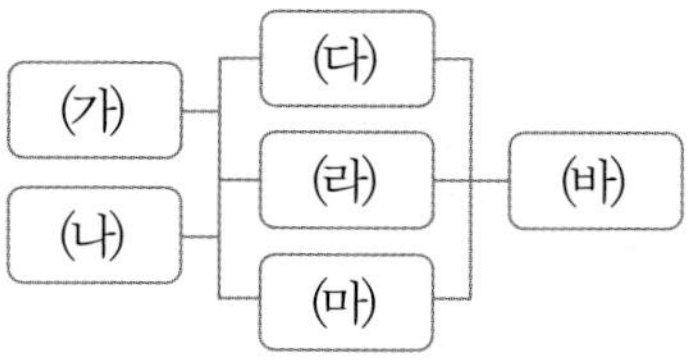

④
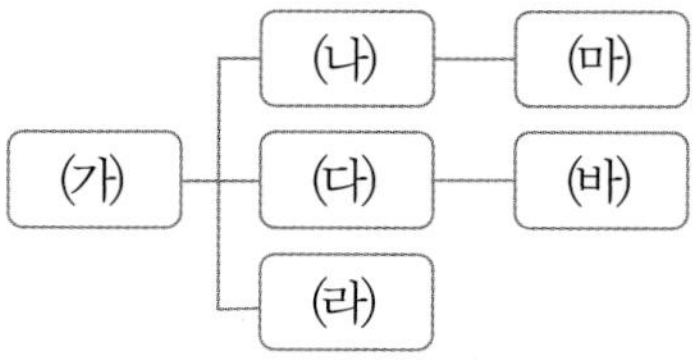

⑤

5주 24회
정답 및 풀이 48~49쪽

5 구조 알기

㉡에 쓰인 설명 방법으로 알맞은 것은 무엇인가요? (　　　　)

① 식용 곤충의 뜻을 자세히 설명하였다.
② 식용 곤충의 예를 들어 주의할 점을 밝혔다.
③ 식용 곤충이 등장한 배경을 원인과 결과를 중심으로 밝혔다.
④ 식용 곤충의 성분과 종류에 대해 전문 기관의 말을 인용하였다.
⑤ 식용 곤충의 종류를 식용이 가능한 것과 불가능한 것으로 나누었다.

6 세부 내용

[보기]는 대체 식품에 대한 내용을 정리한 것입니다. 알맞지 않은 것은 무엇인가요? (　　　　)

[보기]
- **식용 곤충**
  ㉮ 단백질 함량이 높고 몸에 좋음.
  ㉯ 현재 다양한 식용 곤충이 개발되고 있음.
- **식물성 고기 대체육**
  ㉰ 식물에서 추출한 단백질로 만들며 채식주의자들이 선호함.
- **배양 고기**
  ㉱ 소고기, 닭고기로 가공하여 만듦.
- **대체 우유**
  ㉲ 식물성 원료에서 단백질과 지방 성분을 추출해 만듦.

① ㉮　② ㉯　③ ㉰　④ ㉱　⑤ ㉲

수능 연계

7 추론하기

이 글을 참고할 때 [보기]를 보고 추론한 내용으로 알맞지 않은 것은 무엇인가요? (　　　　)

[보기]

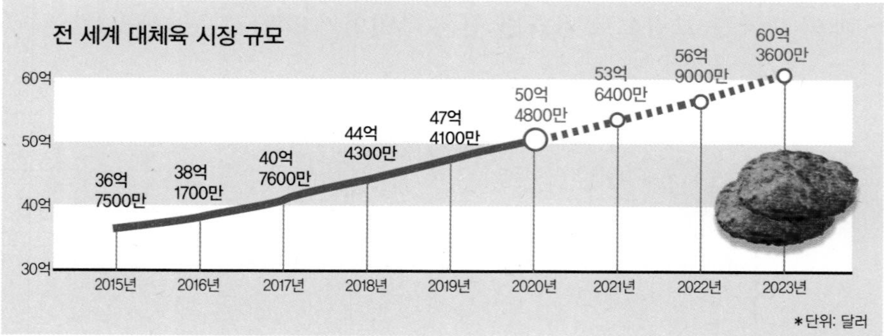

▲ 대체육, 배양육 시장의 성장

① 채식주의자들이 증가하겠구나.
② 대체 식품의 개발이 더욱 활발해지겠구나.
③ 대체 식량에 대한 관심이 높아지고 있구나.
④ 환경에 대한 관심이 높아진 것이 원인일 수 있구나.
⑤ 배양 고기는 당분간 기술 혁신이 이루어지지 않겠구나.

24회 지문 익힘 어휘

정답 49쪽

1
어휘 의미

낱말에 알맞은 뜻을 찾아 선으로 이으세요.

(1) 대안 ●	● ㉮ 어떤 안을 대신하는 안.
(2) 거부감 ●	● ㉯ 어떤 일을 감당하기가 어렵다.
(3) 선호하다 ●	● ㉰ 어떤 것을 받아들이고 싶지 않은 느낌.
(4) 추출하다 ●	● ㉱ 고체나 액체 속에서 어떤 물질을 뽑아내다.
(5) 난감하다 ●	● ㉲ 여럿 가운데서 어떤 것을 특별히 가려서 좋아하다.

2
어휘 활용

빈칸에 들어갈 알맞은 낱말을 [보기]에서 찾아 쓰세요.

[보기] 대안 추출 난감 선호

(1) 이 연고에는 솔잎에서 ( )한 성분이 들어가 있다.

(2) 나는 길에서 지갑을 잃어버려서 매우 ( )한 상황이다.

(3) 요즘 중국에서는 우리나라 화장품을 ( )하는 사람이 많다.

(4) 정부에서는 저출산 문제에 대한 현실적인 ( )을/를 마련해야 한다.

3
어휘 확장

밑줄 친 낱말과 바꾸어 쓸 수 있는 낱말의 기호를 쓰세요.

(1) 미세한 솔로 꽃에서 꽃가루를 <u>채취하였다</u>. ································· ( )

㉮ 살펴보았다 ㉯ 채집하였다 ㉰ 만져보았다

(2) 세균을 <u>배양하는</u> 실험은 매우 조심해야 한다. ····························· ( )

㉮ 세우는 ㉯ 기르는 ㉰ 담그는

(3) 앞으로 우리 먹거리는 대체 식품으로 <u>채워질</u> 것이다. ····················· ( )

㉮ 키워질 ㉯ 추적할 ㉰ 충당할

25회

예술·체육 | 체육 글 수준: ★★★ 어휘 수준: ★★★ 글자 수: 1130

공부한 날 ( ) 월 ( ) 일

13분 안에 푸세요.

(가) 서핑은 하와이와 타히티섬 등 폴리네시아* 문화에서 왔다고 전해진다. 당시 서핑은 종교적 제의*로, 서핑 보드를 만들고 서핑을 하는 일은 바다의 신에게 안녕을 기원하는* 의식*이었다. 이후 식민지 개척*과 함께 유럽 열강*이 몰려들면서 원주민의 수가 급감하고* 서구 문화에 점령되어* 고대 서핑 문화는 사라지게 되었다.

(나) 20세기에 ㉠이르러 서핑은 하와이, 캘리포니아, 호주의 서핑 클럽을 중심으로 대중적*으로 발전했다. 특히 하와이 출신의 수영 선수였던 듀크 카하나모쿠가 전세계를 돌아다니며 서핑을 전파하면서 큰 인기를 끌게 되었다. ㉡우리나라에는 1990년대에 소개되어 처음에는 낯설었으나 현재는 40만 명이 즐기는 대중 스포츠가 되었다.

(다) 서핑을 하기 위해서는 '서핑 보드, 리시, 서핑 슈트'가 필요하다. ㉢'서핑 보드'는 길이에 따라 롱보드, 건보드, 펀보드, 숏보드, 피쉬보드의 다섯 가지 종류로 나눌 수 있다. 보드는 앞부분인 노즈, 뒷부분인 테일로 이루어져 있으며, 보드의 윗면은 데크, 아랫면은 보텀이라고 부른다. 서핑 보드의 중앙에 길게 들어간 목재*는 스트링거로 보드가 부러지거나 뒤틀리지 않게 유지한다. '리시'는 2미터 정도의 끈으로 서퍼와 서핑 보드를 잇는 유일한 안전 장비라고 할 수 있다. 마지막으로 서핑 슈트는 낮은 수온의 바다에서 체온을 유지해 주는 장비이다. '서핑 슈트'는 계절에 구애* 받지 않고 서핑을 즐길 수 있게 해 주어 서핑의 대중화를 이끌었다.

(라) 서핑은 패들링으로부터 시작한다. '패들링'은 보드에 엎드려 양팔을 번갈아 저으며 앞으로 나아가는 동작으로, 서핑 동작의 거의 대부분을 차지한다. 서핑을 하는 사람을 '서퍼'라고 하는데, 먼저 패들링으로 파도 타기 좋은 위치로 이동한다. 그런 다음 보드에서 일어나 파도의 언덕 부분에서 아래로 미끄러져 내려오면서 뒤따라오는 파도 언덕을 타고 옆으로 움직인다. 이때 속도를 빠르게 하기 위해 보드 바닥에 왁스를 칠하기도 한다.

(마) 넓은 바다에서 한정적*인 파도를 공유해야 하므로 서핑에도 규칙이 있다. 우선 파도가 부서지는 가장 높은 위치인 피크*에서 제일 가까이에 있는 서퍼가 파도의 우선권을 가진다. 또한 파도를 타는 서퍼는 자신의 진행 방향을 알려 서퍼 간에 충돌을 막아야 한다. 무엇보다 자신의 서핑 보드를 놓쳐서 서핑을 즐기는 다른 서퍼에게 피해를 주는 일이 없어야 한다.

낱말 풀이

*폴리네시아 태평양 중·남부에 펼쳐 있는 여러 섬. 하와이 제도, 뉴질랜드, 이스터섬을 꼭짓점으로 하는 삼각 지대에 있음. *제의 제사 의식. *기원하는 바라는 일이 이루어지기를 비는 *의식 정해진 방법이나 절차에 따라 치르는 행사. *개척 새로운 영역이나 길을 찾아서 열어 나감. *열강 국제적인 영향력이나 세력이 강한 여러 나라. *급감하고 갑자기 줄고. *점령되어 무력에 의해 어떤 장소나 공간을 빼앗기어. *대중적 대중을 중심으로 한 것. 또는 대중의 취향에 맞는 것. *목재 집을 짓거나 가구를 만드는 데 쓰는 나무 재료. *구애 어떤 일을 자유롭게 할 수 없게 함. *한정적 수량이나 범위 등을 제한하여 정하는 것. *피크 어떤 상태가 최고에 이르는 때.

1 글 (가)~(마)의 중심 내용으로 알맞지 않은 것은 무엇인가요? (　　　)

주제 찾기

① 글 (가): 서핑의 기원
② 글 (나): 서핑의 발전
③ 글 (다): 서핑의 장비
④ 글 (라): 서핑의 방법
⑤ 글 (마): 서핑의 장소

2 밑줄 친 낱말이 ㉠과 같은 뜻으로 쓰인 것은 무엇인가요? (　　　)

어휘 어법

① 나는 동생이 손을 씻지 않았다고 엄마에게 일렀다.
② 수업에 집중하다 보니 어느새 끝날 시간에 이르렀다.
③ 친구에게 약속 시간보다 조금 늦는다고 일러 주었다.
④ 우리는 목적지에 이를 때까지 아무 말도 하지 않았다.
⑤ 과일 가게 아저씨께서 싱싱한 과일을 고르는 법을 일러 주셨다.

3 ㉡을 뒷받침할 수 있는 자료로 알맞은 것은 무엇인가요? (　　　)

추론 하기

① 서핑 장소로 유명한 국내 해변 사진
② 대중 스포츠의 종류를 정리한 백과사전
③ 최근 3년간 파도 높이를 측정한 통계 자료
④ 서핑 강습을 받는 사람들을 촬영한 동영상
⑤ 2000년 이후 국내 서핑 인구 증가 현황을 나타낸 그래프

4 ㉢에 사용된 설명 방법으로 알맞은 것은 무엇인가요? (　　　)

구조 알기

① 예시: 내용과 관련된 구체적 예를 보여 주는 방법
② 정의: 어떤 말이나 사물의 뜻을 밝혀 풀이하는 방법
③ 구분: 전체를 일정한 기준에 따라 나누어 설명하는 방법
④ 비교: 둘 이상의 대상을 견주어 공통점을 드러내는 방법
⑤ 대조: 둘 이상의 대상을 견주어 차이점을 드러내는 방법

5 추론하기

다음 서핑 보드에서 ㉮~㉲의 이름으로 알맞은 것은 무엇인가요? (　　　　)

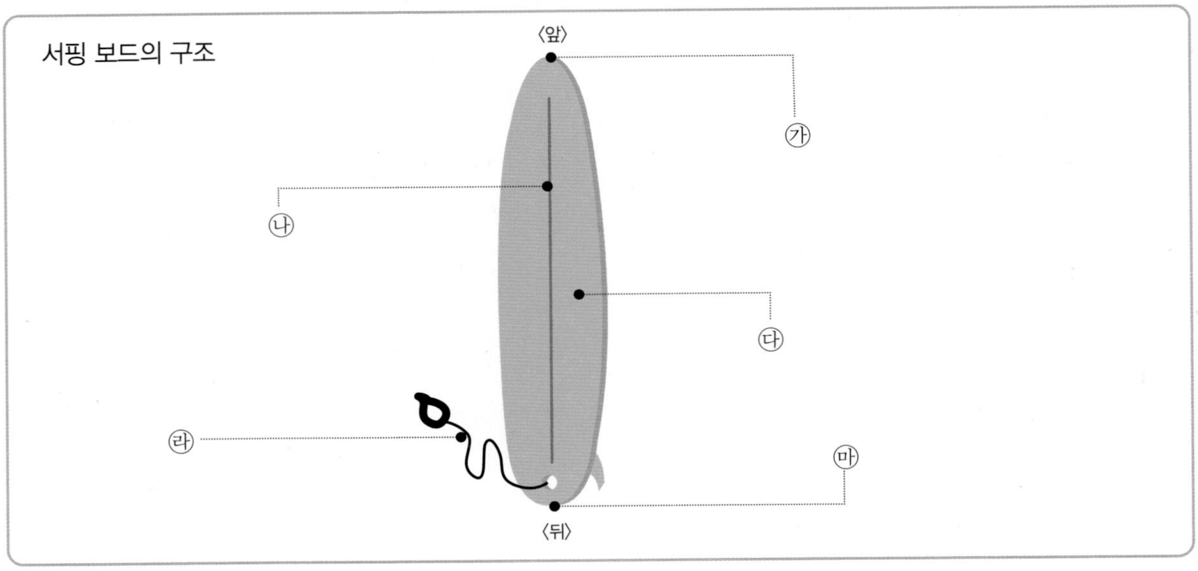

① ㉮: 테일　② ㉯: 리시　③ ㉰: 데크　④ ㉱: 노즈　⑤ ㉲: 스트링거

6 세부내용

서핑을 할 때 주의할 점으로 알맞은 것은 무엇인가요? (　　　　)

① 서퍼는 진행 방향을 비밀로 해야 한다.
② 넓은 바다에서는 파도를 타는 순서가 없다.
③ 서퍼 간에 충돌했을 때는 보드를 놓아야 한다.
④ 파도의 가장 낮은 위치에 있는 서퍼가 먼저 파도를 탄다.
⑤ 피크에서 가장 가까이에 있는 서퍼가 파도의 우선권이 있다.

수능 연계

7 추론하기

[보기]를 참고해 이 글에서 추론한 내용으로 알맞은 것은 무엇인가요? (　　　　)

> [보기] 마찰력이란 두 물체의 접촉면 사이에서 물체가 미끄러지는 것을 방해하는 힘을 말한다. 가령, 계단 끝 모서리에 미끄럼 방지 테이프를 붙여 신발이 닿을 때 신발이 미끄러지는 것을 막는다. 이때 미끄럼 방지 테이프와 신발이 닿을 때 미끄러지는 것을 방해하는 힘이 바로 마찰력이다.

① 서핑 슈트가 마찰력을 줄이기 위한 장치가 되겠구나.
② 패들링은 마찰력을 줄여 속도를 높이기 위한 동작이구나.
③ 서핑 보드의 길이에 따라 마찰력이 달라져 다섯 종류로 구분하는구나.
④ 서핑 보드의 중앙에 길게 들어간 스트링거가 마찰력과 관련이 있구나.
⑤ 보드와 물 사이에 작용하는 마찰력을 줄이기 위해서 보드 바닥에 왁스를 칠하는구나.

25회 지문 익힘 어휘

1 어휘 의미

낱말과 그 뜻이 알맞게 짝 지어지지 않은 것은 무엇인가요? (   )

① 제의: 제사 의식.
② 구애: 어떤 일을 하고자 마음을 먹음.
③ 한정적: 수량이나 범위 등을 제한하여 정하는 것.
④ 열강: 국제적인 영향력이나 세력이 강한 여러 나라.
⑤ 점령되다: 무력에 의해 어떤 장소나 공간을 빼앗기다.

2 어휘 활용

빈칸에 들어갈 알맞은 낱말을 찾아 선으로 이으세요.

(1) 이것은 그냥 춤이 아닌 종교적 [ ]다.	• •	㉮ 구애
(2) 우리는 한때 힘이 약해서 [ ]의 침략을 당했다.	• •	㉯ 제의
(3) 이 나무는 제주도 한라산에만 [ ](으)로 자라고 있다.	• •	㉰ 열강
(4) 시청 앞 도로가 시위대에게 [ ]되어 교통이 통제되고 있다.	• •	㉱ 점령
(5) 우리 동네 도서관은 24시간 운영되어서 시간에 [ ] 받지 않고 이용할 수 있다.	• •	㉲ 한정적

3 어휘 확장

[보기]**의 내용과 관계있는 한자 성어는 무엇인가요? (   )**

> [보기] 서핑은 우리나라에 1990년대부터 소개되어 처음에는 낯설었으나 현재는 40만 명이 즐기는 대중 스포츠가 되었다.

① 다다익선(多多益善): 많으면 많을수록 좋음.
② 설상가상(雪上加霜): 곤란하거나 불행한 일이 잇따라 일어남.
③ 목불인견(目不忍見): 눈앞에 벌어진 상황을 차마 눈 뜨고 보기 힘듦.
④ 괄목상대(刮目相對): 상대방의 능력이나 성과가 놀랄 정도로 매우 좋아짐.
⑤ 타산지석(他山之石): 다른 사람의 좋지 않은 태도나 행동도 자신의 몸과 마음을 바로잡는 데에 도움이 될 수 있음.

直

곧을 직

'직(直)' 자는 '곧다', '바르다'라는 뜻을 가진 글자예요. 나쁜 일을 하지 못하게 열 개(十 열 십)의 눈(目 눈 목)이 숨어서(乚 숨을 은) 지켜본다는 뜻을 표현했어요. 마음이나 뜻이 흔들림 없이 '곧다'라는 뜻이지요.

● 다음 획순에 따라 한자를 따라 쓰세요.

直 一 十 十 冇 冇 有 首 直

直 直 直

직선 直線
(곧을 직, 줄 선)

굽지 않은 곧은 선.
예 자동차들이 빠른 속도로 달리는 고속 도로는 직선이 많다.

정직 正直
(바를 정, 곧을 직)

마음에 거짓이나 꾸밈이 없고 바르고 곧음.
예 아버지는 평생 동안 정직하게 사셨다.

직접 直接
(곧을 직, 이을 접)

중간에 다른 사람이나 물건 등이 끼어들지 않고 바로 연결되는 관계.
예 백 번 듣는 것보다 직접 경험하는 것이 낫다.
반대말 간접(間接): 둘이 바로 연결되지 않고 중간에 다른 것을 통해서 이어짐.

Q 밑줄 친 글자의 뜻으로 알맞은 것은 무엇인가요? (　　　)

<u>직</u>선　　정<u>직</u>　　<u>직</u>접

① 적다　② 많다　③ 곧다　④ 바르다　⑤ 가깝다

③ 곧다

5학년 | 비문학_사진 출처

28쪽 저상 버스 위키백과
28쪽 일반 버스 위키백과
36쪽 독도 위키백과
40쪽 태풍 위키백과
48쪽 「그랑드자트섬의 일요일 오후」 위키백과
66쪽 스피드 건 셔터스톡
70쪽 타지마할 궁전 셔터스톡
86쪽 우리은하 위키백과
102쪽 면 셔터스톡
110쪽 대체육 셔터스톡

수능 국어

실전 30분 모의고사

비문학

5학년 | 2회분 수록

NE 능률

5학년

제1회 모의고사
비문학

이름	

※ 모의고사 유의 사항

○ 문제지의 해당란에 이름을 쓰십시오.

○ 모의고사의 문항 수는 총 20문제이며, 시간은 총 30분입니다.

○ 표지를 넘기면 우측 상단에 있는 QR 코드를 스마트폰으로 찍으십시오.

○ 타이머 영상이 재생되면 스마트폰을 옆에 두고 남은 시간을 확인하면서 문제를 풀면 됩니다.

NE 능률

제1회 모의고사
비문학

5학년

30분 안에 푸세요.

[1~4] 다음 글을 읽고 물음에 답하시오.

(가) 인간의 본성이 선한 것인지 악한 것인지에 대한 논쟁은 아주 예전부터 있어 왔다. 종종 뉴스에서 학생들 사이의 따돌림 사건이나 흉악한 범죄와 관련된 이야기를 듣게 되면 인간의 본성은 악할 것이라는 생각이 든다. 반면, 위험에 처한 타인을 구하려고 열차가 들어오는 선로에 뛰어들어 목숨을 잃은 청년의 이야기를 들으면 인간의 본성은 선하다는 생각이 들기도 한다. 인간은 태어날 때 어떤 본성을 가지고 태어났을까? 맹자와 순자는 이 문제에 대해 깊이 고민한 동양의 대표적 사상가이다.

(나) 인간의 본성에 대해 동양의 사상가 맹자는 인간은 태어나면서부터 선하다는 성선설을 주장했다. 사람의 마음속에는 누구나 사랑하는 마음, 올바른 마음, 예의 바른 마음, 지혜로운 마음의 특성을 가지고 있으며 이는 불쌍히 여기는 마음, 자신의 잘못을 부끄러워하고 남의 잘못을 미워하는 마음, 사양하는 마음, 옳고 그름을 가리는 마음을 통해 완성할 수 있다. 맹자는 인간의 본성을 우물에 빠질 뻔한 아이의 이야기에 비유하여 말한다. 어린아이가 우물에 빠지려는 모습을 본다면 사람들은 모두 깜짝 놀랄 것이고, 이때 걱정하는 마음이 생기는데 이는 인간이 선하게 태어났기 때문이라는 것이다. 따라서 맹자는 인간의 이러한 착한 본성을 길러내는 것이 중요하다고 본다.

(다) 순자는 사람은 본래 악한 본성을 갖고 태어난다는 성악설을 주장했다. 사람은 태어나면서부터 이익을 추구하며 선은 사람이 노력하여 이루는 것이다. 악한 본성을 그대로 두면 남을 해치게 된다. 굽은 나무는 바로잡아야 곧게 되고 무딘 연장은 연마한 후에 날카롭게 되므로 마찬가지로 사람의 악한 본성도 가르침이나 예의로써 다스려야 한다는 것이다. 즉 순자는 교육을 통해 악한 마음을 착하게 바꿀 수 있다고 보았으며, 예의를 무척 중요하게 생각했다. 인간은 이익을 따르고 싶어 하는 불완전한 모습을 인정하고 바르게 살도록 꾸준히 노력해야 한다고 했다.

(라) 인간의 본성을 선과 악으로 구분할 수 있을까? 우리는 인간이 선한지 악한지에 대한 문제에 대해 끊임없이 고민해 왔지만, 아직까지 정확한 답을 찾지 못했다. 다만, 인간의 본성을 지금처럼 탐구하고 두 사상의 장점을 잘 조화시킨다면 오늘날 우리가 삶을 살아가는 데 바람직한 방향을 찾을 수 있을 것이다.

1. 이 글에 대한 설명으로 알맞은 것은 무엇인가요?
(　　　)

① 인간의 본성에 대해 정의하고 있다.
② 맹자와 순자의 생애를 소개하고 있다.
③ 인간의 본성에 대한 두 가지 사상을 비교 설명하고 있다.
④ 동양과 서양의 대표적 사상가를 자세히 비교 분석하고 있다.
⑤ 사회 문제를 해결할 수 있는 바람직한 방향을 제시하고 있다.

2. 이 글의 내용과 일치하지 않는 것은 무엇인가요?
(　　　)

① 순자는 성악설을 주장했다.
② 맹자는 인간이 선하게 태어났다고 했다.
③ 맹자와 순자는 동양의 대표적 사상가이다.
④ 순자는 악한 마음을 착하게 바꿀 수 없다고 여겼다.
⑤ 맹자는 인간이 착한 본성을 길러내는 것이 중요하다고 생각했다.

3. 이 글의 (가)~(라) 관계를 그림으로 알맞게 나타낸 것은 무엇인가요? (　　　)

① (가) - (나) - (다) - (라)
② (가) - [(나), (다)] - (라)
③ (가) - (나) - [(다), (라)]
④ [(가), (나)] - [(다), (라)]
⑤ [(가), (나)] - (다) - (라)

4. 이 글과 〈보기〉에서 이해한 내용으로 알맞지 않은 것은 무엇인가요? (　　　)

〈보 기〉

동양의 사상가 중에 한 명인 고자는 인간의 품성이 선하지도 악하지도 않다는 성무선악설을 주장했다. 그는 인간의 본성이 태어나면서부터 정해지는 것이 아니라 어떻게 교육하는지에 따라 선하고 악한 품성이 결정된다고 했다.

① 순자: 사람의 악한 본성은 예의로써 다스려야 해.
② 고자: 갓 태어난 아기가 어떤 본성을 가졌는지 알 수 없어.
③ 맹자: 인간은 선해서 길가에서 울고 있는 사람을 보면 불쌍한 마음이 들어.
④ 순자: 악한 본성을 그대로 두면 남을 해치니까 바르게 살도록 꾸준히 노력해야 해.
⑤ 고자: 인간의 품성은 태어날 때 정해지므로 어렸을 때 교육받는 건 중요하지 않아.

[5~8] 다음 글을 읽고 물음에 답하시오.

(가) 1948년 7월 12일, 자유민주주의를 바탕으로 독재와 외세의 지배에 맞서 자유와 평등의 가치를 지키기 위한 대한민국 첫 헌법이 만들어졌다. 그리고 그로부터 5일 후인 7월 17일, 조선 왕조 건국일에 맞춰 헌법이 공포되어 그 뜻을 널리 알렸다. 이날이 우리나라 5대 국경일 중 하나인 '제헌절'이다.

(나) 헌법은 국가를 운영하는 데 있어서 가장 기본적인 내용을 담은 것으로, 법을 만들 때는 헌법에서 정한 기준을 벗어나지 않는다. 다시 말해 헌법은 모든 법의 기본이 되는 법으로, 국가를 구성하는 많은 기관의 질서가 되어 주는 '법 중의 법'이자, '최고의 법'인 셈이다. 따라서 어떤 법이 헌법의 내용에 어긋난다고 판단되면, 헌법재판소가 나서서 그 법을 심사한다. 그리고 헌법을 위반한 것으로 판결되면 그 법은 더 이상 효력을 발휘하지 못하고 무효가 된다.

(다) 대한민국의 헌법은 지금까지 총 9차례에 걸쳐 개정되었으며, 10장으로 나누어진 전문 130조와 부칙으로 구성되어 있다. 그럼 헌법은 주로 어떤 내용을 담고 있을까?

(라)

> 제1조
> 1항 대한민국은 민주 공화국이다.
> 2항 대한민국의 주권은 국민에게 있고, 모든 권력은 국민으로부터 나온다.

가장 잘 알려진 대한민국 헌법 제1조 1항과 2항은 대한민국이 민주주의 국가이며, 나라의 주인은 국민이라는 내용을 담고 있다. 이는 국가의 중요한 일을 결정할 때는 국민의 뜻을 우선으로 존중해야 한다는 것을 의미한다. 또한 헌법에는 국민의 자유와 권리를 보장해야 한다는 내용도 담겨 있다.

(마)

> 제10조
> 모든 국민은 인간으로서의 존엄과 가치를 가지며, 행복을 추구할 권리를 가진다. 국가는 개인이 가지는 불가침의 기본적 인권을 확인하고 이를 보장할 의무를 진다.

대한민국 헌법 제10조에서는 국민의 가장 기본적인 권리인 인간으로서의 존엄과 행복 추구권을 규정하고, 국가가 국민의 권리를 함부로 침해할 수 없음을 분명히 하고 있다. 그렇다면 헌법이 보장하고 있는 개인의 권리에는 무엇이 있을까? 국가 권력에 의해 개인의 자유를 침해당하지 않을 자유권, 모든 사람이 법 앞에 평등할 평등권, 국민이 국가의 일에 참여할 수 있는 정치적인 권리인 참정권, 국민이 자신의 권리를 침해당했을 때 국가에 대하여 일정한 보상을 요구할 수 있는 청구권, 모든 국민이 인간다운 생활을 할 수 있도록 하는 사회권 등이 있다.

5. 이 글의 제목으로 알맞은 것은 무엇인가요
(　　　)

① 법과 정치
② 제헌절의 역사
③ 제헌절과 헌법
④ 여러 나라의 헌법
⑤ 헌법의 종류와 내용

6. 이 글의 내용과 일치하는 것은 무엇인가요?
(　　　)

① 대한민국의 주인은 대통령이다.
② 조선 왕조 건국일은 7월 12일이다.
③ 제헌절을 우리나라 3대 국경일 중 하나이다.
④ 헌법은 국가를 운영하는 데 있어 가장 기본적인 내용을 담았다.
⑤ 평등권은 국민이 자신의 권리를 침해당했을 때 국가에 보상을 요구할 수 있는 권리이다.

7. 이 글의 중심 내용으로 알맞지 않은 것은 무엇인가요? (　　　)

① (가): 헌법과 제헌절 소개
② (나): 헌법의 역사
③ (다): 대한민국 헌법의 개정 횟수 및 구성
④ (라): 대한민국 헌법 제1조 1항과 2항
⑤ (마): 대한민국 헌법 제10조

8. 〈보기〉를 읽고 이 글의 독자가 보인 반응으로 알맞지 않은 것은 무엇인가요? (　　　)

〈보　기〉

참정권은 한 나라의 국민이 갖는 권리 중 하나이다. 참정권의 종류에는 선거권, 공무 담임권, 국민 투표권이 있다. 선거권은 현재 만 18세 이상의 국민이라면 대통령, 국회 의원, 지방 자치 단체장 등 국가 기관의 구성원을 선출할 수 있는 권리이다. 공무 담임권은 국민이 직접 공직에 취임할 수 있는 권리이다. 국민 투표권은 국민이 직접 국가의 중대한 의사 결정에 투표를 통해 의견을 드러낼 수 있는 권리이다.

① 국민이 직접 공직에도 취임할 수 있구나!
② 참정권은 헌법이 보장하고 있는 권리 중 하나야.
③ 나도 만 18세 이상이 되면 대통령을 뽑을 수 있겠다.
④ 우리는 국가의 일에 참여할 수 있는 정치적인 권리를 가져.
⑤ 투표를 하지 않아도 국가의 중대한 의사 결정에 의견을 드러낼 수 있어.

[9~12] 다음 글을 읽고 물음에 답하시오.

(가) 우리는 일기 예보에서 강력한 태풍이 온다고 하면 그저 태풍이 무사히 지나가길 바란다. 실제로 태풍은 나무가 뽑히고 건물 외벽이 떨어져 나갈 정도의 강풍과 폭우를 동반하고, 막대한 인명 피해를 주기도 한다. 이런 태풍은 { ㉠ }

(나) 태풍은 적도 부근 북서 태평양에서 발생하여 우리나라를 포함한 동아시아에 영향을 주는 열대성 저기압을 말한다. 세계 기상 기구(WMO)에서는 열대성 저기압 중에서 중심 부근의 최대 풍속이 33㎧ 이상인 것을 태풍이라 하지만, 일반적으로 우리나라와 일본에서는 최대 풍속이 17㎧ 이상인 것을 모두 태풍이라고 부른다. 적도 부근에 발생하는 열대성 저기압에는 태풍 외에도 허리케인, 사이클론, 윌리윌리 등이 있다.

(다) 태풍은 저위도 열대 지방의 바다가 내뿜는 수증기를 에너지원으로 만들어진다. 열대 바다는 태양 빛을 많이 받기 때문에 바닷물의 온도가 높고, 고온다습한 수증기를 대기로 뿜어낸다. 태양열에 의해 뜨거워진 공기가 이 수증기를 빨아들이면서 강한 상승 기류를 만들며 하늘로 올라간다. 하늘의 찬 공기와 만난 수증기는 물방울로 변하고 이 물방울들이 덩어리로 모여 태풍의 씨앗인 구름이 된다. 그 구름은 열대 해상의 수증기를 계속해서 빨아들여 점점 더 커진다. 이때 지구의 자전으로 생기는 전향력을 받아 회전하면서 마침내 강력한 태풍이 만들어진다. 이렇게 만들어진 태풍은 고위도를 향해 시계 반대 방향으로 회전하면서 이동하는데, 발생에서 소멸까지 약 1주에서 1개월이 걸린다.

(라) 태풍은 안쪽으로 갈수록 풍속이 증가하나, 그 중심은 돌아가는 힘에 의해 오히려 바람이 없고 고요한데 이를 '태풍의 눈'이라고 한다. 이곳에서는 바람이 약하고 구름도 없이 날씨가 맑다. 북반구에서는 태풍이 이동하는 진로와 같은, 태풍의 오른쪽은 편서풍과 무역풍과 합쳐지면서 강풍과 폭우를 동반하고 해안가에는 해일이 발생하기도 한다. 반대로 왼쪽은 바람에 부딪혀 상대적으로 풍속이 약해진다. 우리나라로 향하는 태풍은 대부분 일본으로 빠지거나 남부 지방에 직접적 피해를 입히며 동해 쪽으로 빠져나가 사라지는 것이 일반적이다.

(마) 태풍은 생태계에 막대한 피해를 주지만 긍정적 역할을 하기도 한다. 대기를 순환시켜서 공기를 맑게 해 주며, 지구의 온도를 낮추어 준다. 또한 가뭄을 해소하고 바닷물에 생긴 적조 현상을 없애 주기도 한다.

9. ㉠에 들어갈 내용으로 가장 알맞은 것은 무엇인가요? (   )

① 이름을 어떻게 지을까?
② 어떤 모양으로 생겼을까?
③ 지구에 어떤 피해를 줄까?
④ 생태계에 얼마나 도움이 될까?
⑤ 어디서 생기고 어떻게 만들어질까?

10. '태풍'에 대한 설명으로 알맞지 <u>않은</u> 것은 무엇인가요? (   )

① 강풍과 폭우를 동반한다.
② 적도 부근에서 발생한다.
③ 태풍의 중심은 바람 심하고 시끄럽다.
④ 대기를 순환시켜서 공기를 맑게 해 준다.
⑤ 발생에서 소멸까지 약 1주에서 1개월이 걸린다.

11 이 글을 읽고 알 수 있는 내용이 <u>아닌</u> 것은 무엇인가요? (   )

① 태풍의 뜻
② 태풍의 크기
③ 태풍의 원리
④ 태풍의 긍정적 역할
⑤ 열대성 저기압의 종류

12. (라)를 바탕으로 <보기>를 알맞게 이해하지 <u>못한</u> 것은 무엇인가요? (   )

<보 기>

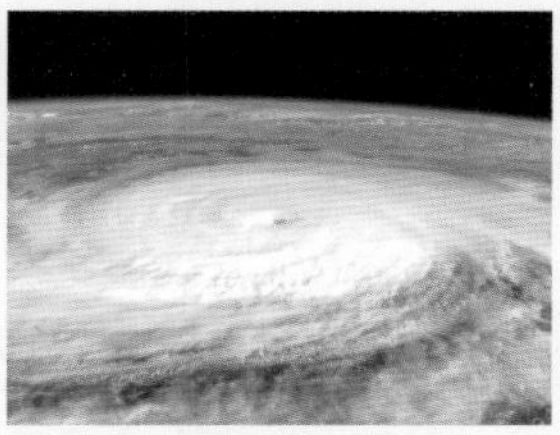
▲우주에서 보는 태풍의 눈

태풍의 가운데를 위에서 내려다보면 한가운데 작은 구멍이 있다. 이것을 '태풍의 눈'이라고 한다. 태풍의 눈 크기는 태풍 규모에 따라 다양하다. 태풍의 눈 주위는 구름 벽으로 둘러싸여 있고, 바깥쪽은 나선 모양의 구름 띠가 둘려 있다. 태풍이 지나갈 때 구름 벽과 구름 띠에서는 강한 비가 내리고, 그사이 퍼져 있는 구름에서는 약한 비가 내린다

① 태풍 중심에 있으면 날씨가 맑을 수도 있겠구나.
② 태풍의 눈에 있으면 막대한 피해를 입지 않겠어.
③ 태풍의 가운데 있는 작은 구멍은 태풍의 눈이야.
④ 태풍의 눈은 편서풍과 무역풍으로 이루어져 있어.
⑤ 구름 벽과 구름 띠가 해안가에 있으면 해일이 발생할 수도 있겠어.

[13~16] 다음 글을 읽고 물음에 답하시오.

(가) 아마 콩고기나 식용 곤충에 관한 내용을 한 번쯤은 들어본 적이 있을 것이다. 가끔 방송에서 출연자가 얼굴을 잔뜩 찡그린 채 식용 곤충을 집어 들고 난감해하는 모습을 볼 때도 있다. 이런 콩고기나 식용 곤충은 미래 대체 식품에 속한다. 인구 증가와 식량 부족, 환경 등의 문제로 미래 먹거리와 대체 식량에 대한 관심이 커지고 있다. 최근 채식주의자들이 늘고, 코로나19 팬데믹으로 건강, 동물 복지 등에 대한 관심 또한 커지면서 식물성 대체 단백질 식품의 종류도 늘어났다. 이러한 대체 식품에는 식용 곤충이나 식물성 고기, 배양육 등 다양한 종류가 있다.

(나) 식용 곤충은 건강하고 깨끗한 식재료 중 하나이다. 소고기에 비해 약 3배 정도의 단백질을 가지고 있다. 맛도 좋고 몸에도 좋으며 환경 보호에도 도움을 준다. 식품 의약품 안전처에 따르면 식용 곤충은 단백질 성분이 풍부해 미래 식량난 해결 대안으로 제시되며, 국내에는 식용 누에, 메뚜기, 갈색거저리 유충, 수벌 번데기 등 아홉 종류가 식용 곤충으로 인정되었다고 한다. 이 밖에도 현재 다양한 식용 곤충이 개발되고 있다.

(다) 식물성 고기 대체육도 있다. 식물성 고기는 인공 고기, 대체육, 대안 고기 등 다양한 이름으로 불린다. 식물에서 추출한 단백질을 이용해 고기처럼 만들어 맛을 낸 것으로 콩, 버섯 등의 추출물을 주로 활용해서 채식주의자들이 선호한다. 또한 동물의 세포를 채취한 뒤 생명과학 기술로 배양하여 만든 배양 고기도 있다. 소고기, 닭고기 등 실제 고기와 맛과 향이 비슷하다. 지금은 비싼 가격 때문에 흔하게 먹지는 못하지만, 국내에서 여러 기업이 연구 개발을 진행하고 있다.

(라) 대체 우유 역시 전 세계적으로 관심을 가지고 있는 분야이다. 대체 우유는 귀리, 아몬드, 쌀 등 식물성 원료에서 단백질이나 지방 성분을 추출해 우유처럼 만든다. 대체 우유는 축산으로 인한 탄소 배출량을 줄일 수 있어 환경 보호에 관심이 높은 시대에 선호도가 높아지고 있다.

(마) 환경 문제와 함께 미래에 닥쳐올 식량 자원의 위기는 대체 식품에 대한 개발을 ㉠<u>불가피하게</u> 만들었다. 앞으로 우리 먹거리는 대체 식품으로 채워질 수밖에 없을 것이다. 심지어 마트에서 고기를 사려면 세금을 내야 하는 시대가 올 수도 있다. 식량 위기를 대비해 기업은 대체 식품 기술을 혁신적으로 발전시켜야 한다. 그리고 정부는 대체 식품에 대한 올바른 정보를 제공해 소비자들의 거부감을 줄여 나가야 할 것이다.

13. 이 글의 내용과 일치하지 <u>않는</u> 것은 무엇인가요? (　　　)

① 콩고기나 식용 곤충은 미래 대체 식품이다.
② 최근 식물성 대체 단백질 식품의 종류가 늘어났다.
③ 식용 곤충은 소고기에 비해 3배 정도의 단백질을 가지고 있다.
④ 대체 우유는 식물성 원료에서 단백질이나 지방 성분을 추출해 만든다.
⑤ 국내에는 식용 누에, 메뚜기 등 여덟 종류가 식용 곤충으로 인정되었다.

14. 이 글의 중심 내용으로 알맞지 <u>않은</u> 것은 무엇인가요? (　　　)

① (가): 미래 대체 식품 소개
② (나): 식용 곤충 설명
③ (다): 식물성 고기 설명
④ (라): 대체 우유 비판
⑤ (마): 미래 식량 자원 위기 대비

15. ㉠의 뜻으로 알맞은 것은 무엇인가요? (　　　)

① 쉽게
② 어렵게
③ 할 수 있게
④ 피할 수 없게
⑤ 하지 않을 수 있게

16. (나)~(다)와 〈보기〉에서 이해한 내용으로 알맞지 <u>않은</u> 것은 무엇인가요? (　　　)

〈보 기〉

▲식용 곤충으로 만든 멕시코 음식

멕시코에서는 옥수수와 고추가 잘 자란다. 그래서 오랫동안 멕시코인들의 음식 재료로 사용되었다. 멕시코의 대표적인 음식으로는 토르티야와 타코가 있다. 이 두 음식은 옥수수 가루를 반죽하여 동그랗게 펼쳐 구워 그 위에 다양한 재료를 싸서 먹는다. 원래 새우, 닭고기, 돼지고기 등이 재료로 사용되는데, 식용 곤충으로 만든 고기를 넣어 만들기도 한다. 식용 곤충이 들어간 멕시코 음식은 앞으로 닥쳐올 식량 자원 위기에 건강한 먹거리로 자리매김할 수 있을 것이다.

① 식용 곤충은 몸에도 좋고 환경 보호에도 도움을 준다.
② 오래전부터 멕시코 음식 토르티야와 타코에 식용 곤충을 넣어 만들었다.
③ 식용 곤충은 단백질 성분이 풍부해 미래 식량난 해결 대안으로 제시된다.
④ 식용 곤충을 넣어 만든 멕시코 음식은 식량 자원 위기에 도움이 될 것이다
⑤ 식물성 고기 대체육을 넣어서 만들어도 건강한 먹거리가 될 수 있을 것이다.

[17~20] 다음 글을 읽고 물음에 답하시오.

(가) 세종 대왕은 우리 역사상 가장 존경받는 인물 중 한 명이다. 누구보다도 백성을 사랑한 ⓐ어진 왕이었을 뿐 아니라 세종이 집권했던 조선은 정치, 경제, 문화가 크게 발전하여 우리 역사에서 가장 문화가 발달한 전성시대로 꼽힌다. 이런 세종의 수많은 업적 중 가장 뛰어난 것으로 우리는 한글 창제를 들곤 한다. 그러나 그가 소리의 장단과 고저를 정확히 표시하기 위하여 악보를 만들었다는 것은 잘 알지 못한다. 정간보(井間譜)가 바로 그것이다.

(나) 정간보는 조선 시대 세종이 창안한 것으로, 음의 높낮이와 길이를 정확하게 표현한 동양 최초의 악보이다. 당시 사용하던 일부 악보는 음악의 가락을 섬세하게 나타내지 못하고 음만 본떠서 전한다거나, 음의 길이·리듬·곡조의 특성 및 관계를 ⓑ명확하게 표기하지 못하는 문제점 등을 가지고 있었다. 게다가 중국 음악을 표기하기 위한 악보 기록법으로는 우리 음악을 제대로 적을 수 없었다. 우리나라의 음악은 음의 길고 짧음의 변화가 중국의 것보다 많기 때문에 음의 높낮이만 적는 악보로는 음악을 온전히 적을 수 없었기 때문이다. 그리하여 세종이 당시의 이러한 악보 기록법의 한계를 ⓒ극복하기 위해 정간보를 만들어 낸 것이다.

(다) 정간보의 형태는 원고지 같은 ⓓ연속된 네모 칸으로 되어 있으며, 한 칸을 '정간'이라고 부른다. 1행을 32칸의 정간으로 나누며, 이때 정간 1칸을 1박으로 인식한다. 그리고 정간 안에는 潢(황), 汰(태), 林(임) 등의 한자를 적는데, 이는 음의 높낮이를 나타내는 것이다. 즉 우물 정(井)자 모양의 네모 칸을 만들어 놓고 각 칸은 음의 길이를, 정간 안의 한자는 음의 높낮이를 보여주는 것이다. 또한 정간보는 세로 악보이기 때문에, 이를 읽을 때도 세로쓰기로 된 글을 읽을 때처럼 위에서 아래로, 오른쪽에서 시작하여 아래로 내려 읽고 다시 그 왼쪽 줄로 이어 읽는다.

(라) 서양에서 사용하는 악보의 경우, 콩나물같이 생긴 음표가 음의 길이를 나타내며, 그러한 음표가 다섯 개의 줄 중 어디에 놓이느냐에 따라서 음의 높낮이가 결정된다.

(마) 정간보는 당시 악보의 본질적인 문제점을 ⓔ극복한 악보일 뿐 아니라, 개별적인 악기나 노래의 선율만을 표기하기 위한 것이 아닌 몇 개의 악기 파트와 노래 파트 등을 포괄하는 악보이다. 이러한 정간보는 지금까지도 전통 음악을 연주할 때 활용하고 있는 우리의 소중한 문화유산 중 하나이다.

17. 글쓴이가 이 글을 쓴 까닭은 무엇인가요? (　　　)

① 조선 시대를 설명하기 위해
② 우리의 문화유산을 하기 위해
③ 세종 대왕의 업적을 소개하기 위해
④ 소중한 문화유산 정간보에 대해 알리기 위해
⑤ 정간보와 서양에서 사용하는 악보를 비교하기 위해

18. 이 글의 내용과 일치하는 것은 무엇인가요? (　　　)

① 조선 시대 세종이 정간보를 창안하였다.
② 정간보는 당시 악보의 문제점을 극복하지 못하였다.
③ 정간보의 형태는 서로 떨어진 네모 칸으로 되어 있다.
④ 정간보는 가로 악보이기 때문에 아래에서 위로 읽는다.
⑤ 우리나라의 음악은 음의 길고 짧음의 변화가 중국 것보다 적다.

19. ⓐ~ⓔ와 바꾸어 쓸 수 있는 낱말로 알맞지 않은 것은 무엇인가요? (　　　)

① ⓐ: 슬기로운
② ⓑ: 확실하게
③ ⓒ: 이겨 내기
④ ⓓ: 이어진
⑤ ⓔ: 반영한

20. 〈보기〉의 내용이 들어가기에 알맞은 곳은 어디인가요? (　　　)

〈보　기〉

서양 음악의 악보는 오선보이다. 오선보는 다섯 개의 줄을 그은 오선지에 음의 높고 낮음을 기호로 나타낸다. 높은음자리표, 낮은음자리표, 박자표와 조표, 음표와 쉼표 등의 다양한 기호가 그려져 있다.

① (가)의 뒤
② (나)의 뒤
③ (다)의 뒤
④ (라)의 뒤
⑤ (마)의 뒤

끝

5학년

제2회 모의고사

비문학

이름	

※ 모의고사 유의 사항

○ 문제지의 해당란에 이름을 쓰십시오.

○ 모의고사의 문항 수는 총 20문제이며, 시간은 총 30분입니다.

○ 표지를 넘기면 우측 상단에 있는 QR 코드를 스마트폰으로 찍으십시오.

○ 타이머 영상이 재생되면 스마트폰을 옆에 두고 남은 시간을 확인하면서 문제를 풀면 됩니다.

NE 능률

제 2회 모의고사
비문학

5학년

30분 안에 푸세요.

[1~4] 다음 글을 읽고 물음에 답하시오.

(가) 『조선왕조실록』에 조선 후기 평범한 홍어 장수였던 문순득이라는 이름이 기록되어 있다. 상인이었던 그가 { ㉠ }

(나) 문순득은 조선 후기 우이도에서 근처 섬으로 홍어를 ⓐ사고팔러 다니던 상인이었다. 그는 1801년 흑산도로 홍어를 사러 갔다가 풍랑을 만나 유구국이라 불리는 현재의 일본 오키나와에 표류한다. 유구국은 일찍부터 조선과 교류를 해 온 터라 유구국 사람들은 문순득을 환영해 주었다. 외국어에 호기심이 많고 사람과의 소통을 좋아한 그는 그곳에서 8개월간 ⓑ머물면서 유구국 언어를 배워 조선으로 돌아가기로 마음먹는다. 하지만 중국을 ⓒ거쳐 조선으로 돌아오려던 그는 다시 풍랑을 만나 표류한다. 이번에는 스페인의 지배를 받던 필리핀 루손섬, 여송국에 ⓓ닿게 된다. 또다시 9개월을 그곳에서 지내면서 여송국 언어를 열심히 배웠고, 이를 바탕으로 다양한 경험을 하며 다른 서양 국가의 문물까지도 경험할 수 있었다. 그리고 그는 마카오, 광둥, 난징, 베이징을 거쳐 약 4년 만에 고향 우이도로 돌아오게 된다. 이후 제주도에 표류한 여송국 사람들을 통역하여 고향으로 돌려보냈는데 이 일로 벼슬까지 받았다. 이 ⓔ일화가 『조선왕조실록』에 기록되어 전한다.

(다) 당시 흑산도에는 정약용의 둘째 형인 정약전이 천주교인으로 몰려 유배를 와 있었다. 마침 고향에 돌아온 문순득이 홍어를 거래하기 위해 흑산도에 들렀고, 정약전에게 유구국과 여송국에서 표류한 이야기를 들려준다. 문순득의 이야기를 들은 정약전은 그 경험을 날짜별로 기록해 『표해시말(漂海始末)』이라는 총 3부로 구성된 책을 쓰게 된다. 이 책의 제목인 『표해시말』은 표류의 처음부터 끝까지라는 의미이다. 1부에서는 표류의 과정을, 2부에서는 표류한 지역의 풍속, 언어, 기후 등을 소개하였다. 3부에서는 112개의 우리말 단어를 한자로 적은 뒤 각각 일본어 81개와 필리핀어 54개로 바꿔 기록하였다. 이 책은 국내 표류 기록 중 이 지역과 관련된 유일한 자료이다.

(라) 문순득의 표류 체험을 기록한 『표해시말』은 최초의 서양 문화 기록이라는 점에서 의미가 있다. 사물을 관찰하는 능력이 뛰어나고 언어에도 재능이 있었던 문순득 덕분에 스페인 식민지였던 여송국의 새로운 문화를 목격하고 그 경험을 알릴 수 있게 된 것이다. 또한 『표해시말』은 유구국, 여송국 등의 풍속, 집, 의복, 배 등을 생생하게 기록하여 민속학적으로 의미가 크다. 이야깃거리로 잊힐 뻔했던 문순득의 경험이 소중한 기록 유산으로 남게 된 것이다.

1. ㉠에 들어갈 내용으로 가장 알맞은 것은 무엇인가요? (   )

① 정약전을 어떻게 만났을까?
② 어떻게 부자가 될 수 있었을까?
③ 왜 일본 오키나와에 표류했을까?
④ 왜 홍어를 파는 상인이 되었을까?
⑤ 어떻게 실록에까지 기록될 수 있었을까?

2. 이 글의 내용과 일치하지 <u>않는</u> 것은 무엇인가요? (   )

① 문순득은 홍어를 사고파는 상인이다.
② 문순득은 유구국에 9개월간 머물렀다.
③ 문순득의 경험은 소중한 기록 유산으로 남게 되었다.
④ 문순득은 외국어에 호기심이 많고 사람과의 소통을 좋아했다.
⑤ 문순득은 제주도에 표류한 여송국 사람들을 통역하여 고향으로 돌려보냈다.

3. ⓐ~ⓔ와 바꾸어 쓸 수 있는 낱말로 알맞지 <u>않은</u> 것은 무엇인가요? (   )

① ⓐ: 매매하러
② ⓑ: 묵으면서
③ ⓒ: 건너뛰어
④ ⓓ: 이르게
⑤ ⓔ: 이야기

4. 문순득의 『표해시말』이 가지는 의미로 가장 적절한 것은 무엇인가요? (   )

① 날짜별로 표류 경험을 기록했다.
② 평범한 상인이 체험한 표류기이다.
③ 정약용의 둘째 형인 정약전이 기록했다.
④ 총 3부로 기록되어 자세하게 표류 과정을 기록했다.
⑤ 최초의 서양 문화의 기록이며 민속학적 가치가 있다.

[5~8] 다음 글을 읽고 물음에 답하시오.

(가) 추운 겨울, 따뜻한 차 한잔은 우리의 체온을 유지하는 데 큰 도움을 준다. 더운 여름에도 마찬가지이다. 시원한 얼음물 한 컵이면 온몸이 시원해지는 느낌을 받을 수 있다. 그러나 야외 활동 중이라면, 이렇게 따뜻하거나 시원한 음료수를 바로 마시기가 어렵기 때문에 우리는 흔히 보온병을 사용한다. 보온병은 그 안에 넣은 물이나 음료수의 온도를 거의 같은 온도로 장시간 유지시켜 주는 것으로, 따뜻한 액체를 따뜻하게 유지해 주는 것을 보온병, 차가운 액체를 차갑게 유지해 주는 것을 보냉병이라 구분하기도 한다. 하지만 일상생활에서는 대개 구분 없이 모두 보온병이라 부르는 것이 일반적이다. 그렇다면 이 보온병의 내용물이 오랫동안 온도를 유지할 수 있는 것은 어떤 원리 때문일까?

(나) 보온병의 원리를 알기 위해서는 우선 열전달의 원리를 이해해야 한다. 열전달은 두 물체 사이에서 열에너지가 이동하는 것을 의미하는 것으로, 열은 항상 온도가 높은 곳에서 온도가 낮은 곳으로 이동한다. 이러한 열의 이동은 전도, 대류, 복사라는 세 가지 방법으로 이루어진다. 이 중 '전도'는 열에너지가 물질의 이동을 수반하지 않고 고온에서 저온으로 전달되는 현상으로, 주로 고체 내부에서 일어난다. '대류'는 뜨거운 공기는 위로 올라가고, 차가운 공기는 아래로 내려오는 것처럼 기체나 액체에서 일어나는 열전달 방식이다. 마지막으로 '복사'는 빛으로 열이 전달되는 방식으로, 태양에서 나오는 열이 빛에 의해 지구까지 전달되는 것이 이 복사에 해당한다.

(다) 보온병은 이러한 병 내부와 외부의 열전도, 대류, 복사를 막아 열의 이동을 막기 위한 구조로 되어 있다. 즉, 보온병은 두 겹의 벽 구조로 되어 있는데, 이 벽과 벽 사이는 진공으로, 그 안쪽은 은으로 도금된 유리벽으로 되어 있다. 벽과 벽 사이가 진공 상태라는 말은 공기가 없어 열의 전도와 대류가 발생하지 않는다는 의미이다. 또한 열복사에 의해서도 열이 빠져나갈 수 있기 때문에, 이를 막기 위해 내부의 벽은 은으로 도금이 되어 있다. 은 도금 벽에 부딪힌 열은 다시 병 속으로 반사되기 때문에 열복사에 의한 열 손실을 막을 수 있는 것이다. 뿐만 아니라 외부에서 들어오는 복사열도 그대로 밖으로 반사시켜 복사열이 병의 외부로 출입하지 못하도록 하는 역할을 한다. 보온병의 마개 역시 열전도가 잘 되지 않는 고무로 만들어, 보온의 기능을 갖추고 있다.

5. 이 글의 제목으로 알맞은 것은 무엇인가요? (　　　)

① 체온이 유지되는 방법
② 보온병의 장점과 단점
③ 보온병이 만들어지는 과정
④ 보온병의 물이 식지 않는 까닭
⑤ 열전달 원리에 관한 과학적 사실

6. 이와 같은 글을 읽는 방법으로 알맞은 것은 무엇인가요? (　　　)

① 설명 내용이 정확한지 확인하며 읽는다.
② 인물 간의 갈등 상황을 파악하며 읽는다.
③ 전문가의 견해를 인용하였는지 확인하며 읽는다.
④ 글쓴이의 주장과 근거가 적절한지 생각하며 읽는다.
⑤ 글쓴이가 전달하고자 하는 교훈을 생각하며 읽는다.

7. '열전달 원리'에 대한 설명으로 알맞지 <u>않은</u> 것은 무엇인가요? (　　　)

① 전도는 빛으로 열이 전달되는 방식이다.
② 두 물체 사이에서 열에너지가 이동하는 것이다.
③ 대류는 기체나 액체에서 일어나는 열전달 방식이다.
④ 열은 항상 온도가 높은 곳에서 낮은 곳으로 이동한다.
⑤ 열의 이동은 전도, 대류, 복사라는 세 가지 방법으로 이루어진다.

8. 이 글을 보고 그림을 설명한 내용으로 알맞지 <u>않은</u> 것은 무엇인가요? (　　　)

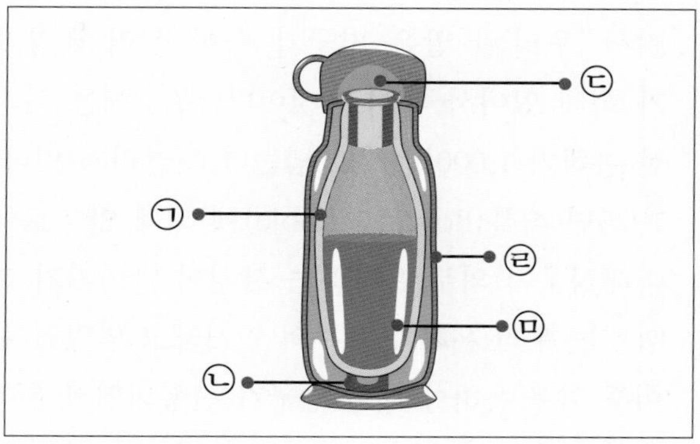

① ㉠: 벽과 벽 사이는 진공으로 공기가 없어 열의 전도와 대류가 발생하지 않는다.
② ㉡: 열이 빠져나가는 것을 막기 위해 내부의 벽은 은으로 도금되어 있다.
③ ㉢: 보온병의 마개는 플라스틱으로 만들어 보온의 기능을 갖춘다.
④ ㉣: 보온병의 내부는 두 겹의 벽 구조로 되어 있다.
⑤ ㉤: 보온병은 내부와 외부의 열의 이동을 막아 액체의 온도를 유지해 주는걸 말한다.

[9~12] 다음 글을 읽고 물음에 답하시오.

(가) '우리은하'란 '태양계가 속해 있는 은하'를 의미하는 것으로, 흔히 '은하계'라고도 한다. 여기서 '우리'란 말은 지구가 속한 우리 태양계가 속해 있어서 붙여진 것이다. 우주에는 이러한 은하가 1,000억 개도 넘는다고 알려져 있다. 1925년 허블(Edwin Hubble)에 의해 안드로메다대성운이 외부 은하라는 사실이 밝혀지기 전까지는 우리 은하가 우주의 전체라고 믿었었다. 이후 외부 은하에 대한 연구가 진행되면서 우리은하는 우주의 수없이 많은 은하 중 하나라는 사실이 밝혀졌다.

(나) 그럼 우리은하는 어떤 모양을 하고 있을까? 우리은하를 옆에서 보면 은하의 중심부가 약간 부풀어 오른 납작한 원반 모양을 하고 있다. 밤하늘에서 볼 수 있는 천체 중에서 가장 거대한 구조인 은하수가 우리은하의 대표적인 구조이다. 은하수는 천구를 가로지르는 밝은 띠로 보이는데, 은하수의 이런 모습은 태양계를 포함하는 우리은하가 원반 모양을 하고 있음을 나타내는 것이다. 태양계도 별들이 ㉠<u>빼곡하게</u> 모인 이 원반 내에 있다. 또 우리은하를 위에서 보면 납작한 원반 모양의 끝에서 나선팔이 뻗어 나온 모양이다.

(다) 우리은하의 크기는 얼마나 될까? 빛이 1년 동안 가는 거리를 1광년이라고 하는데 우리은하의 지름은 약 10만 광년, 원반 가운데 두꺼운 부분의 두께는 약 1.5만 광년, 나선팔 부분의 두께는 1천 광년이나 된다. 그리고 태양계는 우리은하의 중심에서 약 3만 광년 정도 떨어져 있다. 만약 지구를 지름 2cm인 동전 크기라고 가정하면, 태양은 지름 2m인 트레일러 바퀴의 지름이고, 우리은하의 지름은 15억km라고 할 수 있다. 이는 지구와 태양 간 거리의 약 10배에 해당한다.

(라) 일반적으로 은하는 무수히 많은 별과 가스, 먼지 등으로 구성되어 있다. 우리은하도 이와 마찬가지로 약 2천 억~4천 억 개의 별이 있는 거대한 별의 집단이다. 그중 원반의 납작한 부분에는 젊은 별들이 집중되어 있고, 원반 가운데의 두꺼운 부분에는 오래되고 늙은 별들이 아주 성기게 있다. 그리고 지구가 태양을 중심으로 공전하듯, 우리은하를 구성하는 별들도 우리은하의 중심을 돌고 있다. 태양 역시 우리은하의 중심부를 초속 250㎞의 빠른 속도로 2억 5,000년에 한 번씩 돌고 있다.

9. <보기>는 이 글의 제목입니다. 빈칸에 들어갈 낱말로 알맞은 것은 무엇인가요? (　　　)

<보　기>

[　　　]의 모든 것

① 태양
② 지구
③ 태양계
④ 은하수
⑤ 우리은하

10. 이 글의 내용과 일치하지 않는 것은 무엇인가요? (　　　)

① 안드로메다대성운은 외부 은하이다.
② 우리은하는 흔히 은하계라고도 한다.
③ 우리은하의 지름은 약 10만 광년이다.
④ 우리은하의 대표적인 구조로 은하수가 있다.
⑤ 일반적으로 은하는 오래되고 늙은 별들로 구성되어 있다.

11. ㉠과 바꾸어 쓸 수 있는 낱말은 무엇인가요? (　　　)

① 조금
② 넓게
③ 두껍게
④ 빈틈없이
⑤ 거대하게

12. 이 글과 〈보기〉를 읽고 자신의 생각을 바르게 말하지 못한 친구는 무엇인가요? (　　　)

〈보 기〉

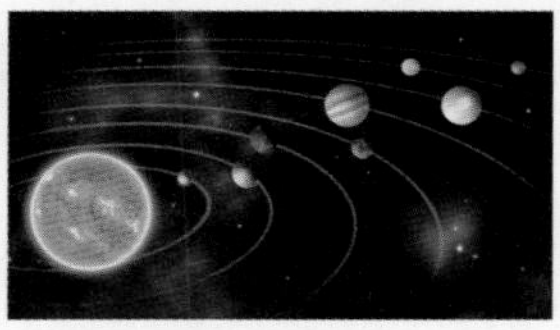
▲태양계의 모습

태양계는 태양과 태양 주위를 공전하는 행성, 위성, 소행성, 유성 등을 말한다. 지구는 태양 주변을 돌고 있는 행성 중 하나이며, 그 외로 수성, 금성, 화성, 목성, 토성, 천왕성, 해왕성이 있다. 태양은 스스로 빛을 내는 천체로 항성이라고 부르며, 태양 주위를 돌고 있는 전체는 행성이라고 한다. 이러한 태양계는 우리은하에 속해 있다.

① 태양계는 우리은하에 포함되어 있어.
② 우리은하는 태양계로만 이루어져 있어.
③ 태양은 우리은하의 중심을 2억 5,000년에 한 번씩 돌고 있어.
④ 우리은하의 중심에서 약 3만 광년 떨어진 곳에 태양계가 있구나.
⑤ 수성, 금성, 지구, 화성, 목성, 토성, 천왕성, 해왕성은 우리은하에 있는 거구나.

[13~16] 다음 글을 읽고 물음에 답하시오.

(가) 팬데믹으로 인해 대면 소통이 어려워지자, 한 대학교는 신입생 입학식을 플랫폼을 통해 가상 공간에서 진행했다. 또한 케이 팝 스타 BTS는 메타버스 공간에서 신곡을 소개했다. 이처럼 가상 현실은 SF 영화의 소재만이 아니라 최근에는 '메타버스'라는 이름으로 넓은 범위에서 활용되고 있다.

(나) '메타버스'는 '초월, 가상'이라는 의미의 '메타'와 '세계'를 뜻하는 '유니버스'가 합쳐진 말로, 현실 세계와 가상 세계가 상호 작용할 수 있고 현실에서의 일이나 생활을 영위할 수 있는 공간이다. 메타버스에서는 현실에서 가능한 일이 가상 세계에서도 동일하게 이루어진다. 처음에는 가상 세계와 현실 세계의 경계가 분명했다. 그러나 점차 기술이 발달하면서 그 경계가 모호해지고 두 세계가 서로 영향을 주고받는 수준에까지 이르렀다.

(다) 메타버스는 크게 네 가지 유형으로 구분한다. 첫 번째는 증강 현실이다. 증강 현실은 우리가 사는 현실에 컴퓨터 그래픽으로 특수한 효과를 입히는 기술이다. 증강 현실을 활용하면 현실에서 경험하기 어려운 것을 편리하고 새롭게 체험할 수 있다. 스마트폰 앱을 켜고 특정 장소에 가서 가상 현실 속 괴물을 잡는 '○○○ 고' 게임이 대표적인 예이다. 두 번째는 삶의 기록 즉, 라이프로깅이다. 개인의 일상을 기록, 저장, 공유하는 것을 말하며 SNS나 브이로그 등이 있다. 그뿐만 아니라 시계처럼 착용하는 밴드나 피부에 부착하는 형태의 센서 등으로 실시간 정보를 기록하는 것도 이에 해당한다. 세 번째는 거울 세계이다. 가상 공간에 실제 세계의 모습, 정보, 구조 등을 가져가 복사하듯이 재현하되 정보적으로 확장된 가상 세계를 말한다. 온라인 지도나 원격 회의 등이 그 예이다. 마지막으로 가상 세계가 있는데, 현실처럼 만들어진 완성된 형태의 세계이다. 이 속에서 사용자들은 아바타를 통해 현실에서처럼 생활한다. 각종 온라인 게임이 여기에 속한다.

(라) 메타버스에 대한 관심은 기술의 발전과 함께 점점 높아지고 있다. 메타버스는 현실을 복제하기 때문에 저작권 문제가 있을 수 있고, 가상 세계에서 사용하는 가상 화폐로 인한 불법 거래나 탈세 같은 경제적 문제도 있다. 특히 아바타로 인해 발생하는 윤리적 문제는 앞으로 해결해야 할 과제이다. 그러나 메타버스는 기술의 발전과 함께 사람들의 무관심 속에 그 한계를 드러내고 있다.

13. 이 글의 내용과 일치하지 않는 것은 무엇인가요? (　　　)

① 메타버스는 크게 네 가지 유형으로 구분한다.
② 라이프로깅은 개인의 일상을 기록, 저장, 공유하는 것을 말한다.
③ 메타버스는 현실을 복제하지만 저작권 문제를 일으키지 않는다.
④ 가상 세계와 현실 세계의 경계가 모호해지고 서로 영향을 주고받는다.
⑤ 메타버스에서는 현실에서 가능한 일이 가상 세계에서도 동일하게 이루어진다.

14. (다)를 참고하여 '거울 세계'의 예로 가장 알맞은 것은 무엇인가요? (　　　)

①

②

③

④

⑤

15. <보기>의 내용이 들어가기에 알맞은 곳은 어디인가요? (　　　)

<보 기>

메타버스 산업에 관한 제도 정비가 필요하다. 정부는 저작권 문제, 경제적 문제, 윤리적 문제 등을 해결할 수 있는 관련 법규를 만들어야 한다. 개인은 메타버스의 문제점에 대해 제대로 알고 문제를 일으키지 않도록 주의해야 한다.

① (가)의 앞
② (가)의 뒤
③ (나)의 뒤
④ (다)의 뒤
⑤ (라)의 뒤

16. 글 (나)와 관련해 새롭게 알고 싶은 점으로 알맞은 것은 무엇인가요? (　　　)

① 메타버스의 뜻은?
② 메타버스의 문제점은?
③ 메타버스의 네 가지 유형은?
④ 가상 세계와 현실 세계이 경계가 허물어진 예는?
⑤ 메타버스의 한계를 보완하기 위한 방법은 무엇일까?

[17~20] 다음 글을 읽고 물음에 답하시오.

(가) 서핑은 하와이와 타히티섬 등 폴리네시아 문화에서 왔다고 전해진다. 당시 서핑은 종교적 제의로, 서핑 보드를 만들고 서핑하는 일은 바다의 신에게 안녕을 기원하는 의식이었다. 이후 식민지 개척과 함께 유럽 열강이 몰려들면서 원주민의 수가 ㉠급감하고 서구 문화에 점령당해 고대 서핑 문화는 사라지게 되었다.

(나) 20세기에 이르러 서핑은 하와이, 캘리포니아, 호주의 서핑 클럽을 중심으로 대중적으로 발전했다. 특히 하와이 출신의 수영 선수였던 듀크 카하나모쿠가 전 세계를 돌아다니며 서핑을 전파하면서 큰 인기를 끌게 되었다. 우리나라에는 1990년대에 소개되어 처음에는 낯설었으나 현재는 40만 명이 즐기는 대중 스포츠가 되었다.

(다) 서핑하기 위해서는 서핑 보드, 리시, 서핑 슈트가 필요하다. 서핑 보드는 길이에 따라 롱보드, 건보드, 펀보드, 숏보드, 피쉬보드의 다섯 가지 종류로 나눌 수 있다. 보드는 앞부분인 노즈(nose), 뒷부분인 테일(tail)로 이루어져 있으며, 보드의 윗면은 데크(deck), 아랫면은 보텀(bottom)이라고 부른다. 서핑 보드의 중앙에 길게 들어간 목재는 스트링거(stringer)로 보드가 부러지거나 뒤틀리지 않게 유지한다. 리시는 2미터 정도의 끈으로 서퍼와 서핑 보드를 잇는 유일한 안전 장비라고 할 수 있다. 마지막으로 서핑 슈트는 낮은 수온의 바다에서 체온을 유지해 주는 장비이다. 서핑슈트는 계절에 구애 받지 않고 서핑을 즐길 수 있게 해 주어 서핑의 대중화를 이끌었다.

(라) 서핑은 패들링(Paddling)부터 시작한다. 보드에 엎드려 양팔을 번갈아 저으며 앞으로 나아가는 동작으로, 서핑 동작의 70~80%를 차지한다. 먼저 패들링으로 파도타기 좋은 위치로 이동한다. 그다음 보드에서 일어나 파도의 언덕 부분에서 아래로 미끄러져 내려오면서 뒤따라오는 파도 언덕을 타고 옆으로 움직인다. 이때 속도를 빠르게 하기 위해 보드 바닥에 왁스를 칠하기도 한다.

(마) 넓은 바다에서 한정적인 파도를 공유해야 하므로 서핑에도 규칙이 있다. 우선 파도가 부서지는 가장 높은 위치인 피크에서 제일 가까이에 있는 서퍼가 파도의 우선권을 가진다. 또한 파도를 타는 서퍼는 자신의 진행 방향을 알려 서퍼 간의 충돌을 막아야 한다. 무엇보다 자신의 서핑 보드를 놓쳐 다른 서퍼에게 피해를 주는 일이 없어야 한다.

17. 이 글의 제목으로 알맞은 것은 무엇인가요?
(   )

① 서핑의 동작
② 파도타기 서핑
③ 패들링 하는 방법
④ 서핑하기 좋은 나라
⑤ 대중 스포츠 종목 소개

18. ㉠과 뜻이 반대말인 낱말은 무엇인가요?
(   )

① 급락하다
② 급증하다
③ 폭주하다
④ 폭락하다
⑤ 급격하다

19. 이 글을 읽고 서핑하는 방법에 대해 이야기를 나누었습니다. 바르게 말하지 않은 친구는 누구인가요? (   )

〈보 기〉

지환: 서핑은 패들링부터 하는 거야.
하준: 보드에 엎드려 양팔로 저으며 앞으로 나가는 것을 말하는 거지?
상욱: 패들링은 서핑에서 70~80%를 차지하는 것 같아.
미진: 움직이는 속도를 빠르게 하려고 보트 바닥에 왁스를 칠하기도 하지.
정연: 파도는 한정적이니까 누구에게나 우선권이 있어.

① 지환
② 하준
③ 상욱
④ 미진
⑤ 정연

20. 이 글과 〈보기〉에서 이해한 내용으로 알맞지 <u>않은</u> 것은 무엇인가요? (　　　)

〈보 기〉

스노보드는 긴 널빤지에 몸을 싣고 눈이 쌓인 비탈을 미끄러지듯 내려오는 운동이다. 스노보드를 타기 위해서는 헬멧, 고글, 장갑, 부츠, 바인딩, 스노보드가 필요하다. 바인딩은 스노보드와 발을 단단히 고정시키는 장비이다.

① 스노보드는 장비가 중요해.
② 리시와 바인딩은 역할이 비슷해.
③ 패들링은 서핑에만 있는 동작이군.
④ 서핑과 스노보드 모두 물 위에서 하는 운동이야.
⑤ 스노보드처럼 서핑도 널빤지 위를 타는 스포츠야.

끝

모의고사 정답 및 해설

제1회 모의고사 비문학 정답 및 해설

1. ③ 2. ④ 3. ② 4. ⑤ 5. ③ 6. ④ 7. ② 8. ⑤ 9. ⑤ 10. ③ 11. ② 12. ④ 13. ⑤
14. ④ 15. ④ 16. ② 17. ④ 18. ① 19. ⑤ 20. ④

1. 이 글은 인간의 본성에 대해 깊이 고민한 동양의 대표적 사상가, 맹자와 순자의 사상을 비교 설명하고 있습니다. 그러므로 이 글에 대한 설명으로 알맞은 것은 ③이라고 볼 수 있습니다.

2. ④ 순자는 교육을 통해 악한 마음을 착하게 바꿀 수 있다고 보았습니다.

3. (가)~(라)의 중심 내용을 살펴보면, (가) - [(나), (다)] - (라)(②)입니다.
(가)는 인간의 본성에 대한 고민으로 도입부이며, (나)와 (다)는 각각 동양의 사상가 맹자의 성선설, 순자의 성악설을 비교 설명합니다. (라)는 오늘날 우리가 삶을 살아가야 할 방향을 제시하며 글을 마무리합니다.

4. ⑤ 고자는 인간의 품성은 태어나면서부터 선하고 악하다는 게 정해지는 것이 아니라 어떻게 교육하는지에 따라 결정된다고 하였습니다.

5. 이 글은 제헌절의 의미와 헌법 제1조, 제10조에 관한 내용을 담고 있습니다. 그러므로 '제헌절과 헌법(③)'이 제목으로 알맞다고 볼 수 있습니다.

6. 이 글의 내용과 일치하는 것은 ④라고 볼 수 있습니다.
① 대한민국의 주인은 국민입니다. ② 조선 왕조 건국일은 7월 17일입니다. ③ 제헌절은 우리나라 5대 국경일 중 하나입니다. ⑤ 청구권은 국민이 자신의 권리를 침해당했을 때 국가에 보상을 요구할 수 있는 권리입니다.

7. (나)의 중심 내용은 헌법의 의미라고 볼 수 있습니다. 그러므로 ②는 알맞지 않습니다.

8. ⑤ 참정권 중의 하나인 국민 투표권은 국민이 직접 국가의 중대한 의사 결정에 투표를 통해 의견을 드러낼 수 있는 권리입니다. 그러므로 '투표를 하지 않아도 국가의 중대한 의사 결정에 의견을 드러낼 수 있다(⑤)'는 것은 알맞지 않습니다.

9. 이 글은 태풍이 생기고, 만들어지는 원리에 대한 내용을 담고 있습니다. 그러므로 ㉠에 들어갈 내용으로 가장 알맞은 것은 ⑤라고 볼 수 있습니다.

10. ③ 태풍의 중심은 돌아가는 힘에 의해 오히려 바람이 없고 고요합니다.

11. 이 글에서 태풍의 크기(②)에 대한 내용은 찾을 수 없습니다.
① 태풍의 뜻은 (나) 문단, ③ 태풍의 원리는 (나), (다) 문단, ④ 태풍의 긍정적 역할은 (마) 문단, ⑤ 열대성 저기압의 종류는 (가) 문단에서 찾을 수 있습니다.

12. ④ 태풍의 눈 주위는 구름 벽으로 둘러싸여 있고, 바깥쪽은 나선 모양의 구름 띠가 둘려 있습니다.

13. ⑤ 국내에는 식용 누에, 메뚜기, 갈색거저리 유충, 수벌 번데기 등 아홉 종류가 식용 곤충으로 인정되었다고 나와 있습니다.

14. (라)의 중심 내용은 대체 우유에 대한 설명입니다. 그러므로 ④는 알맞지 않습니다.

15. '㉠ 불가피하게'는 '피할 수 없다'라는 의미로 쓰였습니다. 그러므로 피할 수 없게(④)가 뜻으로 알맞습니다.

16. ② 멕시코의 대표적인 음식으로 토르티야와 타코가 있으며, 이 두 음식에는 새우, 닭고기, 돼지고기 등이 재료로 사용됩니다. 〈보기〉를 통해 최근에 식용 곤충을 넣어 만든 멕시코 음식이 있다는 것을 알 수 있습니다.

17. 이 글은 조선 시대 세종 대왕이 창안한 정간보에 대한 내용을 담고 있습니다. 그러므로 글쓴이가 소중한 문화유산 정간보에 대해 알리기 위해서(④) 이 글을 썼다고 볼 수 있습니다.

18. 이 글의 내용과 일치하는 것은 ①이라고 볼 수 있습니다.
② 정간보는 당시 악보 기록법의 한계를 극복하기 위해 만들어졌습니다. ③ 정간보의 형태는 원고지 같은 연속된 네모 칸으로 되어 있습니다. ④ 정간보는 세로 악보이기 때문에 위에서 아래로, 오른쪽에서 시작하여 아래로 내려 읽고 다시 그 왼쪽 줄로 이어 읽습니다. ⑤ 우리나라의 음악은 음의 길고 짧음의 변화가 중국의 것보다 많습니다.

19. ⓒ는 '악조건이나 고생을 이겨 내다'라는 뜻으로 사용된 낱말로, '반영한(⑤)'으로 바꿔 쓰기에 적절하지 않습니다.
'반영하다'는 '다른 것에 영향을 받아 어떤 현상을 나타내다'라는 뜻으로 쓰입니다.

20. <보기>는 서양 음악의 악보에 관해 설명한 내용입니다. (라) 서양 악보에 관해 간단하게 설명한 문단 뒤(④)에 들어가는 것이 알맞습니다.

제 2회 모의고사 비문학 정답 및 해설

1. ⑤	2. ②	3. ③	4. ⑤	5. ④	6. ①	7. ①	8. ③	9. ⑤	10. ⑤	11. ④	12. ②	13. ③
14. ②	15. ⑤	16. ④	17. ②	18. ②	19. ⑤	20. ④						

1. 이 글은 『조선왕조실록』에 기록된 문순득의 이야기와 상인이었던 문순득이 유구국과 여송국에서 표류한 이야기를 담은 『표해시말』에 관한 내용을 담고 있습니다. 그러므로 ㉠에 들어갈 내용으로 가장 알맞은 것은 ⑤라고 볼 수 있습니다.

2. ② 문순득은 유구국에서 8개월간 머물면서 유구국의 언어를 배웠다고 합니다.

3. ⓒ는 '오가는 도중에 어디를 지나거나 들르다'라는 뜻으로 사용된 낱말로, '건너뛰어'와 바꿔 쓰기에 적절하지 않습니다.

4. (라)에서 문순득의 『표해시말』이 가지는 의미를 밝히고 있습니다. 문순득의 『표해시말』은 최초의 서양 문화를 기록한 책이며 유구국, 여송국 등의 생활, 의복 등에 대한 기록은 민속학적으로 의미가 크다고 하였습니다. 그러므로 문순득의 『표해시말』이 가지는 의미로 가장 적절한 것은 ⑤라고 볼 수 있습니다.

5. 이 글은 추운 겨울에 보온병의 내용물이 오랫동안 온도를 유지할 수 있는 이유에 관한 내용을 담고 있습니다. 그러므로 '보온병의 물이 식지 않는 까닭(④)'이 제목으로 알맞다고 볼 수 있습니다.

6. 이 글은 보온병의 물이 식지 않는 까닭을 설명하고 있는 설명문입니다. 보온병의 원리와 구조 등에 관한 내용을 담고 있습니다. 설명문은 설명 내용이 정확한지 확인하면서 읽어야(①) 합니다.

7. ① 전도는 열에너지가 물질의 이동을 수반하지 않고 고온에서 저온으로 전달되는 현상으로 주로 고체 내부에서 일어납니다.

8. ③ 보온병의 마개는 열전도가 잘 되지 않는 고무로 만들어 보온의 기능을 갖추고 있습니다.

9. 이 글은 우리은하에 대해 설명하고 있습니다. 우리은하의 의미와 우리은하의 모양, 크기, 구성 등에 관한 내용을 담고 있습니다. 그러므로 이 글의 제목은 '우리은하의 모든 것(⑤)'이 알맞다고 볼 수 있습니다.

10. ⑤ 일반적으로 은하는 부수히 많은 별과 가스, 먼지 등으로 구성되어 있습니다

11. ㉠은 '사람이나 물건이 어떤 공간에 빈틈없이 꽉 찬 상태에 있다'라는 뜻입니다, 이와 같은 뜻으로 쓰인 말은 ④입니다.

12. ② 우리은하는 태양계가 속해 있는 은하이며, 약 2천 억~4천 억 개의 별로 구성된 거대한 별의 집단입니다.

13. ③ 메타버스는 현실을 복제하기 때문에 저작권 문제를 일으킬 수 있습니다.

14. 거울 세계는 가상 공간에 실제 세계의 모습, 정보, 구조 등을 가져가 복사하듯이 재현하되 정보적으로 확장된 가상 세계를 말합니다. 예를 들어 온라인 지도나 원격 회의 등이 있습니다. 그러므로 거울 세계의 예로 원격 회의하는 모습(②)이 가장 알맞습니다.

15. <보기>는 메타버스 기술이 발전하면서 발생되는 문제에 대한 해결 방법을 설명한 내용입니다. (라) 메타버스의 문제와 한계에 관해 설명한 문단 뒤(⑤)에 들어가는 것이 알맞습니다.

16. (나)는 메타버스 기술이 발전하면서 가상 세계와 현실 세계의 경계가 모호해진 것에 대한 설명입니다. 그러므로 ④ 가상 세계와 현실 세계의 경계가 허물어진 예로 무엇이 있을지 새롭게 알고 싶어 할 수 있습니다.

17. 이 글은 서핑의 유래와 서핑 타는 법 등에 관한 내용을 담고 있습니다. 그러므로 '파도타기 서핑(②)'이 제목으로 알맞다고 볼 수 있습니다.

18. ㉠은 '급작스럽게 줄다'라는 뜻입니다, 이와 반대의 뜻은 '갑작스럽게 늘어나다'로 ②입니다.

① '급락하다'는 물가나 시세 등이 갑자기 떨어지다, ③ '폭주하다'는 매우 빠른 속도로 난폭하게 달리다, ④ '폭락하다'는 물건의 값 등이 갑자기 큰 폭으로 떨어지다, ⑤ '급격하다'는 변화의 움직임이 급하고 격력하다는 뜻을 가지고 있습니다.

19. (마)에서 한정적인 파도를 공유해야 하므로 서핑에도 규칙이 있다고 했습니다. 파도가 부서지는 가장 높은 위치인 피크에서 제일 가까이 있는 서퍼가 파도의 우선권을 가집니다. 그러므로 서핑 하는 방법에 대해 바르게 말하지 않은 친구는 정연(⑤)입니다.

20. 서핑은 파도 위를 미끄러지듯 타는 스포츠이고, 스노보드는 눈 위를 미끄러지듯 내려오는 스포츠입니다. 그러므로 ④는 알맞지 않는 내용입니다.

| 초등부터 시작하는 수능 국어 전략서 |

빠른 정답
빈틈없는 해설

5학년 | 비문학 독해

NE 능률

| 초등부터 시작하는 수능 국어 전략서 |

빠른 정답
빈틈없는 해설

5학년 | 비문학 독해

NE 능률

1 주제 찾기

이 글의 제목으로 알맞은 것은 무엇인가요? (①)

① 인간의 본성은 악한가 선한가
② 인간 본성을 구분해야 하는가
③ 성악설이 성선설보다 중요한가 → 두 사상의 소개뿐 중요성을 따지지 않음.
④ 맹자와 순자의 삶은 어떠했을까
⑤ 우리 삶의 바람직한 방향은 무엇인가 → 글 ㈑의 중심 내용

이 글은 인간의 본성이 선한지 악한지에 대한 맹자와 순자의 사상을 설명하고 있습니다.

2 구조 알기

글 ㈎~㈑를 세 부분으로 나눌 때 빈칸에 들어갈 알맞은 문단의 기호를 쓰세요.

구조	역할	문단
처음	읽는 사람의 흥미를 끄는 내용과 설명할 대상을 밝힘.	(1) ((가))
가운데	여러 가지 방법을 사용하여 대상을 알기 쉽게 설명함.	(2) ((나), (다))
끝	설명한 내용을 요약하고 정리함.	(3) ((라))

이 글은 설명문으로 '처음-가운데-끝'으로 구성됩니다. 글 ㈎에서는 설명의 대상을 밝히고, 글 ㈏와 ㈐에서는 대상을 구체적으로 설명했습니다. 글 ㈑에서는 내용을 정리하며 마무리했습니다.

3 구조 알기

글 ㈐에서 사용한 설명 방법으로 알맞은 것은 무엇인가요? (④)

① 설명 대상을 일정한 기준으로 나누어 설명하고 있다. → 구분의 설명 방법
② 원인과 결과를 중심으로 핵심 내용을 설명하고 있다. → 인과의 설명 방법
③ 구체적 사례를 활용하여 주장의 근거를 제시하고 있다. → 주장의 근거를 제시하는 글은 논설문임.
④ 말하고자 하는 바를 유사한 내용에 빗대어 설명하고 있다.
⑤ 전문가의 견해를 인용하여 말하고자 하는 바를 강조하고 있다. → 전문가의 견해를 인용한 부분은 나오지 않음.

글 ㈐에서는 악한 본성을 '굽은 나무'와 '무딘 연장'에 빗대어 예로써 다스려야 한다고 했습니다. 이와 같이 유사한 내용에 빗대어 설명하는 방법을 '유추'라고 합니다.

4 어휘 어법

다음 낱말의 관계와 다른 하나는 무엇인가요? (④)

선 – 악

① 출구 – 입구
② 감량 – 증량
③ 소년 – 소녀
④ 과일 – 사과
⑤ 어른 – 아이

'선 – 악'은 서로 반대되는 뜻을 가진 낱말입니다. '과일 – 사과'는 사과가 과일의 종류 중 하나이므로 포함하는 말과 포함되는 말입니다.

독해 정답	
	1. ① 2. (1) ㈎ (2) ㈏, ㈐ (3) ㈑
	3. ④ 4. ④ 5. ⑤
	6. ㉯ 7. ②

어휘 정답	
	1. ④
	2. (1) 탐구 (2) 무디면 (3) 추구 (4) 논쟁 (5) 본성
	3. (1) ㉯ (2) ㉮ (3) ㉰

5 ㉠에 대한 답으로 이 글에서 제시한 것은 무엇인가요? (⑤)

세부 내용

① 인간의 본성은 선에 좀 더 가깝다. → 맹자의 주장

② 인간의 본성은 악에 좀 더 가깝다. → 순자의 주장

③ 인간의 본성은 선과 악의 중간이다. → 이 글에 나오지 않음.

④ 인간의 본성을 선과 악으로 구분하는 일은 무의미하다. → 이 글에 나오지 않음.

⑤ 인간의 본성을 선과 악으로 구분할 수 있는지 아직 알 수 없다.

㉠은 인간의 본성을 선과 악으로 구분할 수 있는지 묻고 있습니다. 글쓴이는 글 ㈑에서 인간의 본성이 선한지 악한지에 대한 문제에 대해 계속 고민해 왔지만 아직까지 정확한 답을 찾지 못했다고 했습니다.

6 [보기]는 이 글을 읽고 난 반응입니다. 알맞게 말한 친구를 찾아 기호를 쓰세요.

비판하기

[보기] ㉮ 윤찬: 결국 인간의 본성은 자기의 마음에 달려 있구나. → 이 글로는 알 수 없음.

㉯ 예지: 난 인간이 태어날 때부터 선하다고 생각했는데, 이것은 맹자의 사상과 통하는구나. → 맹자의 주장

㉰ 시우: 다리를 다친 친구를 도와주고 싶은 마음이 드는 것은 ~~순자~~ 맹자의 사상 때문이야. → 인간의 착한 본성으로 맹자의 사상

㉱ 민서: 어려움에 처한 친구를 도울 마음이 들지 않는다면 맹자의 생각처럼 악한 본성을 가르침으로 다스릴 필요가 있어. → 순자의 주장

(㉯)

글 ㈏에서 맹자는 인간의 본성이 선하다는 성선설을 주장하였으므로, 예지의 반응이 가장 알맞습니다.

수능 연계

7 [보기]와 같은 상황에서 순자가 했을 말로 알맞은 것은 무엇인가요? (②)

적용 창의

[보기] 서울에서 한 초등학교 3학년 아이가 같은 3학년 아이의 등에 뜨거운 물을 부어 위중한 화상을 입히는 사건이 발생했다. 이 사고로 피해 학생은 눕지도 걷지도 못하는 심각한 상황이라고 한다.

① 인간의 본성은 선하다는 것을 널리 알려야겠군. → 맹자의 성선설

② 친구를 괴롭히는 일이 잘못임을 알리고 가르쳐야겠군.

③ 인간의 타고난 착한 본성을 기르기 위해 더욱 노력해야겠군. → 순자는 타고난 악한 본성을 교육을 통해 바꿀 수 있다고 봄.

④ 인간의 선한 본성 중 잘못을 미워하는 마음을 이끌어 내야겠군. → 남의 잘못을 미워하는 마음은 맹자의 성선설에서 확인할 수 있음.

⑤ 인간이 만든 질서만으로는 사회의 안정을 이룰 수 없다는 것을 보여 주는군. → 순자는 인간의 악한 본성은 가르침으로 다스릴 수 있다고 봄.

글 ㈐에서 순자는 사람은 본래 악한 본성을 갖고 태어나므로 이런 마음은 교육을 통해 착하게 바꿀 수 있다고 했습니다. 따라서 [보기]의 상황에서 순자는 다른 친구를 괴롭히는 일은 잘못이라는 것을 가르쳐야 한다고 말했을 것입니다.

기후 변화의 책임 [14~17쪽]

1 주제 찾기

글쓴이가 말하고자 하는 내용은 무엇인가요? (③)

① 선진국에게 해수면 상승을 일으킨 책임을 물어 처벌을 해야 한다. → 처벌해야 한다는 내용은 나오지 않음.
② 무분별한 개발을 막고 원시 시대로 돌아가 기후 위기에 대비해야 한다. → 원시 시대로 돌아가야 한다는 내용은 없음.
③ 지구 온난화로 인한 기후 변화의 문제를 해결하기 위해 노력해야 한다.
④ 수몰 예정 지역에서는 바닷속에서도 생활이 가능한 환경을 만들어야 한다. → 이 글에 나오지 않음.
⑤ 해수면 상승으로 피해를 입은 국가에 선진국들이 경제적 지원을 해야 한다. → 경제적 지원을 해야 한다는 내용은 없음.

글쓴이는 기후 변화로 인한 해수면 상승의 책임이 무분별한 산업 발전으로 인한 선진국들에게 있다고 했습니다. 그리고 우리나라 역시 탄소 배출에 책임이 크다고 하며 우리 모두가 온실가스와 이산화 탄소 배출을 줄여 지구 온난화로 인한 기후 문제를 해결하기 위해 노력해야 한다고 했습니다.

2 구조 알기

글 ㈎에서 사용한 설명 방법으로 알맞은 것은 무엇인가요? (②)

① 어떤 두 대상의 공통점을 중심으로 설명하고 있다. → 비교의 설명 방법
② 용어의 뜻을 풀이하여 내용에 대한 이해를 돕고 있다.
③ 설명 대상을 일정한 기준에 따라 나누어 설명하고 있다. → 구분의 설명 방법
④ 말하고자 하는 바를 다른 대상에 빗대어 설명하고 있다. → 유추의 설명 방법
⑤ 대상에 대한 문제점을 언급하고 해결 방안을 제시하고 있다. → '문제와 해결'의 짜임

글 ㈎에서는 해수면 상승의 의미를 자세히 풀어 설명하면서 설명 대상에 대한 이해를 돕고 있습니다.

3 어휘 어법

관용 표현 '입을 모으다'의 뜻

㉠의 의미로 알맞은 것은 무엇인가요? (③)

① 혼자서 이익을 챙기고 모른 척하다. → '입을 씻다'의 뜻
② 여러 사람이 똑같이 말하기로 약속하다. → '입을 맞추다'의 뜻
③ 여러 사람이 어떤 일에 대해 똑같이 말하다.
④ 하던 말을 그치거나 비밀을 지키기 위해 말을 하지 않다. → '입을 막다'의 뜻
⑤ 듣기 싫은 말이나 자기에게 불리한 말을 하지 못하게 하다. → '입을 다물다'의 뜻

㉠은 관용 표현으로 '여러 사람이 같은 의견을 말하다.'의 뜻을 가지고 있습니다.

4 구조 알기

[보기]의 내용이 들어가기에 알맞은 곳은 어디인가요? (③)

> [보기] 인도네시아의 수도인 자카르타는 일 년에 1~15센티미터씩 땅이 내려앉고 있으며 도시의 절반은 이미 해수면보다 낮다고 밝혔다. 인도네시아 정부는 땅의 표면이 내려앉고 물에 잠기는 일이 잦아 그 피해가 커지자 수도를 현재 자카르타에서 보르네오섬의 동칼리만탄으로 이전하는 계획을 발표했다.

① 글 ㈎의 뒤　② 글 ㈏의 뒤　③ 글 ㈐의 뒤
④ 글 ㈑의 뒤　⑤ 글 ㈒의 뒤

[보기]는 인도네시아의 수도인 자카르타가 해수면 상승으로 피해가 커지자 수도를 보르네오섬의 동칼리만탄으로 이전하기로 했다는 내용입니다. 이는 기후 위기로 생존의 문제가 발생하자 대책을 마련했다는 내용이므로 글 ㈐의 뒤에 이어지는 것이 알맞습니다.

독해 정답			
	1. ③	2. ②	3. ③
	4. ③	5. ①	6. ④
	7. ③		

어휘 정답 1. (1) 수몰되다 (2) 야기하다 (3) 대책 (4) 추세 (5) 위협 2. (1) 추세 (2) 위협 (3) 대책 (4) 야기 (5) 수몰 3. ④

5 세부 내용

이 글에 나타난 문제를 해결하는 방법은 무엇인가요? (①)

① 이산화 탄소 배출을 줄인다.
② 기후 변화를 수시로 관찰한다.
③ 대체 에너지 개발을 자제한다.
④ 해수를 담수로 바꾸어 생존 가능성을 높인다.
⑤ 기후 위기와 관련하여 IPCC에 책임을 묻는다.

이 글은 지구 온난화로 발생한 해수면 상승을 문제로 제기하면서 그 해결 방법으로 선진국들이 온실 가스와 이산화 탄소 배출을 줄이는 일에 앞장서야 한다고 했습니다.

6 추론 하기

㉡의 근거로 제시하기에 알맞은 것은 무엇인가요? (④)

① 태평양에 있는 작은 섬들의 대부분은 인간이 거주할 수 없는 곳이다. → 지구 온난화의 책임과는 관련이 없음.
② 50년에서 100년에 한 번 발생할 홍수와 폭풍이 최근에는 10년마다 일어났다. → 지구 온난화로 인해 발생한 피해임.
③ 태평양 섬나라들은 해수면 상승으로 농작물 재배가 어려워지고 저지대가 침수되는 어려움을 겪고 있다. → 지구 온난화로 인해 발생한 피해임.
④ 마셜 제도 주민들이 지난 50년 동안 배출한 온실가스의 총량은 미국 오리건주 포틀랜드시의 연간 배출량보다 적다.
⑤ 기후 변화의 심각성을 인식한 선진국들이 기금을 마련해 기후 변화로 어려움을 겪고 있는 개발 도상국들을 지원하기로 결정했다. → 지구 온난화로 발생한 피해를 해결하기 위한 방안임.

㉡은 해수면 상승의 책임이 태평양과 인도양의 섬나라들에 있지 않다는 뜻입니다. 이어지는 내용에서 기후 변화의 책임이 에너지를 많이 쓰는 선진국에 있다고 했으므로 ㉡의 근거로는 ④가 알맞습니다.

수능 연계

7 추론 하기

이 글을 읽고 [보기]의 그래프에서 추론할 수 있는 내용은 무엇인가요? (③)

[보기]

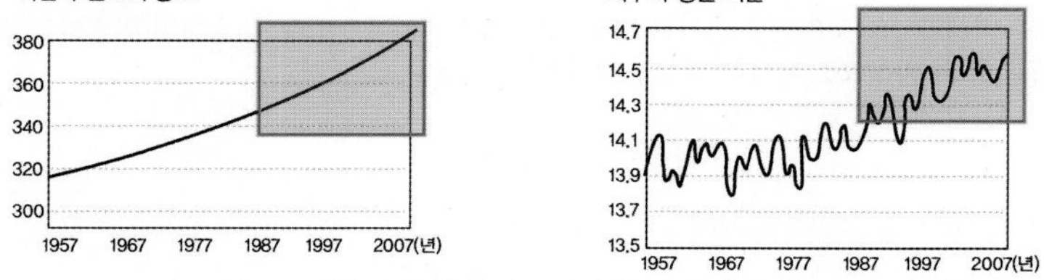

▲이산화 탄소의 농도 변화와 지구 온난화

① 이산화 탄소의 농도와 지구의 평균 기온은 관계가 ~~없다~~ 있다. → 이산화 탄소의 농도가 올라감에 따라 지구의 평균 기온도 올라가고 있음.
② 지구 온난화는 지구의 평균 기온이 올라가면 ~~늦추어진다~~ 빨라진다.
③ 이산화 탄소의 농도가 증가하면 지구 온난화가 심해진다.
④ 지구의 평균 기온이 올라가면 이산화 탄소의 농도는 감소한다. → 이산화 탄소의 농도가 감소하면 지구의 평균 기온이 내려 갈 수 있지만 지구의 평균 기온이 올라갈 때 이산화 탄소의 농도가 감소하는 것은 아님.
⑤ 이산화 탄소의 농도는 시간의 흐름에 따라 자연스럽게 ~~감소한다~~ 증가한다.

지구의 온난화는 지구의 평균 기온이 올라가는 현상입니다. [보기]의 그래프에서 이산화 탄소의 농도가 올라가면 지구의 평균 기온도 올라가므로, 지구 온난화가 심해진다는 것을 알 수 있습니다.

1 주제 찾기

글쓴이가 이 글을 쓴 목적은 무엇인가요? (②)

① 세균의 이로운 점을 알리려고
② 바이러스와 세균의 차이점을 설명하려고
③ 미생물 병원체를 활용한 치료법을 제안하려고
④ 바이러스와 세균이 유발하는 질병을 밝히려고 → 글 ㈎의 중심 내용
⑤ 항생제와 항바이러스제의 중요성을 주장하려고

이 글은 바이러스와 세균의 차이점을 설명한 설명문입니다.

2 세부 내용

세균에 대한 설명으로 알맞지 않은 것은 무엇인가요? (⑤)

① 세균은 스스로 번식하고 진화한다. → 글 ㈏의 내용
② 세균은 질병을 일으키는 미생물이다. → 글 ㈎의 내용
③ 세균은 인간에게 이로운 것들이 많다.
④ 세균은 광학 현미경으로 관찰할 수 있다. → 글 ㈏의 내용 (③, ④)
⑤ 세균은 박테리아보다 크기가 1,000배 ~~작다~~. 크다

글 ㈑에서 바이러스는 그 크기가 세균의 약 1,000분의 1로 아주 작다고 하였습니다. 따라서 세균이 박테리아보다 크기가 1,000배 크다고 할 수 있습니다.

3 구조 알기

이 글과 같은 방법처럼 글을 쓸 수 있는 주제는 무엇인가요? (④)

① 박물관 관람 방식 → 과정
② 우리 가족의 얼굴 → 묘사
③ 혈액의 구성 성분 → 분석
④ 개와 고양이의 특징
⑤ 된장찌개 끓이는 방법 → 과정

이 글은 세균과 박테리아의 차이점을 크기와 번식 방법, 일으키는 질병들로 비교하여 설명하고 있습니다. 개와 고양이의 특징도 대조의 방식으로 설명할 수 있습니다.

4 적용 창의

(㉠ — 세균의 이로운 점을 뒷받침할 사례)

㉠을 뒷받침할 사례를 찾는 방법으로 알맞은 것은 무엇인가요? (①)

① 유산균이 몸속에서 하는 역할은 무엇인지 인터넷에서 검색한다.
② 상한 음식을 먹고 식중독에 걸려 치료를 받은 친구를 인터뷰한다. → 질병을 일으킨 사례
③ 우리 몸의 면역을 높이는 일의 중요성을 다룬 신문 기사를 읽어 본다. → 면역을 높이는 일과 세균의 이로운 것과는 거리가 멂.
④ 코로나 19를 예방하기 위해 손을 씻는 방법을 다룬 동영상을 시청한다. → 질병 예방과 세균의 이로운 것과는 거리가 멂.
⑤ 독감이 유행하기 전 백신을 접종했을 때의 효과를 나타낸 통계 자료를 조사한다. → 백신 접종의 효과는 세균의 이로운 것과는 거리가 멂.

세균이 질병을 일으키기도 하지만 이로운 점도 있다는 것을 뒷받침할 수 있어야 합니다. 따라서 유산균과 같은 좋은 세균이 몸속에서 하는 역할을 찾아보는 것이 ㉠을 뒷받침하기에 알맞습니다.

독해 정답			
	1. ②	2. ⑤	3. ④
	4. ①	5. 이로운	6. ⑤
	7. ④		

어휘 정답	
	1. (1) ㉣ (2) ㉢ (3) ㉡ (4) ㉠ (5) ㉤
	2. ③
	3. ㉠

5 어휘 어법

[보기]를 참고해 ㉡과 반대되는 뜻을 가진 낱말을 이 글에서 찾아 쓰세요.

[보기] • 해롭다: 해가 되는 점이 있다.
예 다인이가 너에게 해로운 짓은 하지 않을 거야.

(이로운)

'해롭다'와 반대되는 뜻을 가진 낱말은 '도움이나 이익이 되다.'는 뜻의 '이롭다'입니다. 글 ㈏에서 '이러한 세균은 질병을 일으키기도 하지만 인간에게 이로운 것들이 더 많다.'에서 찾을 수 있습니다.

6 세부 내용

세균과 바이러스를 비교한 내용으로 알맞지 않은 것은 무엇인가요? (⑤)

		세균	바이러스
①	번식	자신의 유전자를 복제하여 증식함. → 글 ㈏의 내용	숙주가 있어야 번식할 수 있음. → 글 ㈑의 내용
②	크기	크기가 1~5마이크로미터임. → 글 ㈏의 내용	크기가 30~700나노미터임. → 글 ㈑의 내용
③	치료법	항생제로 치료함. → 글 ㈐의 내용	항바이러스제나 백신을 접종함. → 글 ㈒의 내용
④	특징	단순한 형태를 가진 생물임. → 글 ㈏의 내용	생물인지 무생물인지 논란이 있음. → 글 ㈑의 내용
⑤	일으키는 질병	천연두, 사스, 메르스 등의 질병을 일으킴. → 바이러스	결핵, 콜레라, 흑사병 등의 질병을 일으킴. → 세균

천연두, 사스, 메르스 등은 바이러스가 원인이 되어 발생하는 질병이고 결핵, 콜레라, 흑사병 등은 세균이 원인이 되어 발생하는 질병입니다.

수능 연계

7 추론 하기

이 글과 [보기]에서 ㉮의 원인을 짐작한 내용으로 알맞은 것은 무엇인가요? (④)

[보기] '코로나 19'는 2019년 12월 중국 후베이성 우한시에서 처음 발견된 사람 코로나바이러스 변종이다. 코로나바이러스는 감기 등 호흡기 질환을 일으키는데 주변을 둘러싼 모양이 왕관 모양이어서 '코로나바이러스라'고 부른다.

㉮코로나바이러스에 감염되면 열이 나거나 기침, 목의 통증, 호흡 곤란과 같은 호흡기 증상이 나타난다. 환자에 따라 두통, 근육통, 춥고 떨리는 오한, 가슴 통증, 설사 등의 증상이 나타나기도 하며, 증상이 없거나 약해서 감염 사실을 스스로 알기가 어려운 경우도 있다. 코로나 19에 걸리지 않으려면 손을 자주 씻고 눈, 코, 입을 만지지 않는 것이 좋다. 또한 마스크를 끼면 바이러스의 전염 예방에 도움이 될 수 있다.

① 몸속에 침입한 코로나바이러스가 이로운 형태로 바뀌었겠군. → 이로운 형태로 바뀌었다는 내용은 확인할 수 없음.
② 단세포인 코로나바이러스가 세포 안에서 DNA를 복제했겠군. → 단세포로 세포 안에서 DNA를 똑같이 복제하는 것은 세균임.
③ 항생제로 코로나바이러스의 세포벽을 파괴하여 사멸시켰겠군. → 항생제로 치료가 가능한 것은 세균이 원인이 된 질병임.
④ 코로나바이러스가 숙주에 들어가 자신의 유전 물질을 복제했겠군.
⑤ 크기가 작은 코로나바이러스가 공기 중에 노출되어 전염 속도가 느려졌겠군. → 바이러스는 크기가 작아 전염성이 매우 강함.

[보기]의 ㉮는 바이러스가 사람에게 침투하여 질병을 일으킨 경우입니다. 따라서 바이러스에 감염되는 과정으로 글 ㈑에서 바이러스는 스스로 번식하지 못하기 때문에 다른 생물을 숙주로 삼아, 그 세포의 DNA를 파괴하고 자신의 유전 물질을 복제하여 번식한다고 했습니다.

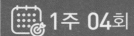

1 주제 찾기

글쓴이가 이 글을 쓴 목적은 무엇인가요? (①)

① 메타버스의 의미와 특징을 설명하려고
② 메타버스의 위험을 알리고 경고하려고 → 글 ㈑에서 메타버스의 문제점을 밝히고 있으나 이 글을 쓴 목적은 아님.
③ 메타버스가 발전해 온 과정을 알리려고 → 발전 과정은 확인할 수 없음.
④ 메타버스가 앞으로 나아가야 할 방향을 소개하려고 → 메타버스의 발전 방향에 대한 내용은 확인할 수 없음.
⑤ 메타버스에 많은 경제적 지원이 필요하다는 것을 주장하려고 → 메타버스의 경제적 지원과는 관련이 없음.

이 글은 메타버스의 의미를 설명하면서 그 유형과 특징을 자세하게 밝히고 있습니다.

2 세부 내용

이 글에서 알 수 없는 내용은 무엇인가요? (⑤)

① 메타버스의 뜻
② 메타버스의 종류 → 글 ㈏에서 알 수 있음.
③ 메타버스의 활용 → 글 ㈎, ㈏의 내용
④ 메타버스의 문제점 → 글 ㈑의 내용
⑤ 메타버스의 개발자

이 글에는 메타버스의 개발자에 대한 내용은 나오지 않습니다.

3 세부 내용

메타버스에 대한 설명으로 알맞지 않은 것은 무엇인가요? (④)

① 현재 여러 분야에서 활용되고 있다. → 글 ㈏에서 알 수 있음.
② 현실처럼 만들어진 완성된 형태의 세계이다. → 글 ㈐에서 알 수 있음.
③ 현실 복제로 인한 저작권 문제가 있을 수 있다. → 글 ㈑에서 알 수 있음.
④ 경제 활동에서 현실과 동일한 화폐가 사용된다.
⑤ 현실 세계의 일이 가상 세계에서도 동일하게 벌어진다. → 글 ㈏에서 알 수 있음.

글 ㈏에서 메타버스에서 경제 활동이 이루어진다고 하였고, 글 ㈑에서는 가상 세계에서 사용하는 가상 화폐로 인한 경제적 문제가 있을 수 있다고 했습니다. 따라서 메타버스에서 이루어지는 경제 활동에서는 현실과 동일한 화폐가 아니라 가상 화폐가 사용된다는 것을 알 수 있습니다.

4 구조 알기

'나열'의 짜임

글 ㈐의 짜임과 같은 문장은 무엇인가요? (⑤)

① 운동장은 낮에는 북적대지만 밤이 되면 매우 조용하다. → 대조
② 집으로 와서는 손을 닦고, 우유를 마신 뒤 숙제를 시작했다. → 과정
③ 감기와 독감은 모두 바이러스에 의해 생긴다는 공통점이 있다. → 비교
④ 사람들이 마구 버린 쓰레기로 인해 바다 생물들의 생존이 위협받고 있다. → 인과
⑤ 레몬은 첫째, 비타민 시(C)가 풍부하며, 둘째, 피부 미용에 좋고, 셋째, 다이어트에 좋다.

글 ㈐는 메타버스 유형을 나열의 짜임으로 제시하고 있습니다. 이와 같은 짜임이 쓰인 문장은 레몬의 좋은 점을 나열한 ⑤입니다.

독해 정답			
	1. ①	2. ⑤	3. ④
	4. ⑤	5. ①	6. ⑤
	7. ②		

어휘 정답	
	1. ⑤
	2. (1) 공유 (2) 대면 (3) 영위 (4) 부착 (5) 재현
	3. ⑤

메타버스의 범위

5 추론하기

㉠의 사례로 알맞지 않은 것은 무엇인가요? (①)

① 스마트폰으로 병원에 입원하신 할머니와 통화를 했어.

② 100미터 달리기를 한 후 스마트 시계에서 맥박을 확인했어. → 라이프로깅

③ 독감에 걸려서 동네 이비인후과 선생님께 원격으로 진료를 받았어. → 거울 세계

④ 브이아르(VR) 고글을 쓰고 가상으로 꾸며진 곳에서 번지 점프를 했어. → 증강 현실

⑤ 온라인 회의로 전 세계 과학자들이 모여 환경 보호를 위한 방법을 고민했어. → 거울 세계

메타버스는 현실 세계와 가상 세계가 상호 작용할 수 있고, 현실에서의 일이나 생활을 동일하게 할 수 있는 공간입니다. 이것은 네 가지 유형, 즉 증강 현실, 라이프로깅, 거울 세계, 가상 세계로 구분할 수 있는데, ①의 사례는 메타버스와는 거리가 멉니다.

6 추론하기

㉡에 들어갈 내용으로 알맞은 것은 무엇인가요? (⑤)

① 지나친 기술 발전의 위험을 사람들에게 경고하고 있다.

② 실제 현실을 무시하고 가상 현실만을 중요하게 여기고 있다.

③ 가상 세계에서 발생한 심각한 문제를 바로잡지 못하고 있다.

④ 기술의 발전과 함께 사람들의 무관심 속에 그 한계를 드러내고 있다.

⑤ 여전히 사람들이 사는 현실 세계를 디지털 세계로 계속해서 확장하고 있다.

'그러나' 다음에는 앞의 내용과 반대되는 내용이 나와야 합니다. 앞에서는 메타버스가 기술의 발전과 함께 그 관심이 높아졌지만 저작권 문제, 경제적 문제, 윤리적 문제 등이 해결해야 할 과제가 있다고 했습니다. 따라서 이어지는 내용은 메타버스가 우리가 사는 현실 세계를 디지털 세계로 계속해서 확장하는 역할을 한다는 긍정적 내용이 나오는 것이 알맞습니다.

수능 연계

7 적용 창의

이 글의 독자가 [보기]를 읽은 후의 반응으로 알맞지 않은 것은 무엇인가요? (②)

> [보기] 스티븐 스필버그 감독의 영화 「레디 플레이어 원」은 메타버스의 세상을 그린 영화이다. 영화의 배경은 2045년으로 이 영화에서 사람들은 대부분의 시간을 '오아시스'라는 게임 속 가상 세계에서 생활한다. 사람들은 '오아시스'에서 게임을 하면 돈을 벌고 이 돈을 현실에서 사용한다.

① 아바타를 사용하면 윤리적 문제가 생길 수도 있겠군. → 글 ㈑에서 추론할 수 있음.

② 실제 공간 위에 가상 정보를 겹쳐 '오아시스'를 만들었겠군.

③ '오아시스'는 메타버스의 유형 중 '가상 세계'에 해당하는군. → '오아시스'는 현실처럼 완성된 세계임.

④ 사람들은 '오아시스' 속 가상 세계에서 현실과 동일하게 생활하겠군. → [보기]의 내용임.

⑤ '오아시스'에서 사람들은 가상 화폐로 인한 경제적 문제를 겪을 수 있겠군. → 글 ㈑와 [보기]에서 추론할 수 있음.

실제 공간 위에 가상 정보를 겹쳐 현실 세계를 확장한 것은 메타버스 유형 중 증강 현실에 해당합니다. [보기]의 '오아시스'는 메타버스 유형 중 '가상 세계'에 해당합니다.

유니버설 디자인 [26~29쪽]

1 구조 알기

이 글에 대한 설명으로 알맞은 것은 무엇인가요? (③)

① 유니버설 디자인의 한계와 개선 방안을 제시하고 있다. → 한계와 개선 방안은 나오지 않음.
② 유니버설 디자인의 구성 요소와 각각의 기능을 설명하고 있다. → 구성 요소는 나오지 않음.
③ 유니버설 디자인의 의미와 사례를 제시하고 가치를 설명하고 있다.
④ 유니버설 디자인이 발전하는 과정을 시간의 순서로 배열하고 있다. → 발전 과정을 시간의 순서로 나타내지 않았음.
⑤ 유니버설 디자인의 구체적인 종류를 일정한 기준에 따라 분류하고 있다. → 종류를 분류하지 않음.

이 글은 유니버설 디자인이 무엇인지 소개하고 그 이념을 제시하고 있습니다. 이러한 이념을 바탕으로 탄생한 유니버설 디자인의 다양한 사례를 소개하고, 그 장점과 가치를 설명했습니다.

2 세부 내용

이 글의 내용과 일치하지 않는 것은 무엇인가요? (①)

① 유니버설 디자인을 하려면 추가 비용이 있어야 한다.
② 유니버설 디자인은 약자들이 편리하게 이용할 수 있다.
③ 유니버설 디자인은 모든 사회 구성원들이 사용할 수 있다.
→ 글 ㈐, ㈒의 내용 (②, ③)
④ 로널드 메이스는 유니버설 디자인이라는 용어를 처음 사용했다. → 글 ㈎의 내용
⑤ 유니버설 디자인은 처음부터 모든 사람들이 이용할 수 있게 계획되어 비용을 절감할 수 있다. → 글 ㈒의 내용

유니버설 디자인 이전에는 특정 사용자들을 따로 고려하여 설계하느라 추가 비용을 지불해야 했습니다. 하지만 유니버설 디자인은 모든 사람들에게 편리한 디자인을 처음부터 계획하고 설계해 사회적 비용을 아낄 수 있다고 했습니다.

3 주제 찾기

글 ㈎~㈒의 중심 내용으로 알맞지 않은 것은 무엇인가요? (①)

① 글 ㈎: 유니버설 디자인의 역사 → 유니버설 디자인의 탄생
② 글 ㈏: 유니버설 디자인의 정의
③ 글 ㈐: 유니버설 디자인의 확장
④ 글 ㈑: 유니버설 디자인의 사례
⑤ 글 ㈒: 유니버설 디자인의 장점

글 ㈎는 유니버설 디자인이라는 용어를 처음 사용한 로널드 메이스를 소개하고, 앞으로 설명할 내용을 제시했습니다. 유니버설 디자인의 역사는 이 글에 나오지 않습니다.

4 구조 알기

글 ㈎에 대한 설명으로 알맞은 것은 무엇인가요? (①)

① 질문을 통해 말할 내용을 제시하고 있다. → 설의법
② 일정한 기준에 따라 대상을 나누어 제시하고 있다. → 구분
③ 구체적인 예를 들어 내용에 대한 이해를 돕고 있다. → 예시
④ 대상을 유사한 성격을 지닌 다른 상황에 빗대고 있다. → 비유
⑤ 관용 표현을 사용하여 내용을 인상 깊게 전달하고 있다. → 인용

글 ㈎는 유니버설 디자인이라는 용어를 처음 사용한 로널드 메이스를 소개하고, 앞으로 설명할 내용을 제시했습니다. 이때 '유니버설 디자인은 무엇인가?'라는 질문을 하며 말할 내용을 설명합니다.

독해 정답			
	1. ③	2. ①	3. ①
	4. ①	5. ④	6. ④
	7. ③		

어휘 정답	
	1. (1) ㉯ (2) ㉮ (3) ㉱ (4) ㉲ (5) ㉰
	2. (1) 지불 (2) 주창 (3) 역임 (4) 절감 (5) 일시적
	3. (1) ㉰ (2) ㉮ (3) ㉯

5 추론하기

㉠으로 보아 유니버설 디자인이 중요하게 생각하는 것은 무엇인가요? (④)

① 아름다운 디자인
② 색감이 다양한 디자인
③ 사용량이 적은 디자인
④ 차별하지 않는 디자인
⑤ 환경을 보호하는 디자인

㉠에서 언급된 '모든 사람들, 상관없이 누구나 손쉽게' 등의 내용을 통해 유니버설 디자인이 차별하지 않고 모든 구성원이 사용할 수 있는 디자인을 한다는 것을 알 수 있습니다.

6 추론하기

글 ㉯에 [보기]의 자료를 추가할 때 얻을 수 있는 효과는 무엇인가요? (④)

[보기] 유니버설 디자인의 핵심은 사용하는 사람들의 폭을 넓히는 것이다. 그래서 ○○대 시스템 공학과 이 모 교수는 "장벽이 있는 환경에 무언가를 덧대고 장비를 추가하는 것이 아니라, 처음부터 환경 내에 장벽이 없도록 만드는 것이 유니버설 디자인"이라고 설명한다.

① 글의 형식을 잘 드러낼 수 있다. → 글의 형식과 전문가의 말 인용은 관련이 없음.
② 글을 더 쉽고 빠르게 읽을 수 있다. → 글을 빠르게 읽는 것과 전문가의 말 인용은 관련이 없음.
③ 주제와 내용을 긴밀하게 연결할 수 있다. → 글의 통일성과 관련된 내용임.
④ 글의 내용이 진실하다고 믿을 수 있게 한다.
⑤ 개념의 실제 사례를 제시해 이해를 쉽게 한다. → [보기]에는 개념의 실제 사례가 나타나 있지 않음.

[보기]는 유니버설 디자인의 개념에 대해 ○○대 시스템 공학과 교수의 말을 인용하여 설명하고 있습니다. 이와 같이 전문가의 말을 빌려 사용하면 글의 내용에 신뢰성이 높아집니다.

수능 연계

7 적용 창의

이 글의 독자가 [보기]를 이해한 내용으로 알맞지 않은 것은 무엇인가요? (③)

[보기]

㉮ 저상 버스
유니버설 디자인의 대표적 사례임.

㉯ 일반 버스

① ㉮는 계단이 없고 실내 바닥이 낮겠군. → 사회적 약자가 자유롭게 이용
② ㉮는 ㉯에 비해 편리하게 사용할 수 있겠군.
③ ~~㉮와 ㉯ 모두~~ (㉯만) 환경적 제약이 있을 수 있겠군.
④ ㉮는 누구든 편리하게 평등한 입장에서 사용할 수 있겠군.
→ 모든 사람을 위한 유니버설 디자인임.
⑤ ㉯는 어떤 사용 조건에서는 충분한 공간이 제공되기 어렵겠군. → 사회적 약자가 사용하기에 불편하고 공간이 제한됨.

유니버설 디자인의 개념을 통해 ㉮와 ㉯를 이해할 수 있습니다. ㉮는 유니버설 디자인의 대표적인 사례인 저상 버스입니다. 저상 버스는 실내 바닥이 낮은 덕분에, 노인, 어린이, 임산부, 장애인 등의 교통 약자뿐만 아니라 일반 승객들 역시 편리하게 사용할 수 있도록 디자인되었으며 다양한 환경적 제약에서도 자유롭게 사용할 수 있습니다.

1 주제 찾기

글 ㈎~㈒의 중심 내용으로 알맞지 않은 것은 무엇인가요? (④)

① 글 ㈎: 플라세보 효과의 뜻
② 글 ㈏: 플라세보 효과의 어원
③ 글 ㈐: 플라세보 효과의 역사
④ 글 ㈑: '엄마 손은 약손'이 거짓인 까닭
⑤ 글 ㈒: '엄마 손은 약손'의 과학적 근거

이 글은 대표적인 플라세보 효과로 알려졌던 '엄마 손은 약손'을 예로 들어 플라세보 효과의 어원과 역사, 과학적 근거 등을 자세히 설명하고 있습니다. 글 ㈑의 중심 내용은 '엄마 손은 약손'의 과학적 효과를 입증하는 사례가 많아지고 있다는 것입니다.

2 세부 내용

이 글의 내용과 일치하지 않는 것은 무엇인가요? (①)

① 현재는 플라세보 효과에 의한 처방이 ~~완전히 없어졌다~~. 제한적으로 사용되고 있음.
② '엄마 손은 약손'은 과거 대표적인 플라세보 효과의 사례였다. → 글 ㈎의 내용
③ 플라세보 효과는 고대부터 이어져 온 것으로 역사가 오래되었다. → 글 ㈐의 내용
④ 과학계에서도 최근 '엄마 손은 약손'의 효능을 인정하기 시작했다. → 글 ㈑의 내용
⑤ 과학자들이 부드러운 촉각에 반응하는 단백질을 발견해서 '엄마 손은 약손'의 효능을 밝혀냈다. → 글 ㈒의 내용

글 ㈐에서 글쓴이는 오늘날 플라세보 효과에 의한 처방은 금지되었지만, 신약을 개발할 때 플라세보 효과를 적용한 집단과 그렇지 않은 집단을 비교하기 위한 임상 실험에만 제한적으로 사용되고 있다고 했습니다.

3 어휘 어법

'긍정적'의 반대말

㉠과 반대되는 뜻을 가진 낱말은 무엇인가요? (③)

① 심리적 → 마음의 작용과 의식 상태에 관한 것.
② 의학적 → 의학에 바탕을 두거나 의학에 관계되는 것
③ 부정적
④ 제한적 – 일정한 정도나 범위를 정하거나, 그 정도나 범위를 넘지 못하게 막는 것.
⑤ 포괄적 – 어떤 대상이나 현상을 하나의 범위 안에 묶어 넣는 것.

'긍정적'은 그러하거나 옳다고 인정하는 것이라는 뜻으로, 그렇지 않다고 단정하거나 옳지 않다는 '부정적'과 반대되는 뜻입니다.

4 세부 내용

[보기]의 내용과 관계있는 말을 이 글에서 찾아 쓰세요.

[보기]
• '기쁨을 주다' 혹은 '즐겁게 하다'라는 라틴어에서 유래되었다. → 플라세보의 어원
• 의사가 효과 없는 가짜 약을 환자에게 주었는데, 환자가 좋아질 것이라는 기대와 믿음을 가져서 실제로 병이 낫는 현상이다. → 플라세보 효과의 뜻
• 새 약품을 개발할 때 해당 약이 실제 신체에 효과가 있는지 보이기 위해 흔히 가짜 약을 투여한 집단과 진짜 약을 투여한 집단의 효과를 서로 비교할 때 쓰인다. → 플라세보 효과의 사용 범위

(플라세보 (효과))

[보기]는 각각 플라세보의 어원, 플라세보 효과의 뜻, 플라세보 효과의 사용 범위에 대한 내용입니다. 이 글에서 설명한 플라세보 효과와 관련 있는 내용입니다.

독해 정답	
	1. ④ 2. ① 3. ③ 4. 플라세보 (효과) 5. ① 6. ⑤ 7. ②

어휘 정답	
	1. (1) 호전 (2) 대체 (3) 파생 (4) 부작용 2. (1) ㉰ (2) ㉱ (3) ㉮ (4) ㉯ 3. ④

5 구조 알기

정의

글 ㈏에서 사용한 설명 방법이 쓰인 문장은 무엇인가요? (①)

①사과는 사과나무의 열매를 의미한다.

② 구기 종목에는 축구, 배구, 야구, 농구 등이 있다. → 예시

③ 사자는 주로 낮에 활동하고, 호랑이는 주로 밤에 활동한다. → 대조

④ 태권도와 택견은 우리나라 고유의 무술이라는 공통점이 있다. → 비교

⑤ 악기는 소리를 내는 방법에 따라 현악기, 타악기, 관악기로 나눌 수 있다. → 구분

글 ㈏는 플라세보라는 용어와 플라세보 효과를 정의의 방법으로 설명하였습니다. 정의는 '~은/는 ~이다(~을/를 뜻한다.).'라는 형태로 쓰입니다.

6 적용 창의

심리적 요인에 의한 플라세보 효과의 사례

㉡과 비슷한 경험으로 알맞은 것은 무엇인가요? (⑤)

① 갑자기 다리가 아팠는데 자고 일어나니 나았어. → 자연 치유의 경험

② 운동하다가 상처가 났는데 약을 발랐더니 나았어. → 약물로 치료한 경험

③ 감기약을 먹었는데 오히려 두드러기가 나서 병원에 갔어. → 약물의 부작용 경험

④ 체해서 할머니께서 손을 따 주셨는데 낫지 않아서 밤새 고생했어. → 노시보 효과의 경험

⑤평소에 멀미를 하는데 엄마가 효과가 있다고 준 사탕을 먹고 멀미를 하지 않았어.

㉡은 심리적 원인 때문인 플라세보 효과의 사례에 해당하므로 믿음에 의한 플라세보 효과가 나타난 ⑤가 알맞습니다.

수능 연계

7 비판하기

이 글의 독자가 [보기]를 읽고 난 반응으로 알맞은 것은 무엇인가요? (②)

> [보기] 1950년대 포르투갈 리스본 항구에 도착한 배의 냉동 창고에서 한 선원의 시체가 발견되었다. 동료의 실수로 냉동 창고에 갇힌 그는 영하의 온도라고 생각해 얼어 죽은 것이다. 나중에 보니 냉동 창고의 전원은 꺼져 있었고, 물건을 다 빼내고 난 뒤라 공기도 충분했다.

① [보기]는 플라세보 효과의 예라고 할 수 있군. → 긍정적 효과는 없음.

②[보기]는 노시보 효과를 설명하는 예라고 할 수 있어.

③ [보기]는 '엄마 손은 약손'의 효능을 보여 주는 예라고 할 수 있어. → [보기]는 '엄마 손은 약손'의 반대 사례임.

④ [보기]는 인간의 정신력이 얼마나 위대한지를 보여 주는 예라고 볼 수 있어. → [보기]에 인간의 정신력에 대한 내용은 나오지 않음.

⑤ [보기]는 다른 나라에서는 냉동 창고를 얼마나 철저히 관리하는지 보여 주고 있어. → [보기]에 나오지 않음.

[보기]는 냉동 창고의 전원이 꺼져 있어서 충분히 생존이 가능한 상황임에도 스스로 부정적 기대를 해서 실제로 부정적 결과를 가져온 예입니다. 환자에게 필요한 처방을 했음에도 환자의 불신으로 인해 효과를 보지 못하거나 부작용이 생기는 노시보 효과의 사례입니다.

1 주제 찾기

글 ㈎~㈒의 중심 생각으로 알맞지 않은 것은 무엇인가요? (⑤)

① 글 ㈎: 우리 땅 독도에 일본이 영토 분쟁을 일삼고 있다.
② 글 ㈏: 독도는 군사·안보적 가치를 가진다.
③ 글 ㈐: 독도는 경제적 가치를 가진다.
④ 글 ㈑: 독도는 생태적 가치를 가진다.
⑤ 글 ㈒: 독도의 여러 가치 중에서 역사적 가치가 가장 중요하다.

글쓴이는 글 ㈒에서 앞 문단들에서 근거로 든 독도의 여러 가치를 제대로 알고 독도를 바르게 알리자고 주장했습니다. 독도의 역사적 가치에 대한 내용은 나오지 않습니다.

2 구조 알기

이 글에 대한 설명으로 알맞은 것은 무엇인가요? (⑤)

① 글쓴이의 경험을 토대로 독도에 대한 관심을 유도한다. → 글쓴이의 경험은 나타나 있지 않음.
② 독도에 대한 대립된 주장을 소개하고 자신의 의견을 밝힌다. → 독도의 가치로 자신의 주장을 뒷받침함.
③ 독도에 대한 기존의 생각을 비판하고 새로운 방향을 제시한다. → 글의 내용과 다름.
④ 독도가 가지는 장점과 단점을 나누어 설명하고 해결 방안을 찾는다. → 독도의 장점인 가치를 중심으로 설명함.
⑤ 독도가 가지는 여러 가지 가치를 나누어 설명하여 자신의 의견을 뒷받침한다.

이 글에서 글쓴이는 독도의 가치를 군사, 안보적, 경제적, 생태적 가치로 나누어 살펴보고 이와 같은 가치를 세계에 바르게 알리자고 주장하는 논설문입니다. 자신의 주장을 펼치기 위해 객관적 근거를 들었으므로 경험, 반론, 비판의 방법에 의해 내용을 전개했다는 ①~④는 알맞지 않습니다.

3 세부 내용

이 글의 내용과 일치하는 것을 골라 기호를 쓰세요.

㉮ 독도는 ~~두 개의 섬만~~으로 이루어져 있다. (두 개의 섬과 89개의 크고 작은 섬들)
㉯ 독도는 바위섬이라서 우리 국민이 ~~살지 않는다~~. (살고 있다)
㉰ 독도는 국제법상 대한민국의 실효적 지배를 받는다.
㉱ 우리 국민은 독도에서 군사 활동이나 경제 활동을 할 수 없다.

(㉰)

이 글에서 독도는 동도와 서도, 주변의 89개 부속 섬들과 구성된 곳이고 우리 국민이 살고, 우리 주권이 미치며, 우리나라의 실효적 지배를 받는 곳이라고 전제했습니다. 이곳에서 경제 활동이 가능하며 주변국의 이동 상황을 파악할 수 있다는 내용도 이 글에 포함되어 있습니다.

4 어휘 어법

㉠의 쓰임으로 알맞은 것은 무엇인가요? (⑤)

① 내가 태어난 요충지를 찾아 여행했다. → 출생지
② 선생님이 말한 핵심 요충지를 기억해라. → 요지
③ 백두산은 압록강이 시작되는 요충지이다. → 근원지
④ 할 수 있다는 자신감을 가지고 요충지를 가져라. → 긍지
⑤ 공주성은 삼국 시대뿐 아니라 고려와 조선에서도 요충지였다.

'요충지'는 군사적으로 아주 중요한 곳이라는 뜻을 가지는데, 같은 뜻으로 쓰인 것은 ⑤입니다. ①은 태어난 곳을 뜻하는 '출생지', ②는 주요 내용을 뜻하는 '요지', ③은 시작된 곳을 뜻하는 '근원지', ④는 자신의 능력을 믿음으로써 가지는 당당함을 뜻하는 '긍지'를 의미합니다.

독해 정답			
	1. ⑤	2. ⑤	3. ㉰
	4. ⑤	5. ②	6. ①
	7. ①		

어휘 정답	
	1. (1) 대치 (2) 천혜 (3) 일삼다 (4) 빌미 (5) 희귀하다
	2. (1) ㉶ (2) ㉵ (3) ㉮ (4) ㉰ (5) ㉯ 3. ㉯

5 ㉮에 들어갈 알맞은 낱말은 무엇인가요? (②)

추론하기

① 결국 → '일의 결과'의 뜻 ②그리고 ③ 하지만 → 반대되는 내용이 이어질 때
④ 그래서 ⑤ 왜냐하면 → 원인인 되는 내용이 이어질 때

㉮가 있는 글 ㈏는 독도의 두 번째 가치를 설명하는 글입니다. 따라서 앞의 내용에 이어 뒤의 내용을 말하는 '그리고'가 알맞습니다.

수능 연계

독도에 메탄 하이드레이트 다량 매장

6 이 글의 독자가 [보기]를 읽고 난 반응으로 알맞은 것은 무엇인가요? (①)

비판하기

[보기] 경상북도 울릉군 독도 인근의 해저이다. '불타는 얼음'이라고 불리는 광물 자원 '메탄 하이드레이트'가 매장되어 있는 것으로 알려졌다. 메탄 하이드레이트는 바닷속 미생물이 썩어서 생긴 퇴적층에 메탄가스, 천연가스 등과 물이 높은 압력에 의해 얼어붙은 고체 연료이다. 메탄 하이드레이트는 1리터(ℓ)에 최대 200리터의 가스가 들어 있을 정도로 효율이 높은 연료이다. ○○대 연구팀이 이번에 독도에 매장되어 있다는 사실을 밝혀 냈다. 메탄 하이드레이트는 앞으로 500년 동안 지구의 연료를 책임질 수 있지만 매탄가스를 얻는 과정에서 폭발이 일어나면 환경 오염을 일으키고 생태계에도 위협을 줄 수 있다. 그래서 기술이 개발되기까지 지켜볼 수밖에 없는데, 이 과정에서 일본과 독도를 둘러싼 영토 분쟁이 더욱 심화될 것으로 보인다.

①독도의 경제적 가치를 살려 친환경적인 기술을 개발해야 해.
② 세계인이 쓸 광물 자원이니까 세계가 힘을 모아 함께 캐내야 해. → 이 글과 [보기] 모두 전 세계인이 사용한다는 내용은 없음.
③ 메탄 하이드레이트를 캐내서 일본에게 빌미를 줄 일을 만들지 말아야 해. → 독도는 우리 영토이므로 일본에게 빌미를 줄 여지는 없음.
④ 미래 에너지가 될 메탄 하이드레이트는 캐내지 말고 자손을 위해 남겨 둬야 해.
⑤ 메탄 하이드레이트처럼 환경을 오염시키고 생태계를 위협하는 자원을 개발하면 안 돼.
→ ④, ⑤: 기술이 개발되기까지 지켜봐야 한다고 했지 후손을 위해 남겨 두거나 캐내야 된다는 내용은 나오지 않음.

[보기]는 독도에 매장된 미래의 연료 메탄 하이드레이트를 소개하고, 이것을 캐내는 것이 어려운 까닭과 기술 개발의 필요성, 영토 분쟁의 심화를 예상하는 내용의 기사문입니다. 이 글에서 독도의 경제적 가치가 크다고 했으므로 이를 살려 환경과 생태계를 오염시키지 않는 기술 개발이 필요하다고 한 ①이 알맞습니다.

7 ㉡의 방법으로 알맞지 않은 것은 무엇인가요? (①)

적용창의

①독도에서 나는 새우를 먹는다.
② 독도를 홍보하는 동영상을 제작한다.
③ 독도의 모양을 딴 캐릭터로 애니메이션을 만든다.
④ 독도를 지키려고 노력하는 사람이나 단체를 소개한다.
⑤ 민간단체에서 주최하는 독도 홍보 활동에 관심을 가지고 참여한다.

①은 독도를 바르게 알리는 방법과 거리가 먼 내용입니다. 독도를 홍보하기 위해 동영상을 제작하고, 캐릭터를 만들고 독도 홍보 활동에 참여하는 것 등은 모두 독도를 제대로 알고 바르게 알리는 일입니다.

1 주제 찾기

이 글의 제목으로 알맞은 것은 무엇인가요? (④)

① 태풍의 역사
② 태풍으로 인한 피해
③ 태풍과 폭우의 관계
④ 태풍의 원리와 영향
⑤ 태풍을 포함한 자연재해

제목은 글의 내용을 모두 포함하는 내용이어야 합니다. 이 글은 태풍의 정의, 태풍이 발생하는 원리, 태풍의 이동과 영향에 대한 내용이므로 이를 모두 포함하는 제목은 ④가 알맞습니다.

2 주제 찾기

글 ㈎~㈐의 중심 내용으로 알맞지 않은 것은 무엇인가요? (④)

① 글 ㈎: 태풍이 어디서 생기고 어떻게 만들어지는지 알아보자.
② 글 ㈏: 태풍은 적도 지방에서 발생하여 동아시아에 영향을 주는 열대성 저기압이다.
③ 글 ㈐: 태풍은 열대 지방의 바다가 내뿜는 수증기를 에너지원으로 만들어진다.
④ 글 ㈑: 태풍의 안쪽은 바람이 세지만, 태풍의 눈 주변은 강풍과 폭우 피해를 입는다.
⑤ 글 ㈒: 태풍은 생태계에 긍정적 역할을 하기도 한다.

글 ㈑는 태풍의 영향에 대해 설명하고 있습니다. 태풍의 눈은 날씨가 맑으나, 태풍의 오른쪽은 강풍, 폭우, 해일 피해가 있고, 태풍의 왼쪽은 풍속이 약하다고 하였습니다.

3 세부 내용

이 글의 내용과 일치하는 것은 무엇인가요? (⑤)

① 태풍은 강풍과 폭우를 ~~동반하지 않는다~~. 동반한다
② 태풍이라는 이름은 ~~우리나라에서만~~ 세계적으로 사용한다.
③ 태풍이 발생하고 이동하지만 ~~사라지지는 않는다~~. 사라진다
④ 태풍은 ~~고위도~~ 저위도에서 발생하여 ~~저위도~~ 고위도에 피해를 준다.
⑤ 태풍이 시계 반대 방향으로 회전하며 태풍의 오른쪽이 피해가 크다.

글 ㈐에서 태풍은 저위도에서 발생하여 고위도를 향해 시계 반대 방향으로 회전하며 이동한다고 했습니다. 그리고 글 ㈑에서 태풍의 오른쪽은 강풍, 폭우, 해일이 발생한다고 했으므로 태풍의 피해가 큼을 알 수 있습니다.

4 추론 하기

[보기]를 참고해 ㉠을 알맞게 이해한 것의 기호를 쓰세요.

(㉠: 적도 부근에서 발생하는 또 다른 저기압)

[보기] '태풍'은 북서태평양에서 발생하여 동아시아에 영향을 주는 열대성 저기압이다. 그리고 열대성 저기압 중에서 북대서양, 카리브해, 멕시코만 등에 영향을 주는 것을 '허리케인'이라고 부르고, 인도양, 아라비아해, 뱅골만 등에서 생기는 것은 '사이클론'이라고 한다. 오스트레일리아 지역에서는 회오리바람을 '윌리윌리(willy-willy)'라고 불렀는데 지금은 사이클론으로 통합하여 부르기도 한다.

㉮ 풍속에 따라 태풍을 부르는 이름이 다르다. → 사실과 다른 내용
㉯ 태풍의 이름은 그 나라의 특성에 따라 독창적으로 짓는다. → 이 글에 추론할 근거 없음.
㉰ 태풍이 발생 장소와 영향을 미치는 범위에 따라 이름이 다르다.

(㉰)

태풍처럼 적도 부근에서 발생하는 열대성 저기압을 '허리케인, 사이클론, 윌리윌리'라고 하는데, [보기]는 이러한 태풍의 이름이 발생 장소와 영향을 미치는 범위에 따라 붙여진 것이라는 것을 자세히 밝히고 있습니다.

독해 정답			
	1. ④	2. ④	3. ⑤
	4. ㈐	5. ①	6. ③
	7. ④		

어휘 정답	
	1. (1) ㈏ (2) ㈎ (3) ㈐ (4) ㈑
	2. (1) 소멸 (2) 진로 (3) 내뿜어 (4) 해소
	3. (1) ㈏ (2) ㈎ (3) ㈏

5 세부 내용

태풍이 생기는 데 영향을 미치는 것이 아닌 것은 무엇인가요? (①)

① 강풍과 폭우　② 바닷물의 온도 상승
③ 지구의 자전으로 생긴 전향력　④ 수증기가 공급해 주는 에너지
⑤ 저위도 열대 지방의 바다가 내뿜는 수증기

태풍이 생기는데 영향을 미치는 것은 글 ㈐에 나타나 있습니다. 태풍은 저위도 지방의 바닷물이 온도가 상승하여 생긴 수증기와 대기의 공기, 그리고 바람과 합해져서 힘을 얻어 고위도 지방으로 올라가는 과정을 거칩니다. ①은 태풍으로 인한 영향에 해당합니다.

6 어휘 어법

다음 낱말의 관계와 다른 것은 무엇인가요? (③)

발생 – 소멸

① 심다 – 뽑다　② 상승 – 하강　③ 중심 – 가운데
④ 강하다 – 약하다　⑤ 긍정적 – 부정적

'발생 – 소멸'은 반대되는 뜻을 가진 낱말입니다. 이와 달리 '중심 – 가운데'는 서로 비슷한 뜻을 가진 낱말입니다.

수능 연계

7 적용 창의

[보기]를 보고 7월 7일에 나타난 태풍의 영향을 잘 예상한 친구는 누구인가요? (④)

[보기]

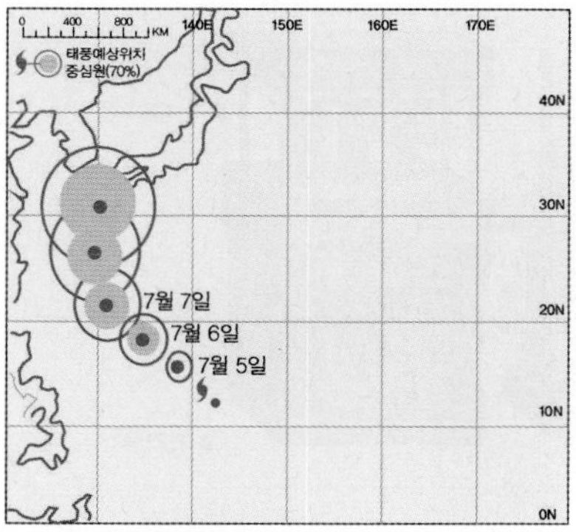

▲ 태풍 최근 위치 및 예상 경로도

태풍 다람쥐

▶진행 방향: 북서쪽에서 북동쪽
▶진행 풍속: 초속 24.0
▶예상 경로
• 7월 5일 15시 괌 서북쪽 약 720Km 해상
• 7월 6일 일본 오키나와 남동쪽 약 1,170Km 해상
• 7월 7일 독도 오른쪽 해상으로 이동 예상

① 예서: 우리나라는 태풍 오른쪽에 위치하니 맑아지겠군. (왼쪽)
② 가령: 독도의 왼쪽은 강풍, 폭우, 해일이 생길 수 있겠군. (오른쪽)
③ 지수: 괌 부근에서 발생했으니 따뜻한 날씨를 몰고 올 거야. → 이동하면서 태풍의 성질이 달라짐.
④ 경민: 한반도가 태풍의 왼쪽에 드니 피해가 크지 않을 거야.
⑤ 연경: 진행 풍속이 초속 30 이하인 약한 태풍이니까 안전하겠군. → 강한 태풍이며 독도 오른쪽은 피해를 예상함.

[보기]의 기상도에서 7월 7일은 독도 오른쪽 해상으로 이동한다고 했으므로 우리나라는 태풍의 왼쪽에 위치하게 됩니다. 글 ㈑의 내용으로 보아 태풍의 왼쪽은 풍속이 줄어들어서 큰 피해를 입지 않고, 태풍의 오른쪽에 든 지역에 강풍, 폭우 등을 예상할 수 있습니다.

1 주제 찾기

글쓴이가 이 글을 쓴 목적은 무엇인가요? (②)

① 자격루와 해시계를 비교하려고
② 자격루의 구조와 원리를 설명하려고
③ 자격루 발명의 역사적 의미를 설명하고
④ 자격루가 현대의 시계보다 정확하다는 것을 알리려고
⑤ 자격루가 최초의 기계식 시계이자 알람 시계라는 것을 주장하려고

이 글은 자격루의 탄생 배경과 구조, 자격루가 시간을 알려 주는 원리와 백성들에게 미친 영향 등에 대해 알려 주는 설명문입니다.

2 세부 내용

자격루에 대한 설명으로 알맞은 것은 무엇인가요? (④)

① 자격루는 조선 시대에 세종이 직접 ~~만들었다~~. 장영실 등에게 명령해서
② ~~자격루는~~ 해가 없을 때에는 사용할 수 없었다. 해시계
③ 자격루는 물시계가 고장 나서 보완하기 위해 만들어졌다. 글 ㈎에서 해시계와 물시계의 단점을 보완하기 위해 만들었다고 함.
④ 세종은 백성들의 농사에 도움을 주기 위해 자격루를 만들었다.
⑤ 자격루는 ~~시각을 측정하기보다는 시각을 알려 주는~~ 역할을 하는 시계이다. 물의 흐름으로 시각을 측정하고 알려 주는

세종은 물시계의 시각을 알려 주는 군졸이 잠을 못 자는 것을 보고, 장영실 등에게 새로운 시계를 만들도록 명했습니다. 당시 조선이 농경 사회였기 때문에 시각과 절기를 알려 주어 백성들의 농사에 도움을 주기 위해서입니다.

3 어휘 어법

㉠과 바꾸어 쓸 수 있는 낱말은 무엇인가요? (③)

① 측정한 ② 알리는 ③ 제작한
④ 움직이는 ⑤ 알려 주는

㉠ '탄생하다'는 '조직, 제도, 사업체' 등이 새로 생기다.'의 뜻으로 쓰였습니다. 따라서 '재료를 가지고 새로운 물건이나 예술 작품을 만들다.'의 뜻인 ③이 알맞습니다.

4 추론 하기

[보기]의 빈칸에 들어갈 말을 알맞게 짝 지은 것은 무엇인가요? (②)

[보기]

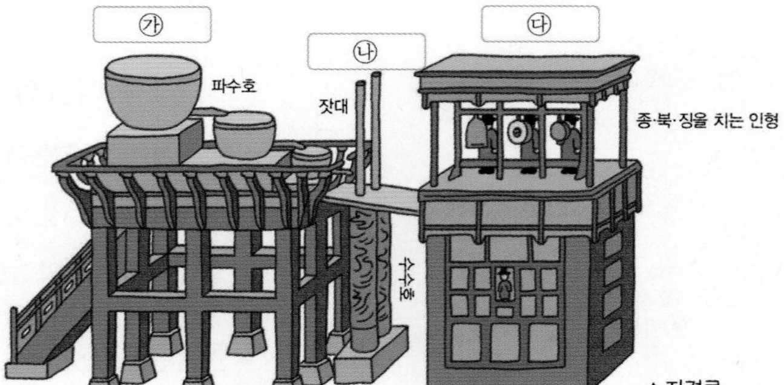

▲자격루

	㉮	㉯	㉰
①	시보 장치	신호 발생 장치	물시계
②	물시계	신호 발생 장치	시보 장치
③	물시계	시보 장치	신호 발생 장치
④	시보 장치	물시계	신호 발생 장치
⑤	신호 발생 장치	물시계	시보 장치

글 ㈐에서 자격루는 파수호를 이용해 시각을 측정하는 물시계와 종과 징, 북을 쳐서 시각을 알리는 시보 장치, 이 둘 사이를 연결하는 신호 발생 장치로 이루어져 있다고 했습니다. 그림에 나온 각 장치의 이름을 보고 전체 장치 이름을 짐작해 봅니다.

독해 정답			
	1. ②	2. ④	3. ③
	4. ②	5. ①	6. ③
	7. ⑤		

어휘 정답	
	1. ①
	2. (1) ㉯ (2) ㉰ (3) ㉲ (4) ㉮ (5) ㉱
	3. ⑤

'분석'의 설명 방법이 쓰인 부분

5 구조 알기

㉡과 같은 설명 방법이 쓰인 것은 무엇인가요? (①)

① 탑은 기단부, 탑신부, 상륜부로 나눌 수 있다. → 분석

② 축구는 구기 종목이고, 태권도는 투기 종목이다. → 비교

③ 해가 기우는 하늘은 붉은 물감이 번진 듯한 모습이었다. → 묘사

④ 라면은 물을 끓인 다음 라면을 넣고 스프를 넣는 과정으로 완성된다. → 과정

⑤ 나의 소원은 첫째도 통일이요, 둘째도 통일이요, 셋째도 통일입니다. → 열거

㉡은 자격루의 구조를 세 부분으로 나누어 분석하고 있습니다. ①도 탑의 구조를 세 부분으로 나누어 분석한 문장입니다.

6 추론 하기

이 글을 읽고 더 알고 싶은 내용을 알맞게 말한 것은 무엇인가요? (③)

① 자격루를 제작한 사람이 장영실이 맞는지 알아볼래. → 글 ㈐의 내용

② 해 그림자로 시각을 알 수 있는 방법을 알아봐야겠어. → 이 글과 관련이 없음.

③ 부력을 이용해서 만든 물건에 무엇이 있는지 알아봐야겠어.

④ 자격루로 시간을 알려 줄 때 틀린 적은 없었는지 찾아봐야지. → 글 ㈒에서 정확한 시간을 알 수 있었다고 했음.

⑤ 자격루가 발명되고 나서 사람들의 생활이 어떻게 달라졌는지 알아볼래. → 글 ㈒의 내용

더 알아볼 내용은 글과 관련이 있거나 글을 이해하는 데 도움이 되는 것이 알맞습니다. 이 글은 자격루의 구조와 원리를 다룬 글로, 글에 나온 부력과 관련하여 ③이 더 알아볼 내용으로 알맞습니다.

수능 연계

시계의 발전

7 적용 창의

이 글의 독자가 [보기]를 읽고 난 반응으로 알맞은 것은 무엇인가요? (⑤)

> [보기] 서양에도 자격루와 비슷한 물시계가 있었지만 너무 커서 사용하기 불편했다. 1500년경 독일에서 스프링의 원리를 이용해 소형 시계를 만들었고, 지구의 중력을 이용한 추시계도 제작되었다. 그러나 이 시계들은 너무 비싸서 가난한 사람들은 살 수 없었고 부자들만 사용할 수 있었다. 그러다가 20세기 미국의 한 시계 회사가 부품을 규격화하면서 시계를 대량 생산하여 서민들도 값싼 시계를 사용할 수 있게 되었다. 이후 전자시계, 스마트 워치 등 다양하고 정확한 시계들이 만들어지고 있다.

① 자격루는 현대의 시계를 따라갈 수 없어. → 현대 시계는 자격루와 비슷한 물시계가 계속 발전한 결과임.

② 자격루는 자연 현상과 관계없이 사용할 수 있는 최초의 시계였어. → 글 ㈎로 미루어 알맞지 않은 내용임.

③ 자격루가 ~~휴대하기~~ 커서 불편했기 때문에 손목시계와 같은 휴대용 시계가 탄생했어.

④ 자격루는 농사를 위해 발명되었지만 현대의 시계는 못하는 것이 없는 발명품이야. → 이 글과 [보기]에 나오지 않는 내용임.

⑤ 자격루가 앞선 시계의 단점을 보완해서 탄생되었듯 인류는 끊임없이 더 나은 시계를 만들고 있어.

[보기]는 시계가 불편함을 보완하는 과정에서 발전되었다는 내용의 글입니다. 따라서 자격루가 해시계의 단점을 보완하여 탄생한 것처럼 인류는 이전의 시계가 가진 단점을 보완해 다양하고 정확한 시계를 만들게 되었다는 것을 짐작할 수 있습니다.

1 구조 알기

이 글에 대한 설명으로 알맞은 것은 무엇인가요? (⑤)

① 미술과 과학의 차이점을 차례대로 설명했다.
② 점묘법의 뜻과 개념을 쉬운 낱말로 풀어서 설명했다.
③ 인상주의 미술과 쇠라의 점묘법이 비슷한 점을 설명했다.
④ 당시 과학자들이 연구하던 분야를 몇 가지로 나누어 설명했다.
⑤ 빛의 색이 섞이는 과정을 예로 들어 점묘법의 원리를 설명했다.

글쓴이는 글 (다)에서 파란색과 노란색의 점이 멀리서 보면 빛의 색이 섞여 초록색으로 보이는 예를 들어 점묘법의 원리를 설명했습니다.

2 세부 내용

이 글의 내용과 일치하지 않는 것은 무엇인가요? (④)

① 홀름헬츠는 색채 혼합의 원리를 밝혀냈다.
② 쇠라는 과학을 미술에 적용해 점묘법을 만들었다. → 글 (다)의 내용
③ 쇠라는 그림을 그리려고 그랑드자트섬에 여러 번 들렀다. → 글 (라)의 내용
④ 쇠라의 그림은 가까운 곳과 먼 곳에서 같은 색으로 보였다.
⑤ 인상주의 화가들은 빛을 순간적으로 잡아내 그림을 그렸다. → 글 (나)의 내용

글 (가)에서 쇠라의 그림은 가까이에서 보면 원색의 무수히 많은 점으로 보이지만 멀리서 보면 다른 색으로 보인다고 했습니다.

3 세부 내용

점묘법에 대한 설명으로 알맞지 않은 것은 무엇인가요? (③)

① 쇠라가 끊임없이 빛을 연구한 끝에 나왔다.
② 각기 다른 원색의 색점을 수없이 찍어서 만들었다.
③ 색점을 찍어 만든 색보다 물감을 칠한 색이 더 선명했다.
④ 감상자의 눈에서 빛의 색이 섞이도록 계획해서 만들었다.
⑤ 빛과 색채에 대한 당시 과학자들의 연구가 바탕이 되었다.

글 (다)에서 글쓴이는 파란색과 노란색의 색점을 찍어서 만든 초록색이 물감으로 칠한 초록색보다 선명하다고 했습니다. 따라서 ③은 이 글의 내용과 반대되는 설명입니다.

4 구조 알기

다음은 이 글의 핵심 내용을 정리한 것입니다. 빈칸에 들어갈 알맞은 낱말을 쓰세요.

인상주의의 특징과 문제점	• 인상주의 화가들은 (1) (태양 빛)을/를 받아 시시각각으로 변하는 찰나의 순간을 그림으로 담았다. • 선명한 색을 얻으려고 했지만 그림이 탁하고 칙칙해졌다.
점묘법의 탄생	• 쇠라는 (2) (과학)을/를 미술에 적용하려고 당시의 과학자들이 연구한 빛과 색채 이론에 관심을 가졌다. • 쇠라는 과학자의 연구를 바탕으로 빛을 연구해 화폭에 각기 다른 원색의 색점을 수없이 찍어 나가는 (3) (점묘법)을/를 만들었다.
쇠라의 업적과 평가	• 쇠라는 인상주의를 극복하고 인상주의가 포착한 빛의 (4) (색)을/를 과학적으로 체계화시켰다. • 여러 화가들에게 영향을 끼쳐 20세기를 연 화가가 되었다.

이 글은 인상주의 미술의 문제점을 해결하기 위해 쇠라가 탄생시킨 점묘법과 쇠리의 업적에 대해 설명하는 글입니다. 인상주의 미술은 시시각각으로 변하는 태양 빛을 그림에 담으려고 했으나 오히려 화면이 더 칙칙해졌습니다. 쇠라는 이를 해결하기 위해 과학을 미술에 적용해 점묘법을 만들어 냈습니다. 쇠라는 인상주의를 극복해 신인상주의를 만들어 냈으며 빛의 색을 과학적으로 체계화시켜 20세기를 연 화가가 되었습니다.

독해 정답	
	1. ⑤ 2. ④ 3. ③ 4. (1) 태양 빛 (2) 과학 (3) 점묘법 (4) 색 5. ④ 6. ③ 7. ③

어휘 정답	
	1. (1) 무수 (2) 한계 (3) 포착 (4) 극복 (5) 적용 2. (1) 무수 (2) 포착 (3) 적용 (4) 한계 (5) 극복 3. (1) ㉯ (2) ㉮ (3) ㉰

관용 표현 '입을 모으다'의 뜻

5 어휘 어법

㉠의 뜻으로 알맞은 것은 무엇인가요? (④)

① 근근이 살아가다. → '입에 풀칠하다'의 뜻
② 무엇에 대해 말하다. → '입에 담다'의 뜻
③ 아주 익숙하여 버릇이 되다. → '입에 붙다'의 뜻
④ 여러 사람이 같은 의견을 말하다.
⑤ 어떤 생각이나 사실을 말로 드러내다. → '입 밖에 내다'의 뜻

'입을 모으다'는 '여러 사람이 같은 의견을 말하다.'라는 뜻으로, 여러 사람들이 쇠라의 그림에 대해 말했다는 뜻입니다.

점묘법과 동일한 픽셀의 원리

6 추론 하기

[보기]와 관련 있는 문단은 무엇인가요? (③)

> [보기] 쇠라의 점묘법은 오늘날 텔레비전과 컴퓨터에서 사진이나 영상을 볼 때 쓰이는 픽셀의 원리와 같다. 텔레비전이나 컴퓨터 화면에서는 빛의 삼원색인 빨간색, 파란색, 초록색을 적절하게 섞어서 모든 색깔의 빛을 낸다. 텔레비전 화면을 돋보기로 보면 픽셀이라고 하는 작은 사각형들이 모여 있는 것을 볼 수 있다. 쇠라가 색점을 찍은 것처럼 픽셀이 빛의 삼원색을 조절해 각각의 픽셀이 표시할 색깔을 만들어 내는 것이다.

① 글 ㈎ ② 글 ㈏ ③ 글 ㈐ ④ 글 ㈑ ⑤ 글 ㈒

[보기]는 쇠라의 점묘법과 픽셀의 원리가 가진 공통점을 설명하는 내용입니다. 이와 같은 내용은 쇠라의 점묘법에 대한 이해를 도울 수 있으므로, 점묘법의 개념을 설명하는 글 ㈐와 관련있는 내용입니다.

수능 연계

7 추론 하기

이 글과 [보기]를 참고해 추론한 것을 알맞게 말한 친구는 누구인가요? (③)

> [보기] 레오나르도 다빈치가 그린 「모나리자」에는 당시의 수많은 과학적 연구가 들어 있다. 해부학을 연구했던 다빈치는 마치 살아 있는 여인을 보는 것 같은 그림을 그렸다. 모나리자의 미소도 주변보다 그림의 정중앙에서 보았을 때 더욱 선명하다고 한다.
> 또, 다빈치는 전체적으로 모든 윤곽선을 뭉개거나 없애는 '스푸마토 기법'을 발명해 신비로운 느낌을 더했다. 다빈치는 끊임없는 실험과 연구를 반복해서 얻어 낸 과학적 지식을 오롯이 그림에 담아내 세기의 걸작을 만들어 냈다.

① 혜린: 쇠라와 다빈치는 원래 화가가 아니라 과학자로 활동한 사람이었어. → 두 사람 모두 화가임.
② 아인: 화가들은 그림을 그리는 일보다 과학적 탐구가 중요하다고 생각했어. → 두 사람 모두 과학을 미술에 적용한 것임.
③ 민주: 쇠라와 다빈치는 과학을 탐구해 과학적 지식을 적용해 그림을 그렸어.
④ 서준: 쇠라와 다빈치가 활동하던 시대에는 화가들이 실험하고 연구하는 일이 유행했어. → 글에서 알 수 없는 정보임.
⑤ 도윤: 다빈치는 과학을 연구해서 그림을 그렸지만 쇠라는 우연히 발견한 점묘법으로 그림을 그렸어. → 쇠라도 과학을 미술에 적용한 화가임.

이 글에서 쇠라는 과학을 미술에 적용해 탄생시킨 '점묘법'을 이용해 그림을 그렸습니다. 또, [보기]에서 다빈치는 끊임없는 실험과 연구를 반복해 얻어 낸 과학적 지식을 그림에 적용했습니다. 두 사람은 모두 과학을 미술에 적용해 그림을 그린 화가였습니다.

1 구조 알기

이 글에 대한 설명으로 알맞은 것은 무엇인가요? (④)

① 토의의 관점에서 토론의 단점과 장점을 설명하고 있다.
② 토론을 할 때 지켜야 할 절차를 차례대로 설명하고 있다.
③ 토의와 토론의 발전 과정을 역사적 관점에 따라 설명하고 있다.
④ 토의와 토론의 개념을 밝히고 둘의 공통점과 차이점을 설명하고 있다.
⑤ 토의와 토론을 하기에 적합한 주제와 그 이유를 구체적으로 설명하고 있다.

글 (나)는 토의의 개념과 특징을, 글 (다)는 토론의 개념과 특징을, 글 (라)는 토의와 토론의 공통점을 설명하고 있습니다. ⑤에서 토의와 토론을 하기에 적합한 주제가 제시되어 있기는 하나, 그 이유를 구체적으로 설명하고 있지는 않습니다.

2 세부 내용

이 글의 내용과 일치하지 않는 것은 무엇인가요? (⑤)

① 토의 참가자는 서로의 의견을 자유롭게 주고받는다. → 글 (나)의 내용
② 토론 참가자는 찬성과 반대의 입장에서 서로 대립한다. → 글 (다)의 내용
③ 토의와 토론은 공동체의 화합과 집단의 의사 결정을 위해 필요하다. → 글 (가)의 내용
④ 토의와 토론은 최선의 해결 방안을 찾아 제시하는 것을 목표로 한다. → 글 (라)의 내용
⑤ 토론의 결과를 토의로 이어 갈 수는 있지만, 토의의 결과는 토론의 안건이 될 수 ~~없다.~~ 있다

글 (라)의 마지막 부분에서 토의와 토론이 상호 보완적인 성격임을 알 수 있습니다. 즉 토론의 결과를 토의로 이어 갈 수도 있고, 반대로 토의의 결과로 도출된 안건을 토론으로 이어 갈 수도 있기 때문입니다.

3 어휘 어법

관용 표현 '어깨를 나란히 하다'의 뜻

㉠의 뜻으로 알맞은 것은 무엇인가요? (②)

① 거만한 태도를 취하다. → '어깨에 힘을 주다'의 뜻
② 나란히 서거나 나란히 서서 걷다.
③ 칭찬을 받거나 하여 기분이 으쓱해지다. → '어깨가 올라가다'의 뜻
④ 무거운 책임을 져서 마음에 부담이 크다. → '어깨가 무겁다'의 뜻
⑤ 뽐내고 싶은 기분이나 떳떳하고 자랑스러운 기분이 되다. → '어깨를 으쓱거리다'의 뜻

'어깨를 나란히 하다'는 '나란히 서거나 나란히 서서 걷다.'의 의미로, 민주주의 발전은 토의, 토론의 발전과 나란하게 같이 한다는 뜻입니다.

4 추론 하기

토의와 토론의 공통점과 차이점

이 글을 읽고 ㉡의 내용을 정리한 것으로 알맞지 않은 것은 무엇인가요? (③)

	토의	토론	
①	둘 이상의 참가자가 필요하다.		공통점
②	말을 매개로 하는 의사 결정 수단이다.		공통점
③	정해진 규칙과 절차가 ~~있다.~~ 없다	정해진 규칙과 절차가 ~~없다.~~ 있다	차이점
④	상호 협력적인 말하기이다.	상대방을 설득하는 말하기이다.	차이점
⑤	참가자들이 서로의 의견을 종합하면서 최선의 결론을 도출한다.	근거를 들어 자기 주장을 논리적으로 증명한다.	차이점

글 (다)의 내용을 참고할 때, 정해진 규칙과 절차가 있는 것은 토의가 아니라 토론입니다.

독해 정답			
	1. ④	2. ⑤	3. ②
	4. ③	5. ③	6. ①
	7. ⑤		

어휘 정답

1. (1) ㉰ (2) ㉯ (3) ㉮ (4) ㉯
2. (1) 증명 (2) 지적 (3) 고수 (4) 도출 (5) 거창
3. (1) 오류 (2) 과언 (3) 방안 (4) 허점

'토의'의 주제

5 추론하기

㉢의 예로 알맞은 것은 무엇인가요? (③)

① 재미를 위한 동물 쇼는 금지해야 하는가?
② 초등학생의 스마트폰 사용을 금지해야 하는가?
③ 플라스틱 사용을 줄일 수 있는 방안은 무엇인가?
④ 지하철 내의 임산부 배려석은 항상 비워 두어야 하는가?
⑤ 수술실에 시시 티브이(CCTV)를 의무적으로 설치해야 하는가?

토의는 특정 주제에 대한 최선의 해결책을 얻기 위하여 서로의 의견을 자유롭게 나누는 말하기 유형입니다. 따라서 찬반 입장이 대립되는 ①, ②, ④, ⑤는 토의 주제로 알맞지 않습니다.

6 어휘 어법

㉣에 들어갈 알맞은 낱말은 무엇인가요? (①)

① 그리고
② 그래서
③ 하지만 → 뒤에 반대되는 내용이 올 때
④ 그런데
⑤ 왜냐하면 → 앞의 결과에 대한 원인을 설명할 때

㉣에는 앞의 내용에 이어 뒤의 내용을 단순히 나올 때 쓰는 말인 '그리고'가 들어가는 것이 알맞습니다.

수능 연계

7 적용 창의

이 글을 참고해 [보기]에서 추론한 것을 알맞게 말하지 못한 친구는 누구인가요? (⑤)

[보기] 학생회장: 지금부터 '수학여행을 어디로 갈 것인가?'에 대한 학급 회의를 시작하겠습니다. 의견이 있으신 분은 손을 들어 주시기 바랍니다.
학생 1: 저는 자연 경관도 좋고, 놀거리도 많은 제주도가 좋을 것 같습니다.
학생 2: 제주도는 여행 경비가 너무 많이 들어서 부담이 되는 학생이 많을 것입니다. 제주도보다는 가까운 강원도로 가면 어떨까 합니다.
학생 3: 강원도는 가족들과도 많이 가는 곳 아닌가요? 제주도가 경비의 부담이 있고, 강원도는 너무 흔하다면, 부산이나 경주는 어떨까 합니다.
도출한 결론
학생 4: 경주에는 유적지도 많아 역사 공부에도 큰 도움이 될 듯합니다. 저도 경주로 가는 것이 좋을 듯합니다.
학생 1: 제주도가 너무 멀어 부담스럽다면, 저도 경주로 가는 것을 찬성합니다.
학생 2: 저도 경주로 수학여행을 가는 것이 좋다고 생각합니다.

① 태형: 학생들은 수학여행 장소로 '경주'를 선택할 것 같아. → 학생 1, 2의 마지막 말에 나타남.
② 남준: [보기]의 학급 회의도 '토의'에 해당한다고 볼 수 있겠군. → '경주'라는 최선의 해결책을 찾았음.
③ 지민: 학생들은 수학여행 장소에 대한 자신의 생각을 자유롭게 이야기하고 있어. → 학생들이 손을 들어 자신의 의견을 자유롭게 말하고 있음을 알 수 있음.
④ 석진: '수학여행을 어디로 갈 것인가?'가 학급 회의에서 해결하고자 하는 문제로군.
⑤ 윤기: '학생 1'과 '학생 2'는 제주도가 수학여행 장소로 적당한가에 대한 문제로 ~~찬반 논쟁~~을 하고 있어. (토의를)

[보기]의 학급 회의는 '수학여행을 어디로 갈 것인가?'라는 주제로 한 토의입니다. 찬반 논쟁을 하는 것은 토론에 해당합니다.

제헌절과 헌법의 의미 [58~61쪽]

1 주제 찾기

글쓴이가 이 글을 쓴 목적은 무엇인가요? (①)

① 제헌절과 헌법의 의미를 설명하기 위해서
② 우리나라 헌법 개정의 필요성을 주장하려고
③ 나라별 헌법 내용의 차이점을 비교하여 설명하려고
④ 헌법이 만들어진 과정을 시간 순서에 따라 설명하려고 → 헌법이 만들어진 과정은 글 ㈎에만 나타남.
⑤ 헌법에서 보장하고 있는 기본권의 종류와 특징을 자세히 설명하려고 → 기본권의 종류는 글 ㈒에서만 간단히 나왔음.

이 글은 제헌절과 헌법의 의미, 헌법의 대표적인 내용 등에 대해 설명하고 있습니다.

2 세부 내용

이 글에서 알 수 있는 내용이 아닌 것은 무엇인가요? (⑤)

① 7월 17일에 헌법이 공포된 이유
② 우리나라 첫 헌법이 만들어진 날짜 → 글 ㈎의 내용
③ 헌법이 보장하고 있는 개인의 권리 → 글 ㈒의 내용
④ 우리나라 헌법 제1조 1항의 내용과 의미 → 글 ㈑의 내용
⑤ 헌법이 지금까지 총 9차례나 개정된 구체적 이유

글 ㈐에서 헌법이 지금까지 총 9차례에 걸쳐 개정되었다고 했으나, 그 구체적인 이유는 나오지 않았습니다.

3 어휘 어법

㉠와 바꾸어 쓸 수 있는 낱말은 무엇인가요? (②)

① 만들었다
② 공포하였다
③ 제정하였다 '법이나 제도 등을 만들어서 정하다.'의 뜻
④ 개정하였다 '틀리거나 옳지 않은 것을 바로잡다.'의 뜻
⑤ 참여하였다 '여러 사람이 같이 하는 어떤 일에 끼어들어 함께 일하다.'의 뜻

'공포하다'는 '확정된 법이나 규정 등을 일반 대중에게 널리 알리다.'는 뜻입니다.

4 세부 내용

[보기]에서 설명하는 것이 무엇인지 이 글에서 찾아 쓰세요.

[보기] 헌법과 관련된 문제를 다루는 특별한 재판소로, 국회에서 만든 법이 헌법에서 정한 기준을 벗어나지 않는지 심사하고 확인하는 일을 한다. 또한 국가 기관이나 지방 자치 단체 사이에 분쟁이 발생했을 때 심판하는 역할을 하기도 한다.

(헌법 재판소)

글 ㈏에서 헌법은 우리가 접하는 모든 법들의 기본이 되는 법으로, 어떤 법이 헌법의 내용에 어긋난다고 판단되면 헌법 재판소가 나서서 그 법을 심사한다고 했습니다.

독해 정답	
	1. ① 2. ⑤ 3. ② 4. 헌법 재판소 5. ③ 6. ① 7. ④

어휘 정답	
	1. (1) 효력 (2) 개정하다 (3) 위반하다 (4) 침해하다 (5) 부칙 2. ④ 3. (1) ㉮ (2) ㉰ (3) ㉯

5 구조 알기

글 ㈏에서 사용한 설명 방법은 무엇인가요? (③)

① 전체를 여러 부분으로 나누어 설명하고 있다. → 분석

② 사건이 일어난 원인과 결과를 설명하고 있다. → 인과

③ 핵심어의 개념을 풀어서 자세히 설명하고 있다.

④ 구체적인 예를 제시하여 대상의 특성을 설명하고 있다. → 예시

④ 대상을 일정한 기준에 따라 분류하여 각각을 설명하고 있다. → 구분

글 ㈏에서 글쓴이는 우리나라의 최고법이며 모든 법들의 기본이 되는 헌법의 의미에 대해 자세히 풀어서 설명했습니다.

수능 연계

6 추론하기

[보기]는 프랑스 헌법의 내용입니다. 우리나라 헌법과 비교한 것으로 알맞지 않은 것은 무엇인가요? (①)

> [보기]
>
> **프랑스 헌법**
>
> **전문 및 제1조**
>
> 프랑스 국민은 1789년 인권 선언에서 시작되고 1946년 헌법 전문에서 확인하고 보완한 인권과 국민 주권의 원리, 그리고 2004년 환경 헌장에 정의된 권리와 의무를 지킬 것을 엄숙히 선언한다.
>
> **제1장 제3조**
>
> ① 국가의 주권은 국민에게 있고, 국민은 그 대표자와 국민 투표를 통하여 이를 행사한다. 우리나라의 헌법은 제1조에 제시됨. 참정권의 내용
>
> ② 국민의 일부나 특정 개인이 주권의 행사를 특수하게 부여받을 수 없다.
>
> ③ 선거는 헌법에서 정하는 조건에 따라 직접 또는 간접 선거로 할 수 있다. 선거는 항상 보통, 평등, 비밀 선거로 시행된다. ……

① 우리나라가 프랑스보다 훨씬 먼저 헌법을 만들었음을 알 수 있다.

② 우리나라는 프랑스와 달리 인권과 관련된 내용을 제10조에서 다루고 있다. → 글 ㈒의 내용

③ 프랑스는 우리나라와 달리 환경 보호와 관련한 내용을 헌법에서 명시하고 있다. → 제1조에 나타남

④ 프랑스와 우리나라 헌법에는 모두 국가의 주권이 국민에게 있다는 내용이 있다. → 글 ㈒의 내용

⑤ 프랑스는 환경 보호뿐 아니라 인권이나 국민 주권과 관련된 내용을 제1조와 제1장 제3조에 넣고 있다. → 프랑스 헌법 제1장 제3조, 우리나라의 헌법 제1조 2항에 제시되어 있음.

[보기]의 내용만으로는 프랑스가 언제 처음 헌법을 만들었는지 알 수 없습니다. 우리나라는 글 ㈎에서 1948년 7월 12일에 첫 헌법이 만들어졌다고 했습니다.

7 적용 창의

'참정권'에 해당하는 권리

㉡에 해당하는 권리로 알맞은 것은 무엇인가요? (④)

① 성별에 따라 차별을 받지 않을 권리 → 평등권

② 자유롭게 직업을 선택할 수 있는 권리 → 자유권

③ 내가 살고 싶은 곳에서 살 수 있는 권리 → 자유권

④ 대통령 선거에 참여하여 투표할 수 있는 권리

⑤ 공항 근처 주민들이 소음 피해로 인해 국가에 배상을 청구할 권리 → 청구권

㉠은 '참정권'으로, 이는 국민이 국가의 일에 참여할 수 있는 정치적인 권리를 의미한다고 했습니다. 국민이 국가의 일에 참여할 수 있는 대표적인 일에는 각종 선거에 참여하여 투표하는 방법이 있습니다.

보온병의 물이 식지 않는 까닭 [62~65쪽]

1 주제 찾기

이 글에서 설명하고 있는 것은 무엇인가요? (①)

① 열전달과 보온병의 원리
② 태양열이 지구까지 전달되는 원리
③ 열전도와 열복사의 공통점과 차이점
④ 우리 몸에서 체온 유지가 필요한 이유
⑤ 보온병과 보냉병을 구분하지 않는 이유

이 글은 보온병에 들어 있는 내용물이 오랫동안 온도를 유지할 수 있는 이유를 열전달의 원리를 이용하여 설명하고 있습니다.

2 세부 내용

이 글의 내용과 일치하지 않는 것은 무엇인가요? (④)

① 열전달은 세 가지 방법으로 이루어진다. → 글 ㈏의 내용
② 열전달은 열에너지가 이동하는 것을 의미한다. → 글 ㈏의 두 번째 문장에 나옴.
③ 대류는 기체나 액체에서 일어나는 열전달 방식이다. → 글 ㈏의 내용
④ 열은 항상 온도가 낮은 곳에서 높은 곳으로 이동한다.
⑤ 전도는 물질의 이동을 수반하지 않는 열전달 방식이다. → 글 ㈏의 내용

글 ㈏에서 열은 항상 온도가 높은 곳에서 온도가 낮은 곳으로 이동한다고 설명했습니다. 따라서 ⑤는 본문의 내용과 일치하지 않습니다.

3 구조 알기

글 ㈎~㈐에 사용된 설명 방법으로 알맞지 않은 것은 무엇인가요? (④)

① 글 ㈎: 대상의 개념을 풀어서 자세히 설명하였다. → 정의
② 글 ㈏: 구체적인 예를 제시하여 설명하였다. → 예시
③ 글 ㈏: 대상을 일정한 기준에 따라 분류하였다. → 구분
④ 글 ㈐: 대상의 공통점을 찾아 비교하였다.
⑤ 글 ㈐: 대상을 하나하나의 구성 요소로 나누어 설명하였다. → 분석

글 ㈐에서는 공통점을 찾아 비교한 것이 아니라, 보온병의 내부 구조를 분석의 방법으로 설명했습니다.

4 어휘 어법

밑줄 친 낱말이 ㉠과 같은 뜻으로 쓰인 것은 무엇인가요? (③)

① 너희들 중 누가 제일 키가 크니? → '여럿 가운데.'의 뜻
② 공기 중 가득한 먼지로 기침이 났다. → '안이나 속.'의 뜻
③ 수업 중에는 핸드폰 사용을 금합니다.
④ 나는 이 음식들 중 자장면을 제일 좋아한다. → '여럿 가운데.'의 뜻
⑤ 승규는 내일 중으로 모든 숙제를 제출해야 했다. → '어떤 시간의 범위를 넘지 않는 동안.'의 뜻

㉠은 '어떤 일을 하는 동안.'이라는 뜻으로 사용되었습니다. ③의 '수업 중'은 '수업을 하는 동안.'이라는 의미로 사용된 것입니다.

독해 정답			
	1. ①	2. ④	3. ④
	4. ③	5. 대류	6. ⑤
	7. ①		

어휘 정답	
	1. ㉣
	2. (1) ㉢ (2) ㉣ (3) ㉮ (4) ㉯
	3. ③

5 세부 내용

[보기]는 ㉡에 대한 답을 정리한 것입니다. 빈칸에 들어갈 알맞은 낱말을 쓰세요.

> [보기] 보온병은 병 내부와 외부의 열전도, [　　], 복사를 막아 열의 이동을 막는 구조로 되어 있기 때문이다.

(대류)

이 글에서 글쓴이는 보온병의 내용물이 오랫동안 같은 온도를 유지할 수 있는 이유는 보온병이 병 내부와 외부의 열전도, 대류, 복사를 막아 열의 이동을 막는 구조로 되어 있기 때문이라고 했습니다.

수능 연계

6 추론하기

이 글로 보아, ㉮~㉣에 대한 설명으로 알맞지 않은 것은 무엇인가요? (⑤)

[보기]

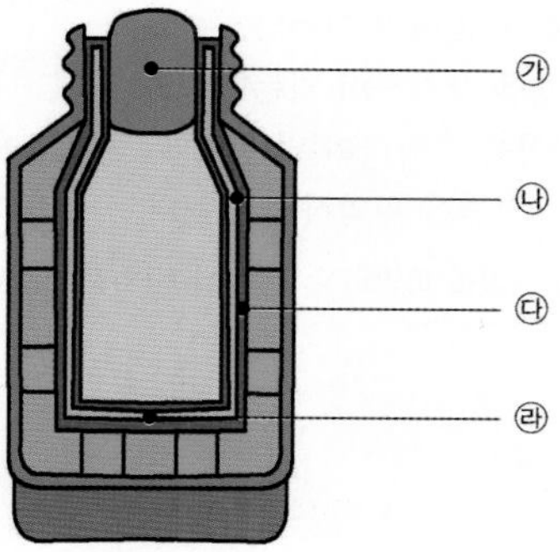

① ㉮는 고무와 같이 열전도가 잘 되지 않는 것으로 만들어진다. → ㉮는 고무 마개임.
② ㉯의 안쪽은 은으로 도금된 유리벽이어서 열이 병 속으로 반사된다. → ㉯는 이중벽 중 안쪽으로 은으로 도금된 유리벽임.
③ ㉰는 두 겹의 벽 구조로 되어 있다. → ㉰는 유리로 된 이중벽을 나타냄.
④ ㉣는 진공 상태라 공기가 존재하지 않는다. → ㉣는 진공인 공간임.
⑤ ㉣에서는 열의 전도와 복사가 발생하지 않는다.

㉣는 벽과 벽 사이로 진공 상태입니다. 글 ㈐에서 진공 상태에서는 공기가 없으므로, 열의 전도와 대류가 발생하지 않는다고 했습니다.

7 적용 창의

'복사'의 예

㉢의 예에 해당하는 것은 무엇인가요? (①)

① 난로 곁에서 불을 쬐면 따뜻함을 느낀다.
② 비행기를 타고 하늘 위로 올라갈수록 기온이 낮아진다. → 대류의 예
③ 가스레인지 불 위에 냄비를 가열하면, 냄비 뚜껑까지 뜨거워진다. → 전도의 예
④ 물이 담긴 주전자를 불 위에 놓고 끓이면, 물이 서서히 끓기 시작한다. → 전도와 대류의 예
⑤ 금속 막대의 한쪽 끝을 잡고 다른 한쪽을 가열하면 잡고 있던 부분이 뜨거워진다. → 전도의 예

겨울철 난로 곁에 서 있으면 따뜻한 온기를 느낄 수 있는데, 이는 난로에서 방출된 열이 복사의 형태로 전달되었기 때문입니다.

스피드 건의 작동 원리 [66~69쪽]

1 주제 찾기

글쓴이가 이 글을 쓴 까닭은 무엇인가요? (⑤)

① 스피드 건의 용도를 설명하기 위해서
② 파동과 파장에 대해 설명하기 위해서
③ 스피드 건의 필요성을 설명하기 위해서
④ 파동과 진동수의 관계를 설명하기 위해서
⑤ 스피드 건의 작동 원리를 설명하기 위해서

이 글은 도플러 효과를 이용한 스피드 건의 작동 원리를 설명하고 있습니다.

2 구조 알기

이와 같은 글을 읽는 방법으로 알맞은 것은 무엇인가요? (①)

① 설명하는 내용이 정확한지 확인하며 읽는다.
② 글쓴이의 주장과 그 근거를 파악하며 읽는다.
③ 주장에 대한 근거의 타당성을 생각하며 읽는다. → 주장하는 글을 읽는 방법
④ 인물 간의 관계와 갈등 상황을 파악하며 읽는다. → 소설을 읽는 방법
⑤ 글쓴이가 전달하고자 하는 교훈을 파악하며 읽는다. → 수필과 같은 글을 읽는 방법

설명하는 글을 읽을 때에는 설명 대상을 파악하고, 설명 내용이 정확한지 사실을 확인하며 읽어야 합니다.

3 세부 내용

이 글의 내용과 일치하지 않는 것은 무엇인가요? (⑤)

① 스피드 건은 미국에서 처음 개발되었다.
② 스피드 건은 물체의 속도를 잴 때 활용된다. → 글 (다)의 내용
③ 스피드 건은 도플러 효과를 이용한 도구이다. → 글 (나)의 내용
④ 스피드 건을 이용해 과속 차량의 속도위반을 단속할 수 있다. → 글 (가), (다)의 내용
⑤ 스피드 건은 레이더 파의 ~~밝기~~ 진동수의 변화량을 측정해 속도를 계산한다.

글 (다)에서 마지막 부분에서 스피드 건 내부에 있는 컴퓨터가 스피드 건에서 발사한 레이더 파의 진동수와 달리는 자동차에서 반사된 진동수의 변화량으로 속도를 구한다고 했습니다.

4 어휘 어법

㉠과 같은 뜻으로 쓰인 낱말은 무엇인가요? (②)

① 시합에서 이겼다고 너무 재지 마라. → '잘난 척하며 우쭐거리거나 뽐내다.'의 뜻
② 신체검사를 하는 날은 키와 몸무게를 잰다.
③ 할머니께서는 쌀을 한 가마니 이상 재어 두셨다. → '물건을 차곡차곡 잘 쌓아 두다.'의 뜻
④ 그는 행동이 재서 모든 것을 빨리빨리 처리한다. → '동작이 매우 빠르다.'의 뜻
⑤ 김장을 하기 위해서는 소금에 잰 배추가 있어야 한다. → '음식을 양념하여 그릇에 차곡차곡 담아 두다.'의 뜻

㉠과 ②의 '재다'는 모두 '도구나 방법을 써서 길이, 크기, 양 등의 정도를 알아보다.'의 의미로 쓰였습니다.

독해 정답			
	1. ⑤	2. ①	3. ⑤
	4. ②	5. ④	
	6. ㉰, ㉯, ㉱, ㉮		7. ⑤

어휘 정답
1. (1) ㉲ (2) ㉯ (3) ㉮ (4) ㉰ (5) ㉱
2. (1) 비단 (2) 감지 (3) 좀좀 (4) 발사 (5) 단속
3. ③

5 추론하기

㉡에 들어갈 알맞은 낱말은 무엇인가요? (④)

① 전파 ② 속도 ③ 음파
④ 음높이 ⑤ 음길이

글 ㈐에서 파동이 1초에 얼마나 떨리는지를 말해 주는 진동수가 음높이를 결정한다고 했으므로, 진동수의 변화가 바로 소리의 '음높이' 차이로 나타난다는 것을 짐작할 수 있습니다.

6 구조 알기

스피드 건이 달리는 자동차의 속도를 측정하는 방법의 차례대로 기호를 쓰세요.

㉮ 진동수의 차이를 측정해 자동차의 속도를 계산한다. 4
㉯ 자동차에 반사되어 돌아오는 레이더 파를 감지한다. 2
㉰ 스피드 건이 다가오는 자동차를 향해 레이더 파를 발사한다. 1
㉱ 내부에 있는 컴퓨터가 발사한 레이더 파와 반사된 레이더 파의 진동수를 비교한다. 3

(㉰) → (㉯) → (㉱) → (㉮)

글 ㈐에는 스피드 건이 달리는 자동차의 속도를 측정하는 과정이 잘 나타나 있습니다. 스피드 건이 다가오는 자동차를 향해 레이더 파를 발사하고,(㉰) 다시 자동차에 반사되어 돌아오는 레이더 파를 감지합니다.(㉯) 그러면 스피드 건 내부에 있는 컴퓨터가 스피드 건에서 발사한 레이더 파의 진동수와 달리는 자동차에서 반사된 진동수를 비교하고,(㉱) 그 진동수의 차이를 확인해 속도를 구합니다.(㉮)

수능 연계

7 비판하기

도플러 효과의 활용 예

이 글의 독자가 [보기]를 읽고 난 반응으로 알맞지 않은 것은 무엇인가요? (⑤)

> [보기] 도플러 효과는 병원에서도 매우 유용하게 이용된다. 초음파를 혈관 속으로 발사하여 혈액이 흐르는 속도를 측정하면, 부정맥이나 심장병, 협심증이나 뇌졸중 등과 같은 심혈관 질환을 미리 알 수 있다. 또한 기상 레이더에도 도플러 효과를 적용할 수 있다. 구름에 전자기파를 발사한 후, ____________ 구름의 이동 속도와 바람의 방향 등을 분석할 수 있다.
>
> (도플러 효과의 활용 예 ①) (도플러 효과의 활용 예 ②)

① [보기]는 도플러 효과가 사용되는 또 다른 예에 해당해. → 의학과 기상에 활용한 예임.
② 기상 레이더와 스피드 건은 그 작동원리가 같다고 볼 수 있겠네. → 둘 다 도플러 효과를 활용한 예로 작동원리가 동일하다고 할 수 있음.
③ 도플러 효과는 자동차나 공의 속도를 재는 것 외에도 다양한 분야에서 활용될 수 있겠어. → 이 글과 [보기]로 보아 추론할 수 있음.
④ [보기]의 빈칸에는 '반사되어 돌아오는 전자기파의 진동수를 비교한다'는 내용이 들어가야겠네. → 글 ㈐의 스피드 건이 자동차의 속도를 측정하는 방법에서 추론할 수 있는 내용임.
⑤ 도플러 효과는 빛이나 전파와 같은 파동에서는 소리와 조금 다른 모양이나 상태를 보인다고 알려 주고 있어.

글 ㈐에서 글쓴이는 도플러 효과는 비단 소리뿐 아니라 빛이나 전파, 물결과 같은 모든 파동에서 동일하게 나타난다고 했습니다. 따라서 [보기]에 나온 초음파와 전자기파 같은 전파에도 도플러 효과가 동일하게 나타납니다.

타지마할 건축의 비밀 [70~73쪽]

1 구조 알기

이 글에 대한 설명으로 알맞은 것은 무엇인가요? (②)

① 타지마할의 역사적 가치를 분석하고 있다.
② 타지마할의 건축 목적과 특징을 설명하고 있다.
③ 타지마할의 건축 기법을 다른 건축물과 비교하여 설명하고 있다.
④ 타지마할의 본관 내부 구조를 그림 그리듯 자세히 설명하고 있다.
⑤ 타지마할이 왜 세계 문화유산으로 지정되었는지 그 이유를 설명하고 있다.

이 글은 인도 무굴 제국의 황제 샤자 한과 관련하여 타지마할의 건축 목적과 타지마할 건축의 특징을 자세하게 설명하고 있습니다. 나머지는 이 글에 나타나지 않은 내용입니다.

2 세부 내용

이 글의 내용과 일치하지 않는 것은 무엇인가요? (⑤)

① 샤 자한은 무굴 제국의 황제였다.
② 타지마할은 인도에 있는 건축물이다.
③ 타지마할이 완공되기까지는 22년이 걸렸다.
④ 타지마할은 죽은 왕비를 추모하기 위해 지어졌다.
→ 글 ㈎의 내용 (①~④)
⑤ 타지마할에 사용된 대리석은 세계 각지에서 수입된 것이다.

글 ㈏에서 글쓴이는 궁전 내외부를 장식한 보석들이 터키 미얀마, 이집트, 중국 등 세계 각지에서 수입된 최고급 천연석이라고 했습니다. 그러나 타지마할에 사용된 대리석이 세계 각지에서 수입되었다는 내용은 이 글에서 나타나 있지 않습니다.

3 어휘 어법

'손꼽히다'의 뜻

㉠의 뜻을 활용한 문장으로 알맞지 않은 것은 무엇인가요? (④)

① 이 공연의 완성도는 세계적으로 손꼽힌다.
② 지수는 전국에서 그림을 잘 그리기로 손꼽힌다.
③ 소미는 우리 반에서 운동을 잘하기로 손꼽히고 있어.
④ 재욱이는 일 등을 놓친 적이 손꼽힐 정도로 공부를 잘해요.
⑤ 이 책은 내가 읽은 책 중에서 가장 재미있었던 책으로 손꼽힌다.

㉠의 '손꼽히다'는 '여럿 중에서 가장 뛰어나다고 여겨지다.'는 뜻으로 쓰였습니다. 그러나 ④는 '그 수효가 적어 다섯 손가락으로 다 헤아려지다.'의 뜻으로 사용되었습니다.

4 세부 내용

'피에트라 듀라'라는 모자이크 기법

㉡에 대한 설명으로 알맞지 않은 것은 무엇인가요? (②)

① 모자이크 기법 중 하나이다.
② 타지마할 건축에 세계 최초로 사용된 기법이다.
③ 천연석들이 대리석에서 떨어지지 않고 박혀 있을 수 있다.
④ 대리석에 모양을 판 뒤 그 흠에 보석을 끼워 넣는 방식이다.
⑤ 타지마할 건물 내외부를 장식한 천연석들에 사용된 기법이다.

글 ㈏에서 '피에트라 듀라'는 타지마할의 대리석과 보석에 사용된 모자이크 기법으로, 대리석에 모양을 판 뒤 그 흠에 보석을 끼워 넣는 방식이라고 했습니다. 그러나 ②의 내용은 나오지 않았습니다.

독해 정답			
	1. ②	2. ⑤	3. ④
	4. ②	5. ②	6. ④
	7. ②		

어휘 정답	
	1. (1) ㊁ (2) ㉮ (3) ㊀ (4) ㊂
	2. (1) 추모 (2) 배치 (3) 동원 (4) 완공
	3. ②

5 주제 찾기

다음 중 타지마할의 특징을 가장 잘 나타낸 말은 무엇인가요? (②)

① 수로 ②대칭 구조 ③ 붉은 사암
④ 찬란한 보석 ⑤ 아치형 정문

글 ㈐와 ㈑에서 타지마할의 대칭적 구조에 대해 자세히 설명했고, 글 ㈒에서는 타지마할이 완벽한 대칭 구조와 균형 잡힌 아름다움, 아름다운 장식과 보석 등으로 장식돼 유네스코 세계 문화유산에 등재되었고, 세계 7대 불가사의로 유명하다고 했습니다. 따라서 타지마할의 특징을 가장 잘 드러낸 말은 '대칭 구조'라고 할 수 있습니다.

6 구조 알기

[보기]의 내용이 들어가기에 알맞은 곳은 어디인가요? (④)

중앙 묘궁 내부에 있는 것 ①

[보기] 중앙 묘궁의 내부에는 가운데를 둘러싸고 있는 4개의 묘실, 즉 시체가 안치되어 있는 무덤 속의 방이 있고, 중앙 묘실에 샤자 한 황제 부부의 기념비와 무덤이 있다. 무덤은 아름다운 돌로 장식되어 있으며 보석이 박힌 대리석으로 둘러싸여 있다. 그러나 이 무덤은 가짜이며, 진짜 관은 지하실에 보관되어 있다.

중앙 묘궁 내부에 있는 것 ②

① 글 ㈎의 앞 ② 글 ㈏의 뒤 ③ 글 ㈐의 뒤
④글 ㈑의 뒤 ⑤ 글 ㈒의 뒤

[보기]는 중앙 묘궁 내부에 대한 설명이므로, 묘궁의 외부 형태와 주변부를 설명한 글 ㈑의 뒤에 들어가는 것이 알맞습니다.

수능 연계

7 추론 하기

다음 타지마할의 배치도에서 ㉮~㉲에 대해 알맞게 말하지 못한 것은 무엇인가요? (②)

[보기]

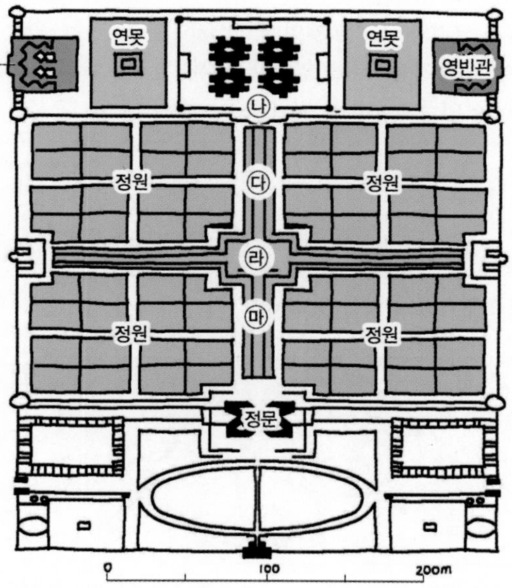

① ㉮는 오른쪽의 영빈관과 대칭을 이루고 있으니 모스크라고 볼 수 있어. → 글 ㈑의 내용
②㉯는 본관 건물로 붉은 사암으로 지어진 묘궁이겠네.
③ ㉰와 ㉲는 정문 앞을 흐르는 긴 수로로 봐야겠군.
④ ㉰와 ㉲에는 분수가 촘촘하게 박혀 있겠군.
⑤ ㉱는 네 개의 정원 중앙에 있는 연못이겠군.
→ 글 ㈐의 내용

글 ㈐와 ㈑의 내용으로 보아, ㉯는 황제와 왕비의 무덤이 있는 중앙 묘궁임을 알 수 있으며, 묘궁은 하얀색 대리석으로 지어졌습니다. 붉은 사암으로 지어진 것은 아치형 정문과 묘궁을 중심으로 동쪽과 서쪽에 있는 모스크와 영빈관입니다.

1 구조 알기

이 글에 대한 설명으로 알맞은 것은 무엇인가요? (⑤)

① 거란의 침략과 관련해 상반된 평가를 소개하고 있다.
② 거란의 역사를 고려의 역사와 비교하여 설명하고 있다.
③ 역사적 사건과 관련된 용어를 정확하게 풀어서 설명하고 있다.
④ 중국과 거란의 역사적 관계를 다른 대상에 빗대어 표현하고 있다.
⑤ 거란의 성장과 고려를 침략하는 과정을 시간 순서대로 서술하고 있다.

이 글은 거란이 요나라를 건국한 후 발해를 멸망시키고, 이어서 고려를 침략하는 과정을 시간 순서대로 설명하고 있습니다.

2 세부 내용

이 글의 내용과 일치하지 않는 것은 무엇인가요? (④)

① 거란은 유목 민족이었다.
② 거란이 세운 나라의 이름은 '요'이다. → 1문단의 내용
③ 고려는 거란을 경계하며 적대하였다. → 2문단의 내용
④ 발해를 공격하여 멸망시킨 것은 송나라이다.
⑤ 고려는 북진 정책을 추진하며 발해의 유민들을 받아들였다. → 2문단의 내용

2문단에서 고려의 태조 왕건은 거란이 발해를 멸망시킨 무도한 나라라고 여겨 매우 경계하였다고 했습니다.

3 구조 알기

이 글에서 사건이 일어난 차례대로 기호를 쓰세요.

㉮ 거란이 고려에 사신과 낙타 50필을 보냈다. → 942년 1
㉯ 조광윤이 '송'을 건국해 고려와 국교를 맺었다. →960년 2
㉰ 서희가 거란과 담판에 나서 강동 6주를 얻었다. → 서희의 외교 담판의 결과 4
㉱ 거란의 소손녕이 대군을 이끌고 고려를 침입했다. → 993년 3

(㉮) → (㉯) → (㉱) → (㉰)

4 세부 내용

다음 지도에서 ㉮에 대한 설명으로 알맞은 것을 두 가지 고르세요. (③, ⑤)

[보기]

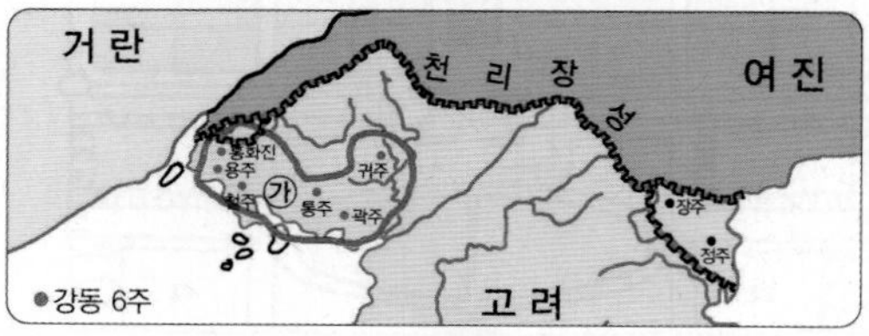

① 옛날부터 거란이 차지하고 있던 곳이었다. → 서희가 옛 고구려 땅이라고 했음.
② 고려가 계속해서 차지하고 있던 지역이다. → 사실과 다른 내용
③ 서희의 외교 담판 후 고려가 얻게 된 지역이다.
④ 거란과의 전쟁에서 고려가 거란에 빼앗긴 지역이다. → 사실과 다른 내용
⑤ 고려에 있어 중국 대륙과 인접한 군사·교통의 요충지이다.

6문단에서 서희의 외교 담판으로 거란은 강동 6주를 고려에 넘겨주었습니다. 이로써 고려는 압록강 동쪽에 있는 고구려 옛 영토를 회복해 중국 대륙과 가까이에 있는 군사와 교통의 요충지를 확보하게 되었습니다.

독해 정답	1. ⑤	2. ④	3. ㉮, ㉯, ㉱, ㉰
	4. ③, ⑤	5. ③	6. ①
	7. ②		

어휘 정답	
	1. ②
	2. (1) ㉯ (2) ㉱ (3) ㉲ (4) ㉰ (5) ㉮
	3. (1) ㉮ (2) ㉮ (3) ㉯

5 어휘 어법

㈎ 부분의 내용을 속담으로 표현할 때 알맞은 것은 무엇인가요? (③)

① 말이 씨가 된다 → 늘 말하던 것이 마침내 사실대로 되었을 때를 이르는 말.

② 말이 많으면 쓸 말이 적다 → 하지 않아도 될 말을 이것저것 많이 늘어놓으면 그만큼 쓸 말은 적어진다는 뜻으로, 말을 삼가라는 말.

③ 말 한마디에 천 냥 빚도 갚는다

④ 말이란 아 해 다르고 어 해 다르다 → 말이란 같은 내용이라도 표현하는 데 따라서 아주 다르게 들린다는 말.

⑤ 말은 해야 맛이고 고기는 씹어야 맛이다 → 마땅히 할 말은 해야 한다는 말.

③은 '말만 잘하면 어려운 일이나 불가능해 보이는 일도 해결할 수 있다.'는 뜻으로 서희의 외교 담판을 표현한 속담으로 알맞습니다.

6 추론 하기

이 글을 읽고 더 찾아볼 내용으로 알맞지 않은 것은 무엇인가요? (①)

① 서희의 외교 담판 후 고려가 얻은 것은 무엇인지 알아본다.

② 거란은 강동 6주를 어떠한 방식으로 고려에 넘겨주었는지 알아본다.

③ 거란의 침입 당시 고려와 거란, 여진의 지리적 위치를 지도를 통해 알아본다.

④ 서희는 거란의 침략 목적이 영토 확장이 아니라는 것을 어떻게 알았는지 조사한다.

⑤ 강동 6주를 넘겨받은 후에 고려와 거란의 관계, 고려와 여진의 관계는 어떠했는지 알아본다.

이 글에서 서희의 외교 담판 후, 고려는 거란으로부터 강동 6주를 넘겨받아 인접한 군사·교통 요충지를 확보하게 되었다고 했습니다. 따라서 ①은 더 찾아볼 자료는 아닙니다.

수능 연계

7 적용 창의

이 글을 바탕으로 [보기]를 이해한 것으로 알맞은 것은 무엇인가요? (②)

> [보기] 고려 초의 외교관인 '서희'는 우리 역사상 최고의 협상가로 평가받는다. 그러나 서희와 외교 담판을 벌였던 거란의 소손녕 장군에 대해서도 주목해야 할 필요가 있다. 소손녕은 자칫 대군을 이끌고 와서 오히려 고려에 강동 6주를 내준 어리숙한 인물로 보일 수 있으나, 그 이면을 살펴보면 그 역시 어리석은 인물만은 아니였다. 그는 전쟁을 오래 끌어 거란에 피해가 갈 수 있는 위험을 피했을 뿐 아니라, 고려가 송 대신 거란과 교류하겠다는 약속을 받아 냈으므로 궁극적인 목표도 달성했다. → 소손녕의 업적 ① → 소손녕의 업적 ②
>
> 소손녕의 외교적 성과는 거란의 2, 3차 침입 때의 결과를 통해 더 잘 드러난다. 무모하게 전쟁을 벌였다가 빈손으로 돌아간 거란 황제(거란의 2차 침입)나 소손녕의 형 소배압(거란의 3차 침입)과 비교하면, 외교 협상으로 서로가 원하는 바를 주고받은 소손녕과 서희는 모두에게 이득을 본 담판을 한 것이다. 이는 외교관의 지혜와 협상력이 그 나라의 운명을 좌우한다는 사실을 잘 보여 준다. 서희와 소손녕이 한 외교 담판이 준 교훈

① 서희는 거란의 2, 3차 침입까지 막아 낸 최고의 협상가라 할 수 있다. → 서희가 2, 3차 침입에 한 일은 알 수 없음.

② 서희뿐 아니라 소손녕도 전쟁을 최소화한 위대한 협상가라 할 수 있다.

③ 서희와 소손녕은 강동 6주를 놓고 싸운 어리석은 인물들이라 볼 수 있다. → 이 글과 [보기]의 내용과 다름.

④ 소손녕은 전쟁으로 원하는 바를 이룬 진정한 전쟁 영웅이라고 볼 수 있다. → 소손녕이 전쟁 영웅이라는 내용은 나타나지 않음.

⑤ 서희가 아니었다면, 고려는 거란과의 전쟁에서 승리할 수 있었다고 평가받는다. → 이 글과 [보기]의 내용과 다름.

[보기]에서는 서희뿐 아니라 거란의 소손녕 장군도 전쟁을 최소화하면서도 원하는 바를 이룬 위대한 협상가라 평가하고 있습니다.

1 주제 찾기

글쓴이가 이 글을 쓴 목적은 무엇인가요? (②)

① 혐오 표현이란 무엇인지 알려 주기 위해서
② 혐오 표현을 쓰지 말자는 주장을 하기 위해서
③ 혐오 표현을 역사적 관점에서 살펴보기 위해서
④ 혐오 표현으로 인한 피해 상황을 보고하기 위해서
⑤ 어떤 것이 혐오 표현에 해당하는지 설명하기 위해서

글쓴이는 최근 문제가 되고 있는 혐오 표현의 개념과 문제점을 지적하고 있습니다. 그리고 이를 바탕으로 글 ㈒에서 혐오 표현을 쓰지 않도록 주의해야 한다고 했습니다. 즉, 글쓴이는 혐오 표현을 쓰지 말자는 주장을 하기 위해서 이 글을 쓴 것입니다.

2 주제 찾기

글 ㈎~㈒의 중심 내용으로 알맞지 않은 것은 무엇인가요? (④)

① 글 ㈎: 최근 문제가 되고 있는 혐오 표현의 예
② 글 ㈏: 혐오 표현의 정확한 의미와 역사적인 예
③ 글 ㈐: 혐오 표현이 문제가 되는 까닭
④ 글 ㈑: 일상생활에서 결정 장애가 생기는 경우
⑤ 글 ㈒: 혐오 표현을 쓰지 않도록 노력하자는 당부

글 ㈑에는 일상생활에서 무의식적으로 혹은 재미삼아 쓰이는 '결정 장애'라는 혐오 표현의 문제점을 제시하고 있습니다. 중심 내용으로는 일상생활에서 무의식적으로 사용되는 혐오 표현이 알맞습니다.

3 세부 내용

이 글의 내용으로 알맞지 않은 것은 무엇인가요? (③)

① 단순한 재미로 혐오 표현을 사용하기도 한다. → 글 ㈑의 내용
② 혐오 표현은 사회적 소수자를 그 대상으로 한다. → 글 ㈏의 내용
③ 혐오 표현은 대체로 중고등학생들에 의해 행해진다.
④ 유대인 대학살은 유대인에 대한 혐오에서 시작되었다.
⑤ 1960년대까지 미국에서는 흑인에 대한 차별이 만연해 있었다.
(④, ⑤) → 글 ㈏의 내용

혐오 표현이 대체로 중고등학생들에 의해 행해진다는 내용은 이 글에 나오지 않았습니다.

4 어휘 어법

밑줄 친 낱말이 ㉠과 같은 의미로 사용된 것은 무엇인가요? (②)

① 그분께 일자리를 말해 놓았습니다. → '어떤 일을 부탁하다.'라는 뜻
② 죽음은 모든 사람이 평등하다는 것을 말해 준다.
③ 힘센 것으로 말하면 우리 오빠를 따라갈 사람이 없다. → 그것을 확인하거나 강조하는 말.
④ 아이는 학교에서 있었던 일을 엄마에게 모두 말하였다. → '어떤 사실이나 자신의 생각 또는 느낌을 말로 나타내다.'라는 뜻
⑤ 동생에게 장난치지 말라고 아무리 말해도 듣지 않는다. → '말리는 뜻으로 타이르거나 꾸짖다.'라는 뜻

㉠은 '어떤 사정이나 사실, 현상 등을 나타내 보이다.'라는 뜻입니다. 이와 같은 의미로 사용된 것은 ②입니다.

독해 정답			
	1. ②	**2.** ④	**3.** ③
	4. ②	**5.** ②	**6.** ②
	7. ③		

어휘 정답	
	1. (1) 혐오 (2) 비하 (3) 속성 (4) 선동
	2. (1) 혐오 (2) 속성 (3) 선동 (4) 비하
	3. (1) ㉯ (2) ㉯ (3) ㉰

5 세부 내용

혐오 표현이 문제가 되는 까닭은 무엇인가요? (②)

① 상대를 사회적 소수자로 만들기 때문에
② 상대에게 극심한 정신적 고통을 주기 때문에
③ 상대가 사회의 일원으로 살아갈 힘을 주기 때문에
④ 상대를 결정 장애가 있는 성격으로 만들기 때문에
⑤ 혐오 표현은 어린아이들이나 쓰는 표현이기 때문에

글 ㈐에서 글쓴이는 혐오 표현은 자칫 그 대상이 되는 개인이나 집단에 공포나 모욕감, 수치심 등을 느끼게 한다고 했습니다. 즉, 혐오 표현은 상대에게 이러한 극심한 정신적 고통을 주기 때문에 문제가 됩니다.

6 구조 알기

주장하는 글(논설문)을 읽는 방법

이와 같은 글을 읽는 방법으로 알맞은 것은 무엇인가요? (②)

① 인물들의 갈등 상황을 파악하며 읽는다. → 소설을 읽는 방법
② 글쓴이의 주장과 근거가 적절한지 생각하며 읽는다.
③ 글쓴이가 제시한 객관적 정보의 타당성을 파악하며 읽는다.
④ 설명 대상을 파악하고, 설명 내용이 정확한지 판단하며 읽는다. → 설명문을 읽는 방법
⑤ 여정에 따라 글쓴이가 보고 듣고 느낀 것이 무엇인지 생각하며 읽는다. → 기행문을 읽는 방법

이 글은 혐오 표현이 무엇인지 개념과 문제점을 알고, 혐오 표현을 쓰지 않도록 노력하자는 주장을 하고 있는 글입니다. 주장과 근거가 담겨 있으므로, 주장과 근거가 적절한지 판단하며 읽습니다.

수능 연계

7 추론하기

이 글의 글쓴이가 [보기]를 읽은 후의 반응으로 알맞은 것은 무엇인가요? (③)

> [보기] 혐오 표현을 하는 사람들 중에는 '누구나 자신의 의견을 자유롭게 말할 수 있지 않나요?'라고 말하는 경우도 있다. 민주주의 사회에서 표현의 자유는 가장 소중하게 여겨지는 권리 중 하나이다. 그렇다면 특정 민족이나 연령층, 소수자에 대한 혐오 표현도 이러한 표현의 자유에 해당한다고 말할 수 있을까?

① 사회적 소수자에게 표현의 자유는 중요하지 않다.
② 어떠한 경우에도 표현의 자유는 법으로 보장되어야 한다. → 글쓴이와 반대되는 입장
③ 타인의 인권을 침해하는 혐오 표현은 표현의 자유로 보장받을 수 없다.
④ 표현의 자유를 보장해야 사회적 소수자를 공격하는 혐오 표현을 없앨 수 있다.
⑤ 표현의 자유를 지나치게 억압하면, 사회 구성원의 기본적인 자유조차 보장할 수 없을 것이다. → 이 글에서 표현의 자유에 대한 내용은 알 수 없음.

[보기]는 특정 민족이나 연령층, 소수자에 대한 자신의 생각이나 발언도 표현의 자유에 해당하는가를 문제로 제기하고 있습니다. 이 글의 글쓴이는 어떠한 경우에도 혐오 표현은 용납할 수 없다는 주장을 하고 있으므로, ③과 같은 반응을 보일 것입니다.

우리은하의 모든 것 [84~87쪽]

1 구조 알기

이 글에 대한 설명으로 알맞은 것은 무엇인가요? (④)

① 대상에 대한 다양한 평가를 소개하고 있다. → 비평문
② 대상에 대한 글쓴이의 주장과 근거를 나열하고 있다. → 논설문
③ 글쓴이가 보고 듣고 느낀 것을 그대로 전달하고 있다. → 수필
④ 대상에 대한 여러 가지 정보를 객관적으로 전달하고 있다.
⑤ 글쓴이의 상상력을 동원하여 실제로 일어날 수 있는 이야기를 하고 있다. → 소설

이 글은 우리은하의 개념과 모양, 크기, 구성 성분 등을 자세히 설명하고 있는 설명문입니다.

2 세부 내용

이 글에서 알 수 없는 내용은 무엇인가요? (④)

① 우리은하의 뜻 → 글 ㈎의 내용
② 우리은하의 크기 → 글 ㈐의 내용
③ 우리은하의 모양 → 글 ㈏의 내용
④ 우리은하의 종류
⑤ 우리은하의 구성 요소 → 글 ㈑의 내용

글 ㈎에서 글쓴이는 우리은하가 우주의 수없이 많은 은하 중 하나라고 했습니다. 따라서 우리은하에는 종류가 없으므로, ④의 내용은 이 글과 관련이 없습니다.

3 구조 알기

'정의'의 설명 방법

㉠에 사용된 설명 방법으로 설명하기에 알맞은 주제는 무엇인가요? (①)

① 메타버스의 개념
② 혈액의 구성 요소 → '분석'의 방법
③ 수구와 배구의 공통점 → '비교'의 방법
④ 초등생 권장 도서의 예 → '예시'의 방법
⑤ 언어 활동의 네 가지 분류 → '구분'의 방법

㉠에는 대상의 본질이나 뜻을 풀이하여 설명하는'정의'의 설명 방법이 사용되었습니다. '정의'의 방법으로 설명하기에 적절한 주제는 ①입니다.

4 세부 내용

글 ㈏의 내용을 정리할 때, [보기]의 빈칸에 들어갈 알맞은 낱말을 쓰세요.

> [보기] 우리은하를 옆에서 보면 은하의 중심부가 약간 부풀어 오른 납작한 원반 모양을 하고 있고, 위에서 보면 납작한 원반 모양의 끝에서 (　　　)이/가 뻗어 나온 모양이다.

(나선 팔)

글 ㈏에서 우리은하를 옆에서 보면 은하의 중심부가 약간 부풀어 오른 납작한 원반 모양이고, 위에서 보면 납작한 원반 모양의 끝에서 나선 팔이 뻗어 나온 모양이라고 했습니다.

독해 정답			
	1. ④	2. ④	3. ①
	4. 나선 팔	5. ④	6. ③
	7. ④		

어휘 정답	
	1. (1) ㉰ (2) ㉮ (3) ㉯ (4) ㉱
	2. (1) 원반 (2) 초속 (3) 나선 (4) 천체
	3. (1) ㉮ (2) ㉯ (3) ㉮ (4) ㉯

5 어휘 어법

다음 밑줄 친 낱말과 반대되는 뜻을 가진 낱말은 무엇인가요? (④)

> 우리은하의 가운데에는 오래되고 늙은 별들이 성기게 있다.

① ㉡ 수없이 셀 수 없을 만큼 많이. ② ㉢ 약간 얼마 되지 않게. ③ ㉣ 거대한 엄청나게 큰.
④ ㉤ 빼곡하게 ⑤ ㉥ 무수히 헤아릴 수 없을 만큼 많이.

주어진 '성기다'는 '비슷한 것들 여러 개의 사이가 좁지 않고 조금 떨어져 있다.'의 의미입니다. 이와 반대되는 뜻을 가진 낱말은 '빈 공간이 없이 가득하다.'라는 뜻인 '빼곡하게'입니다.

6 추론 하기

㉦에 생략된 내용으로 알맞은 것은 무엇인가요? (③)

① 어느 순간 사라져 버린다.
② 태양을 중심으로 돌고 있다.
③ 우리은하의 중심을 돌고 있다.
④ 자신의 중심을 기준으로 돌고 있다.
⑤ 어느 정도 시간이 지나면 폭발한다.

㉦의 앞부분에 '지구가 태양을 중심으로 공전하듯'이라는 말이 나옵니다. 따라서 ㉦에도 지구가 태양을 중심으로 공전하는 것처럼, 우리은하를 구성하는 별들도 우리은하의 중심을 돌고 있다는 내용이 들어가야 합니다.

수능 연계

7 추론 하기

이 글을 바탕으로 [보기]를 이해한 내용으로 알맞지 않은 것은 무엇인가요? (④)

[보기]

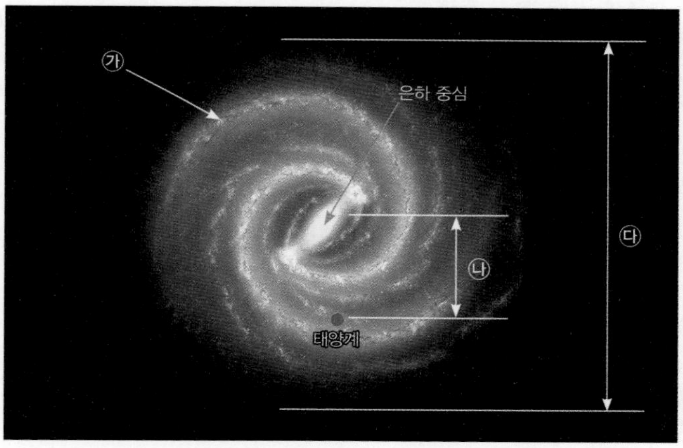

① [보기]는 우리은하를 위에서 바라본 것이다.
② 우리은하의 중심은 가운데가 볼록한 원반 모양이다.
③ ㉮는 납작한 원반 모양의 끝에서 뻗어 나온 나선 팔에 해당한다.
→ 글 (나)와 그림에서 알 수 있음.
④ ㉯는 우리은하와 태양계까지의 거리이므로, 약 1만 5천 광년이다.
⑤ ㉰는 우리은하의 지름에 해당하므로, 약 10만 광년이다. → 글 (다)의 내용

글 (다)에서 태양계는 우리은하의 중심에서 약 3만 광년 정도 떨어져 있다고 하였으므로, ㉯는 1만 5천 광년이 아니라, 3만 광년입니다.

드론이 하늘을 나는 원리 [88~91쪽]

1 주제 찾기

글쓴이가 이 글을 쓴 목적은 무엇인가요? (②)

① 최첨단 드론 개발의 필요성을 주장하기 위해
② 드론의 작동 원리와 용도에 대해 설명하기 위해
③ 드론의 발전 과정을 시간 순서대로 설명하기 위해
④ 드론으로 인한 사회적 피해와 그 해결 방안을 제시하기 위해
⑤ 드론의 여러 가지 종류와 용도에 따른 작동법을 설명하기 위해

이 글은 '양력'으로 떠오르는 드론의 작동원리와 군사용뿐 아니라 정찰용, 농사용 드론 등 드론의 여러 가지 용도에 대해 설명하고 있습니다.

2 세부 내용

이 글의 내용과 일치하지 않는 것은 무엇인가요? (⑤)

① 드론은 무인 항공기에 해당한다. → 글 (나)의 내용
② 초창기 드론은 무인 표적기로 개발되었다. → 글 (라)의 내용
③ 드론은 날개 위, 아래의 압력 차이로 하늘을 난다. → 글 (나)의 내용
④ 비행기 날개의 위쪽은 압력이 낮고 아래쪽은 높다. → 글 (나)의 내용
⑤ 드론으로 하는 쇼는 레이저 쇼보다 화려하고 정교하다.

글 (가)에서 드론으로 하는 쇼가 레이저 쇼를 방불케 할 만큼 화려하고 정교하다고는 하였으나, 이것이 레이저 쇼보다 더 화려하거나 정교하다는 뜻은 아닙니다.

3 세부 내용

다음 질문 중 이 글을 읽고 답할 수 없는 것은 무엇인가요? (③)

① 드론은 어떻게 방향 전환을 할까? → 글 (다)의 내용
② 최근 드론은 어떤 용도로 사용될까? → 글 (라)의 내용
③ 드론은 언제, 누가 처음 개발하였을까?
④ 맨 처음 드론을 만든 목적은 무엇일까? → 글 (라)의 내용
⑤ 비행기가 하늘을 나는 원리는 무엇일까? → 글 (나)의 내용

글 (라)에는 드론을 처음에 만든 목적은 나타나 있습니다. 그러나 드론이 구체적으로 언제, 누구에 의해 개발되었는지는 나타나지 않았습니다.

4 구조 알기

글 (가)에 대한 설명으로 알맞은 것은 무엇인가요? (④)

① 글을 쓰게 된 동기를 제시하고 문제를 제기한다.
② 이어지는 내용에 대해 간단히 요약하고 정리한다.
③ 대상에 대한 글쓴이의 주장이 본격적으로 시작된다.
④ 독자의 관심을 유발하고 설명할 대상에 대해 언급한다.
⑤ 여러 가지 설명 방법을 활용하여 대상에 대해 자세히 설명한다.

글 (가)는 설명문의 처음 부분으로, 설명 대상인 드론의 실제 예를 들어, 독자들의 관심을 유발하고 이어질 내용인 드론의 작동원리에 대해서도 알리고 있습니다.

독해 정답			
	1. ②	2. ⑤	3. ③
	4. ④	5. ④	6. ⑤
	7. ⑤		

어휘 정답

1. (1) 오지 (2) 살포하다 (3) 투입하다 (4) 정교하다 (5) 유도

2. ④ 3. (1) ㉮ (2) ㉮ (3) ㉰ (4) ㉯

용도에 따른 드론의 분류

5 [보기]의 내용과 관련이 있는 문단은 무엇인가요? (④)

추론하기

[보기] 드론은 그 용도에 따라 표적 드론, 정찰 드론, 다목적 드론으로 나눌 수 있다. 표적 드론에는 전투기의 사격 훈련을 위한 것이 있고, 정찰 드론에는 핵무기 감시 드론 등이 있다. 다목적 드론은 좀더 다양한데, 사람이 직접 가기 어려운 산이나 지역 등의 지형과 지물을 촬영하는 측량용 드론, 위급 환자에게 의료 물품을 보내는 의료용 드론, 우주와 지구를 탐사하는 탐사용 드론 등이 있다. → 다목적 드론의 예

표적 드론의 예 / 정찰 드론의 예

① 글 ㈎ ② 글 ㈏ ③ 글 ㈐
④ 글 ㈑ ⑤ 글 ㈎, ㈏, ㈑

[보기]는 드론을 용도에 따라 구분한 글입니다. 글 ㈑에서 드론의 다양한 용도에 대해 설명하고 있으므로, ㈑와 관련 있는 내용입니다.

'무궁무진하며'와 뜻이 비슷한 말

6 ㉠과 바꾸어 쓸 수 없는 낱말은 무엇인가요? (⑤)

어휘어법

① 끝없으며 ② 한없으며 ③ 무한하며
④ 그지으며 ⑤ 제한적이며

'무궁무진하다'는 '헤아릴 수 없을 만큼 많거나 끝이 없다.'는 의미입니다. 그러나 ⑤ '제한적'은 한도를 정하거나, 정해진 한도를 넘지 못하게 막는 것.'으로 '무궁무진하다'와는 반대되는 뜻을 갖습니다.

수능 연계

7 이 글의 독자가 [보기]를 읽고 난 후의 반응으로 알맞지 않은 것은 무엇인가요? (⑤)

적용창의

드론 활용 증가 추세

[보기] 최근 드론에 대한 관심이 높아지고 있고 이를 활용하는 분야도 계속 증가하고 있다. 그동안 사람이 직접 하기 어려웠던 일들을 드론을 활용해 보다 쉽게 할 수 있게 되었고, 드론을 활용해 새로운 경험을 할 수도 있기 때문이다.

그러나 이러한 드론의 대중화와 보편화로 인한 사생활 침해 논란도 끊이지 않고 있다. 카메라가 달린 드론은 실시간으로 동영상이나 사진 촬영이 가능하다. 만약 일반 가정집이나 빌딩, 호텔 등 사생활 침해 가능성이 있는 곳으로 날아가면 다른 사람에게 피해를 줄 수 있다. → 드론으로 인한 피해 ① 최근에는 스마트폰으로 쉽게 조작이 가능한 드론도 출시되고 있어 누구나 마음만 먹으면 타인의 사생활을 찍을 수 있고, 이를 불법적으로 이용할 수도 있다. → 드론으로 인한 피해 ② 따라서 이에 대한 대비책이 하루빨리 마련되어야 할 것이다. → [보기]에 나타난 의견

① 이 글과 [보기]는 모두 드론의 활용 가치가 높다고 보고 있어. → 글 ㈑와 [보기]의 처음 부분에서 짐작 가능
② [보기]의 내용 외에도 드론으로 인한 피해에 어떤 것이 있는지 알아봐야겠어. → 드론의 문제점을 다룬 [보기]에서 나올 수 있는 반응임.
③ 이 글은 드론의 좋은 점에, [보기]는 드론으로 인한 피해에 초점을 맞추고 있군. → 이 글은 드론의 작동원리와 용도에 대해 설명한 글이고, [보기]는 드론의 문제점에 대한 글이므로 짐작 가능
④ 드론이 더 다양하게 활용되기 위해서는 드론이 줄 수 있는 피해에도 신경을 써야겠어.
⑤ 이 글의 글쓴이는 [보기]를 읽고 드론의 첨단화에 더욱 신경 써야 한다는 의견을 내놓겠군.

[보기]는 드론의 사생활 침해에 대한 대비책을 마련해야 한다는 내용을 담고 있습니다. 따라서 [보기]를 읽고 드론의 첨단화에 더욱 신경 써야 한다는 반응은 적절하지 않습니다.

설명하려고 하는 것

1 주제 찾기

이 글의 중심 화제로 알맞은 것은 무엇인가요? (③)

① 세종의 위대한 업적들 → 한글 창제와 정간보만 제시됨.
② 정간보의 한계와 문제점 → 글에 나타나지 않았음.
③ 정간보가 만들어진 배경과 특징
④ 정간보와 서양 악보의 공통점의 차이점 → 서양 악보는 글 ㈑에만 나타남.
⑤ 세종이 역사상 가장 존경받는 인물인 까닭

이 글은 세종이 정간보를 창안한 배경과 정간보의 특징에 대해 설명하고 있습니다.

2 세부 내용

이 글의 내용과 일치하지 않는 것은 무엇인가요? (③)

① 정간보는 원고지 같은 연속된 네모 칸으로 되어 있다. → 글 ㈐의 내용
② 우리 음악은 음의 길고 짧음의 변화가 중국의 음악보다 많다. → 글 ㈏의 내용
③ 정간보는 위에서 아래로, 왼쪽에서 오른쪽 줄로 이어 읽는다.
④ 정간보는 당시 악보 기록법의 한계를 극복하기 위해 만든 것이다.
⑤ 중국 음악을 표기하기 위한 악보 기록법으로는 우리 음악을 제대로 적을 수 없었다.
→ 글 ㈏의 내용 (④, ⑤)

글 ㈐에서 정간보는 세로 악보이기 때문에 읽을 때에도 세로쓰기로 된 글을 읽을 때처럼 위에서 아래로, 오른쪽 위에서 시작하여 아래로 내려 읽고 다시 그 왼쪽 줄로 이어 읽는다고 했습니다.

3 어휘 어법

밑줄 친 낱말이 ㉠과 같은 뜻으로 쓰인 것은 무엇인가요? (④)

① 이 칼은 매우 잘 든다. → '날이 날카로워 물건이 잘 베이다.'의 뜻
② 신부가 꽃을 들고 있다. → '손에 가지다.'의 뜻
③ 음식에 간이 제대로 들었다. → '색깔, 맛, 물기 등이 스미거나 배다.'의 뜻
④ 경찰은 목격자의 증언을 증거로 들었다.
⑤ 아이는 잠자리로 들자마자 곯아떨어졌다. → '잠을 잘 자리에 가거나 오다.'의 뜻

㉠의 '들다'는 '어떤 사실이나 예를 끌어다 대다.'는 뜻으로 ④가 이에 해당합니다.

4 세부 내용

㉡이 가리키는 것으로 알맞은 것은 무엇인가요? (⑤)

① 세종이 소리의 장단과 고저를 중요시한 사실
② 세종이 집권했을 때 가장 문화가 발달했다는 사실
③ 한글 창제가 세종의 가장 뛰어난 업적이라는 사실
④ 아무도 세종이 악보를 만들었다는 것을 잘 모른다는 사실
⑤ 세종이 소리의 장단과 고저를 정확히 표시하기 위해 만든 악보

㉡은 바로 앞 문장의 내용을 가리키는 말입니다. 즉, 소리의 장단과 고저를 정확하게 표시하기 위해 만든 악보가 정간보라는 것입니다.

독해 정답 1. ③ 2. ③ 3. ④ 4. ⑤ 5. ①, ⑤ 6. ④ 7. ⑤

어휘 정답 1. ③ 2. (1) ㈐ (2) ㉮ (3) ㉯ (4) ㉲ (5) ㉱ 3. (1) ㉯ (2) ㈐ (3) ㉯

'정의'와 '비교·대조'

5 구조 알기

글 ㈏에 사용된 설명 방법으로 알맞은 것을 두 가지 고르세요. (① , ⑤)

①정의: 대상의 뜻을 자세하게 풀이하여 설명하는 방법
② 예시: 대상에 대한 구체적인 예를 들어 설명하는 방법
③ 분류: 대상을 일정한 기준에 따라 나누거나 묶어서 설명하는 방법
④ 분석: 대상을 구성하고 있는 요소나 부분들로 나누어 설명하는 방법
⑤비교·대조: 둘 이상의 대상을 견주어 공통점과 차이점을 중심으로 설명하는 방법

글 ㈏에서 정간보가 무엇인지 '정의'의 방법으로 자세히 설명한 후, 당시 사용하던 악보와 대조하여 그 차이점을 설명하고 있습니다.

6 비판 하기

다음 중 이 글에서 생략할 수 있는 문단은 무엇인가요? (④)

① 글 ㈎ ② 글 ㈏ ③ 글 ㈐ ④글 ㈑ ⑤ 글 ㈒

글 ㈑는 서양에서 사용하는 악보에 대한 설명으로, 서양 악보와 정간보를 비교한 것은 아닙니다. 따라서 글 ㈑를 삭제해도 글 전체의 내용 전개에는 영향을 미치지 않습니다.

수능 연계

7 적용 창의

[보기]**는 정간보와 서양식 악보의 음표를 비교한 것입니다. 이 글과** [보기]**로 보아, 알맞지 않은 것은 무엇인가요?** (⑤)

[보기]

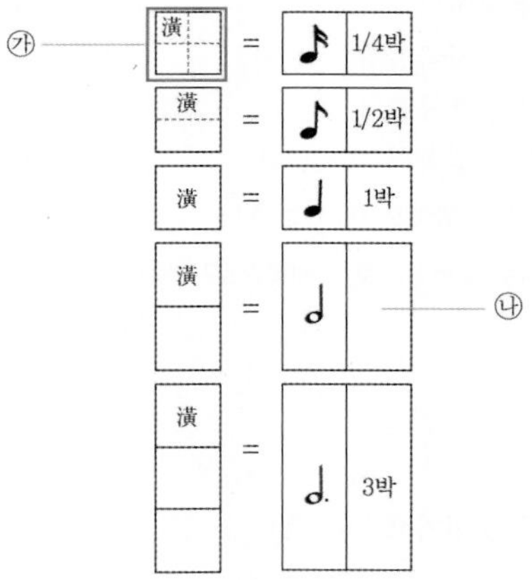

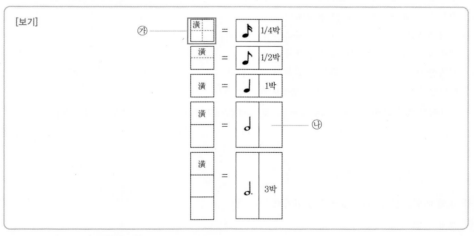

① 정간보에서는 한 칸을 1박으로 한다. → 글 ㈐의 내용
② 정간보의 각 칸과 음표는 모두 음의 길이를 나타낸다. → 글 ㈐와 [보기]의 내용
③ 정간 안의 한자 황(潢)은 음의 높낮이를 나타내는 것이다. → 글 ㈐의 내용
④ ㉮는 정간 한 칸을 4개로 나눈 것이므로 1/4박이라고 한 것이다. → 글 ㈐와 [보기]의 내용
⑤㉯의 빈칸에는 1.5박이 들어가야 한다.

㉯는 정간 두 칸을 나타내는 것이므로, 음표 𝅗𝅥에 해당하는 2박이 들어가야 합니다.

1 세부 내용

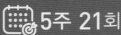

'문순득'에 대한 내용으로 알맞지 않은 것은 무엇인가요? (③)

① 문순득은 홍어를 사고팔던 사람이었다. → 글 (가), (나)의 내용
② 문순득은 사물을 관찰하는 능력이 뛰어났다. → 글 (라)의 내용
③ 문순득은 유구국에 머물다가 조선으로 돌아왔다.
④ 문순득은 『조선왕조실록』에 이름이 기록되어 있다. → 글 (가), (나)의 내용
⑤ 문순득은 정약전을 만나 표류한 이야기를 들려주었다. → 글 (다)의 내용

문순득은 흑산도에 갔다가 풍랑을 만나 유구국에서 8개월간 머물렀고, 조선으로 돌아오려고 했지만 다시 풍랑을 만나 표류해 여송국에 표류했습니다. 9개월간 머무른 뒤 마카오, 광둥, 난징, 베이징을 거쳐 4년 만에 조선으로 돌아왔습니다.

2 세부 내용

다음 중 이 글을 읽고 답할 수 없는 질문은 무엇인가요? (⑤)

① 유구국은 현재의 어떤 나라를 가리키나요? → 현재의 일본 오키나와
② 『표해시말』은 어떤 내용이 기록되어 있나요? → 표류의 과정, 표류한 지역의 풍속과 언어 등
③ 『표해시말』은 현재 우리에게 어떤 의미가 있나요? → 최초의 서양 문화에 대한 기록
④ 여송국은 조선 후기 어떤 나라의 지배를 받았나요? → 스페인
⑤ 정약전은 흑산도에서 얼마나 유배 생활을 하였나요?

글 (다)에서 정약용의 둘째 형인 정약전이 유배를 와 있었다고 했습니다. 그러나 그가 얼마나 오랫동안 유배 생활을 했는지는 나오지 않습니다.

3 추론 하기

㉠의 표현을 통해 얻을 수 있는 효과는 무엇인가요? (①)

① 질문을 통해 독자의 흥미를 유발한다.
② 가상 인물을 창조하여 상상력을 자극한다.
③ 객관적 사실을 바탕으로 정보를 제공한다.
④ 정확한 어휘를 사용하여 주제를 명확히 제시한다.
⑤ 다양한 표현 방법을 통해 대상을 생생하게 전달한다.

㉠은 이 글을 통해 설명할 내용을 질문의 형식으로 제시함으로써 독자의 흥미를 유발하고 있습니다.

4 구조 알기

'순서' 짜임

글 (나)의 짜임으로 알맞은 것은 무엇인가요? (①)

① 순서 짜임
② 나열 짜임
③ 분석 짜임
④ 문제와 해결 짜임
⑤ 비교와 대조 짜임

글 (나)는 문순득이 최초로 유구국에 표류하고, 다시 여송국에 표류하였다가 약 4년 만에 고향으로 돌아오기까지의 과정을 시간의 순서에 따라 설명했습니다. '순서' 짜임은 시간이나 공간의 순서, 일의 순서에 따라 서술하는 방법입니다.

독해 정답		
1. ③	2. ⑤	3. ①
4. ①	5. ⑤	6. ①
7. ④		

어휘 정답

1. (1) ㉯ (2) ㉮ (3) ㉯ (4) ㉮
2. (1) 교류 (2) 표류 (3) 유일 (4) 문물 (5) 풍속
3. ⑤

문순득이 다시 표류했지만 경험을 얻은 일

5 어휘 어법

㉡의 내용과 관계있는 한자 성어는 무엇인가요? (⑤)

① 일취월장(日就月將): 나날이 다달이 자라거나 발전함.
② 군계일학(群鷄一鶴): 평범한 무리 가운데 뛰어난 사람.
③ 절치부심(切齒腐心): 몹시 분하여 이를 갈며 속을 썩임.
④ 우후죽순(雨後竹筍): 어떤 일이 한때에 많이 생겨나는 것.
⑤ 전화위복(轉禍爲福): 불행하고 나쁜 일이 바뀌어 오히려 좋은 일이 됨.

㉡은 문순득이 조선으로 돌아오려고 하다가 또다시 풍랑을 만나 표류했지만, 여송국에서 그곳의 언어를 배워 오히려 다양한 경험을 하고, 서양의 문물까지도 직접 경험하였다는 내용입니다. 이와 같은 내용을 표현하는 말로 ⑤의 전화위복이 알맞습니다.

6 구조 알기

글 ㈑에 대한 설명으로 알맞은 것은 무엇인가요? (①)

① 『표해시말』이 가진 의의를 밝히고 있다.
② 『표해시말』을 집필한 까닭을 설명하고 있다.
③ 『표해시말』의 경제적 가치를 알려 주고 있다.
④ 『표해시말』의 오류를 논리적으로 비판하고 있다.
⑤ 『표해시말』의 진실성을 비교를 통해 증명하고 있다.

글 ㈑에서는 『표해시말』이 최초의 서양 문화에 대한 기록이라는 점과 민속학적 가치가 있다는 점을 밝혀 그 의의를 설명하고 있습니다.

수능 연계

7 추론 하기

[보기]를 참고할 때 ㉮에 들어갈 말을 알맞게 말한 것은 무엇인가요? (④)

> [보기]
>
> (1) 당신 덕분에 여기까지 왔습니다. → 긍정적인 맥락에서 사용됨.
> (2) 진수는 지각 때문에 교실 청소를 하게 되었다. → 특별한 제약이 없이 두루 쓰임.
> (3) 차를 놓친 게 엄마 탓이라는 거야? → 부정적인 맥락에서 사용됨.
>
> 선생님: (1)의 '덕분'은 '베풀어 준 은혜나 도움'을 뜻하는 말로 긍정적인 맥락에 잘 쓰입니다. 한편 (2)의 '때문'은 부정적인 맥락과 긍정적인 맥락 모두에서 쓸 수 있는데 '어떤 일의 원인이나 까닭'을 의미합니다. (2)는 부정적인 맥락에서 쓰인 경우군요. 마지막으로 (3)의 '탓'은 '부정적인 현상이 생겨난 까닭이나 원인'을 뜻하는 말로 주로 부정적인 맥락에서 쓰입니다.

① '탓'의 의미를 고려할 때 '탓에'라고 들어갈 수 있겠군. → 부정적인 맥락에 쓰이므로 맞지 않음.
② '때문에'가 들어간다면 부정적 맥락으로 사용된 경우겠군. → '때문에'가 쓰이면 긍정적인 맥락으로 쓰여야 함.
③ '탓에'라고 들어간다면 긍정적 맥락으로 사용된 경우겠군. → 긍정적인 맥락이므로 '탓에'는 들어갈 수 없음.
④ '덕분'의 의미를 고려할 때 '덕분에'라고 들어갈 수 있겠군.
⑤ '덕분에'라고 들어간다면 부정적 맥락으로 사용된 경우겠군. → '덕분에'는 긍정적인 맥락에 쓰이므로 맞지 않음.

㉮가 포함된 앞뒤 문장의 내용으로 보아, 문순득의 관찰 능력과 언어 재능의 도움으로 여송국의 문화를 목격하고 그 경험을 알릴 수 있게 되었다는 긍정적인 맥락이므로, [보기]에서 (1)의 '덕분에'가 들어갈 수 있습니다.

면의 역사 [102~105쪽]

1 주제 찾기

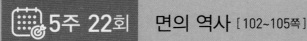

이 글의 제목으로 알맞은 것은 무엇인가요? (①)

① 면의 역사　② 면의 활용　③ 면의 가치
④ 면의 개발　⑤ 면의 연구

이 글은 밀가루의 역사를 통해 살펴본 면의 기원과 각 나라에 전파되고 발전하게 된 면의 역사에 대해 설명한 글입니다.

2 세부 내용

이 글의 내용과 일치하지 않는 것은 무엇인가요? (④)

① 우리나라는 현재 쌀이 주식이다. → 글 ㈎의 내용
② 메소포타미아 지역의 대표적 작물은 밀이다. → 글 ㈏의 내용
③ 중국 송나라 때는 30여 가지의 면 요리가 있었다. → 글 ㈐의 내용
④ 요즘 면 요리는 귀한 음식으로 특별한 날에 먹는다.
⑤ 조선 시대 때는 밀과 메밀가루를 섞어 면을 만들었다. → 글 ㈑의 내용

글 ㈎에서 면이 과거에는 특별한 날만 먹을 수 있는 귀한 음식이었다고 했습니다.

3 구조 알기

'순서' 짜임

글 ㈐의 설명 방법으로 알맞은 것은 무엇인가요? (③)

① 유사한 대상에 빗대어 설명하고 있다. → 유추
② 두 대상의 차이점을 대조하여 설명하고 있다. → 대조
③ 시간 순서에 따른 대상의 변화를 설명하고 있다.
④ 공통점을 기준으로 대상을 비교하여 설명하고 있다. → 비교
⑤ 신뢰성 있는 자료를 바탕으로 객관적 정보를 전달하고 있다. → 인용

글 ㈐에서는 밀이 1~2세기경 중국으로 전파된 이후, 초기 형태의 면 요리와 30여 가지의 다양한 면 요리로 발달하기까지의 변화를 시간의 흐름에 따라 설명했습니다.

4 비판 하기

최근 주식에서 면이 차지하는 비중이 높아지는 상황

이 글을 읽고 ㉠을 비판한 내용으로 알맞은 것은 무엇인가요? (⑤)

① 쌀로 면을 만들 수 있지 않나요?
② 쌀과 면이 우리나라의 주식이 될 수 있나요?
③ 우리나라 사람들에게 주식이 중요한 이유가 있나요?
④ 다른 나라도 면이 차지하는 비중이 높아지고 있나요?
⑤ 면이 차지하는 비중이 높아진 것은 어떻게 확인할 수 있나요?

㉠은 우리나라의 주식은 쌀이 중심이지만 최근 면이 차지하는 비중이 높아졌다는 내용입니다. 그러나 구체적인 근거 자료가 없어 면이 차지하는 비중이 높아진 것을 정확히 확인할 수 없습니다.

독해 정답		
1. ①	2. ④	3. ③
4. ⑤	5. ①	6. ④
7. ②		

어휘 정답
1. (1) 전파되다 (2) 기원 (3) 때우다 (4) 비중 (5) 비옥하다 2. (1) 비옥 (2) 기원 (3) 비중 (4) 전파 (5) 때우 3. (1) ㉰ (2) ㉯ (3) ㉮

밀가루의 역사와 면의 기원

5 ㉡과 ㉢에 대한 설명으로 알맞지 않은 것은 무엇인가요? (①)

추론하기

① ㉡은 1~2세기 경에 처음으로 시작되었다.
② ㉡의 시작은 메소포타미아 지역에서 확인할 수 있다. → 고고학자들에 의해 밝혀짐.
③ ㉢은 단독으로 그 내용을 확인할 수 없다. → 면을 즐긴 지역이 넓어 면의 기원을 확실하게 알 수 없음.
④ ㉡과 ㉢의 관계는 재료와 관련이 있다. → 밀가루가 국수의 재료임을 고려할 수 있음.
⑤ ㉢은 ㉡을 살펴보면 추리할 수 있다. → 면의 기원은 밀가루의 역사로 추측할 수 있음.

㉡은 밀가루의 역사입니다. 밀은 약 1만 년전 메소포타미아에서 재배되어 1~2세기경에 메소포타미아에서 중국으로 전파된 것입니다.

6 [보기]는 ㉣과 관련된 관용 표현을 학습하기 위해 조사한 내용입니다. ㉮에 공통으로 들어갈 낱말은 무엇인가요? (④)

어휘 어법

[보기] ㉮ (를) 먹다: 결혼식을 올리다.
면 요리는 결혼식 때 국수를 먹는 풍습으로 이어짐.
• 너는 혼기가 다 찼는데 언제 ㉮ 먹게 해 줄 거야?
• 친구 1: 얘들아, 나 남자 친구랑 결혼하기로 했어.
친구 2: 그럼 우리 조만간 ㉮ 먹는 거야? 잘됐다.

① 밀 ② 더위 ③ 마음 ④ 국수 ⑤ 눈칫밥

'국수를 먹다'는 '결혼식을 올리다.'라는 뜻의 관용 표현입니다.

수능 연계

7 이 글과 다음을 바탕으로 알맞게 이해한 내용을 [보기]에서 고른 것은 무엇인가요? (②)

적용 창의

국수에 대한 첫 기록은 고려 시대에 쓰여진 『고려도경』의 「궤식」에 "밥상에 10여 가지 음식 가운데 국수의 맛이 으뜸이다."는 내용이다. 또 조선 시대에 쓰여진 『고려사』 「예조」에는 "귀족 집에서는 제사에 국수를 올린다."고 쓰여 있고, 『용비어천가』에는 "최영이 손님을 맞을 때마다 국수를 대접하였다."는 내용도 있다. 한편 "절집에서 국수를 만들어 판다."는 『고려사』 「형법」의 내용을 보면, 국수틀을 이용해 국수를 대량으로 생산하였음을 알려 준다.

[보기]
㉮ 고려 시대에 국수를 대량 생산했을 것이다. → [보기]의 『고려사』에 나오는 내용
㉯ ~~조선 시대~~(삼국시대)부터 면을 먹기 시작했을 것이다.
㉰ 옛날에는 국수가 특별한 음식이었을 것이다. → 이 글과 [보기]에서 추론할 수 있음.
㉱ 우리나라에서 처음에 국수를 팔기 위해 만들었을 것이다. → 이 글과 [보기]에 모두 나오지 않음.

① ㉮, ㉯ ② ㉮, ㉰ ③ ㉯, ㉰ ④ ㉯, ㉱ ⑤ ㉰, ㉱

이 글과 [보기]로 보아 국수는 귀족들의 잔치나 제사에 올리고, 손님이 올 때 국수를 대접하였으므로 특별한 음식이었음을 알 수 있습니다. 또 [보기]의 『고려사』 「형법」의 내용으로 보아, 고려 시대에 국수틀을 이용해 국수를 대량 생산하였음을 알 수 있습니다.

1 주제 찾기

이 글에서 설명하는 것은 무엇인가요? (①)

① 행성의 고리는 어떻게 형성되었는가
② 태양계의 행성은 어떻게 형성되었는가
③ 토성이 어떻게 중력을 가지게 되었는가
④ 토성의 고리가 먼저 발견된 이유는 무엇인가
⑤ 목성형 행성만 고리가 형성된 이유는 무엇인가

이 글은 태양계 중 행성 고리가 있는 행성을 밝히고, 이들 행성의 고리가 어떻게 형성된 것인지 세 가지 가설을 들어 설명하고 있습니다. 나머지는 이 글에 나타나지 않은 내용입니다.

2 세부 내용

이 글의 내용과 일치하지 않는 것은 무엇인가요? (③)

① 토성의 고리가 가장 먼저 발견되었다. → 2문단의 내용
② 행성은 스스로 빛을 내지 못하는 천체이다. → 1문단의 내용
③ 토성은 '판'과 '다프니스'를 흡수한 흔적이 있다.
④ 목성, 토성, 천왕성, 해왕성은 고리를 가지고 있다. → 1문단의 내용
⑤ 행성 고리의 형성과 관련하여 세 가지 가설이 있다. → 2문단의 내용

글쓴이는 3문단에서 토성의 위성 중 '판'과 '다프니스'는 고리에 있으면서 그 크기가 다소 큰 것을 보면 중력에 의해 토성으로 흡수되지 않았다는 점을 설명할 수 없다고 했습니다.

3 세부 내용

목성, 천왕성, 해왕성의 고리가 토성보다 늦게 발견된 것

㉠의 까닭으로 알맞은 것은 무엇인가요? (④)

① 정확한 관측을 위해 관측을 미루었기 때문에
② 밝기와 밀도에 관한 이해가 부족했기 때문에 → 당시 기술론 관측이 어려울 정도로 목성, 천왕성, 해왕성 고리 자체의 밝기가 어둡고 밀도가 낮기 때문이었음.
③ 관측할 수 있는 천문학자들이 부족했기 때문에
④ 관측할 수 있는 기술이 발전하지 못했기 때문에
⑤ 목성, 천왕성, 해왕성의 고리가 늦게 형성되었기 때문에 → 글에서 알 수 없는 내용임.

㉠의 까닭은 ㉠ 뒷부분에 드러나 있습니다. 이어지는 내용으로 보아, 토성에 비해 목성, 천왕성, 해왕성의 고리가 늦게 발견된 것은 밝기도 어둡고 밀도도 낮아 당시 기술로는 관측이 어려웠기 때문이라고 했습니다.

4 어휘 어법

'밝혀지다'의 뜻

㉡의 뜻으로 쓰이지 않은 것은 무엇인가요? (①)

① 정전으로 식탁에는 촛불이 밝혀져 있다.
② 이번 사고의 원인이 과속으로 밝혀졌다.
③ 무슨 수를 써서라도 진실은 밝혀져야 한다.
④ 위인들의 책을 읽고 사리를 밝혀 옳은 일을 하자.
⑤ 범인을 잡고 보니 같은 동네 사람이라는 것이 밝혀졌다.

㉡의 '밝히다'는 '진리, 가치, 옳고 그름, 사실 등이 드러나 알려지다.'의 의미로 쓰였습니다. 그러나 ①은 '빛을 내는 물건이 환하게 되다.'라는 의미로 쓰였습니다.

독해 정답			
	1. ①	2. ③	3. ④
	4. ①	5. ④	6. ⑤
	7. ②		

어휘 정답	
	1. ②
	2. (1) ㉯ (2) ㉱ (3) ㉲ (4) ㉰ (5) ㉮
	3. (1) ㉯ (2) ㉰ (3) ㉮

'열거'

5 구조 알기

㈎ 부분의 설명 방법으로 알맞은 것은 무엇인가요? (④)

① 세 가지 가설의 공통점을 비교하였다. → 공통점은 알 수 없음.

② 행성 고리의 의미를 밝혀 서술하였다. → 고리의 의미는 나오지 않음.

③ 태양계가 형성된 원인과 결과를 밝혔다. → 태양계 형성의 원인과 결과는 나오지 않음.

④ 행성 고리의 형성과 관련한 가설을 나열하였다.

⑤ 행성 고리가 형성된 순서대로 과정을 정리하였다. → 행성 고리의 형성 순서는 나오지 않음.

㈎ 부분은 행성 고리의 형성과 관련한 세 가지 가설을 나열하는 '열거'의 방법으로 설명하고 있습니다.

6 비판 하기

이 글을 읽고 난 독자의 반응으로 알맞지 않은 것은 무엇인가요? (⑤)

① 토성은 중력을 가지고 있겠군.

② 천왕성의 고리가 형성된 방법은 알 수 없겠군.

→ 5문단의 내용

③ 갈릴레이는 토성의 고리를 정확히 관측하지 못했군.

④ 해왕성과 천왕성은 같은 방법으로 고리가 발견되었군.

→ 2문단의 내용

⑤ 태양계에는 목성형 행성 외에도 고리를 가진 행성이 있겠군.

1문단에서 태양계에는 모두 8개의 행성이 있는데 이중 목성, 토성, 천왕성, 해왕성이 목성형 행성으로 고리를 가지고 있다고 했습니다. 따라서 태양계에서 목성형 행성 외에 고리를 가진 행성이 있다고 볼 수 없습니다.

수능 연계

7 추론 하기

이 글을 읽고 [보기]의 수아처럼 생각하고 글을 수정한다면 얻을 수 있는 효과로 알맞은 것은 무엇인가요? (②)

신뢰성 있는 기관

[보기] 수아: "지난번에 도서관에서 과학 잡지 『네이처』 2010년 12월 10일자 기사를 읽었다. 미국 콜로라도 사우스웨스트연구소(SWRI)의 로빈 카눕 박사가 토성 고리가 생겼을 당시의 상황을 구체적으로 추측해 발표한 내용이었다. 기사의 내용은 토성의 위성이 토성에 흡수될 때 위성 표면을 싸고 있던 얼음층이 떨어져 나와 고리가 됐다는 것이었는데, ㉢의 내용에 이어서 인용해야지."

전문가

전문가의 말

① 주관성 ② 신뢰성 ③ 통일성 ④ 적절성 ⑤ 적극성

[보기]에서는 마지막 가설에 덧붙여 『네이처』에 발표한 내용을 인용해야겠다고 했습니다. 전문가의 말을 인용한 객관적 자료는 글의 신뢰성을 높여 줍니다.

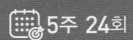

1 주제 찾기

글쓴이의 주장으로 알맞은 것은 무엇인가요? (⑤)

① 고기에 세금을 부과하여 육류 섭취를 줄여야 한다. → 글 (바)의 내용이나 이 글의 주장은 될 수 없음.
② 소비자에게 식용 곤충을 맛볼 기회를 주어야 한다.
③ 식량 자원의 위기에 대비하여 음식 낭비를 줄여야 한다.
④ 채식주의자들을 위해 다양한 식물성 고기 대체육을 개발해야 한다.
(②~④ → 글에 나오지 않음.)
⑤ 기업은 대체 식품에 대한 기술을 발전시키고, 정부는 올바른 정보를 제공해야 한다.

글쓴이는 환경 문제와 함께 닥쳐온 식량 자원의 위기를 언급하며 다양한 대체 식품에 대해 언급하고, 글 (바)에서 기업은 대체 식품에 대한 기술 혁신을 해야 하고, 정부는 대체 식품에 대한 올바른 정보를 제공해서 소비자들의 거부감을 줄여야 한다고 주장했습니다.

2 어휘 어법

㉠과 반대되는 뜻을 가진 낱말은 무엇인가요? (①)

① 줄다
② 길다 → '물체의 한쪽 끝에서 다른 쪽 끝까지 두 끝이 멀리 떨어져 있다.'의 뜻
③ 벌다 → '일을 하여 돈을 얻거나 모으다.'의 뜻
④ 오르다 → '값, 수치, 온도, 성적 등이 이전보다 많아지거나 높아지다.'의 뜻
⑤ 잘하다 → '옳고 바르게 하다.'의 뜻

㉠은 '수나 양 등이 원래 보다 많아지다.'의 뜻이며, 반대되는 뜻을 가진 낱말은 '수나 양이 원래보다 적어지다.'의 뜻인 '줄다'입니다.

3 세부 내용

식용 곤충에 대한 설명으로 알맞지 않은 것은 무엇인가요? (④)

① 환경 보호에 도움을 준다.
② 건강하고 깨끗한 식재료 중 하나이다.
③ 소고기보다 약 3배 많은 단백질을 가지고 있다.
(①~③ → 글 (나)의 내용)
④ 식물에서 추출한 단백질과 동일한 성분을 가진다.
⑤ 우리나라에서 식용 곤충으로 인정된 것은 모두 아홉 종류이다. → 글 (나)의 내용

식용 곤충이 식물에서 추출한 단백질과 동일한 성분을 가지는지는 알 수 없습니다. 식물에서 추출한 단백질을 고기처럼 만드는 것은 식물성 고기 대체육입니다.

4 구조 알기

글 (가)~(바)의 관계를 그림으로 나타낸 것은 무엇인가요? (①)

①
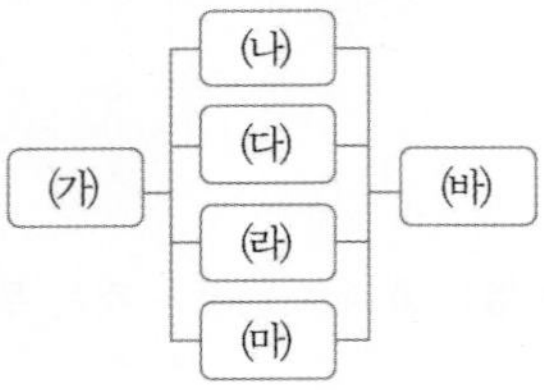

②
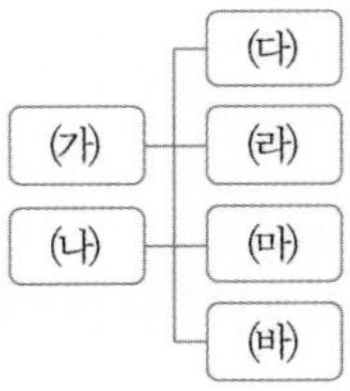

③
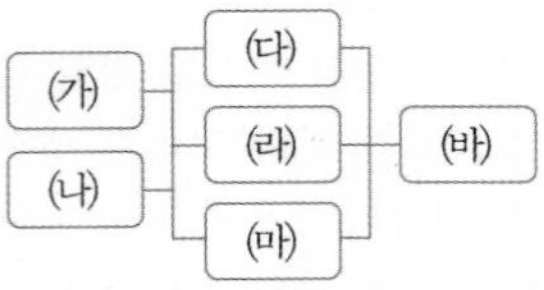

④
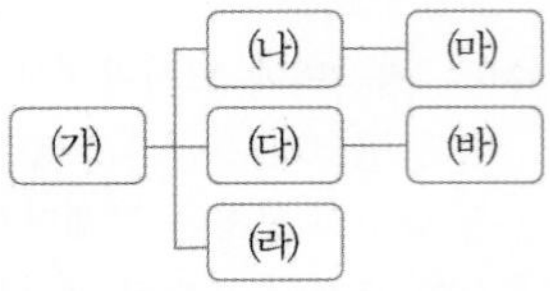

⑤

이 글은 세 부분으로 나눌 수 있습니다. 글 (가)는 대체 식품에 대한 관심과 의미가 나타난 글의 처음 부분, 글 (나)~(마)는 각각의 대체 식품의 종류를 나열하여 설명한 중간 부분, 글 (바)는 대체 식품에 대한 기술 혁신과 이에 대한 올바른 정보 전달의 필요성을 언급한 끝 부분입니다.

독해 정답			
	1. ⑤	2. ①	3. ④
	4. ①	5. ④	6. ④
	7. ⑤		

어휘 정답
1. (1) ㉮ (2) ㉰ (3) ㉲ (4) ㉱ (5) ㉯
2. (1) 추출 (2) 난감 (3) 선호 (4) 대안
3. (1) ㉯ (2) ㉯ (3) ㉰

'인용'

5 구조 알기

ⓛ에 쓰인 설명 방법으로 알맞은 것은 무엇인가요? (④)

① 식용 곤충의 뜻을 자세히 설명하였다. → 정의
② 식용 곤충의 예를 들어 주의할 점을 밝혔다. → 예시
③ 식용 곤충이 등장한 배경을 원인과 결과를 중심으로 밝혔다. → 인과
④ 식용 곤충의 성분과 종류에 대해 전문 기관의 말을 인용하였다.
⑤ 식용 곤충의 종류를 식용이 가능한 것과 불가능한 것으로 나누었다. → 구분

ⓛ은 '식품 의약품 안전처에 따르면'이라고 내용의 출처를 밝히며 전문 기관의 말을 인용하여 식용 곤충의 성분과 종류를 설명하고 있습니다.

6 세부 내용

[보기]는 대체 식품에 대한 내용을 정리한 것입니다. 알맞지 않은 것은 무엇인가요? (④)

[보기]
- **식용 곤충** → 글 ㈏의 내용
  - ㉮ 단백질 함량이 높고 몸에 좋음.
  - ㉯ 현재 다양한 식용 곤충이 개발되고 있음.
- **식물성 고기 대체육** → 글 ㈐의 내용
  - ㉰ 식물에서 추출한 단백질로 만들며 채식주의자들이 선호함.
- **배양 고기** → 동물 세포를 채취해 생명 과학 기술로 배양해 만듦.
  - ㉱ 소고기, 닭고기로 가공하여 만듦.
- **대체 우유** → 글 ㈒의 내용
  - ㉲ 식물성 원료에서 단백질과 지방 성분을 추출해 만듦.

① ㉮ ② ㉯ ③ ㉰ ④ ㉱ ⑤ ㉲

수능 연계

7 추론 하기

이 글을 참고할 때 [보기]를 보고 추론한 내용으로 알맞지 않은 것은 무엇인가요? (⑤)

[보기]

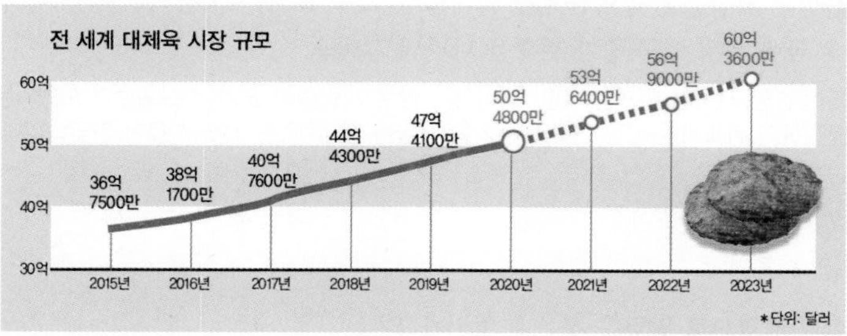

▲ 대체육, 배양육 시장의 성장

① 채식주의자들이 증가하겠구나. → 대체육 시장이 늘면 식물성 고기 소비도 증가한 것이므로, 채식주의자들이 늘었다고 할 수 있음.
② 대체 식품의 개발이 더욱 활발해지겠구나. → 대체육도 대체 식품 중 하나이므로, 대체육 개발이 활발해지면 전체 대체 식품 개발도 활기를 띠게 됨.
③ 대체 식량에 대한 관심이 높아지고 있구나. → 대체 식량에 대한 관심이 높아져 대체육 시장의 규모가 커졌음을 확인할 수 있음.
④ 환경에 대한 관심이 높아진 것이 원인일 수 있구나. → 환경에 대한 관심으로 대체 식량에 대한 관심이 커졌다는 글 ㈎, ㈒의 내용과 관련하여 유추할 수 있음.
⑤ 배양 고기는 당분간 기술 혁신이 이루어지지 않겠구나.

[보기]의 그래프에서 대체육의 규모가 2015년 이후 성장하기 시작하여 2023년에는 2015년에 비해 거의 2배 가까이 성장한 것을 확인할 수 있습니다. 따라서 대체 식품의 개발이 활발해지고 있는 상황이므로, 대체육의 한 종류인 배양 고기도 기술 혁신이 계속되고 있다고 보는 것이 적절합니다.

1 주제 찾기

글 ㈎~㈒의 중심 내용으로 알맞지 않은 것은 무엇인가요? (⑤)

① 글 ㈎: 서핑의 기원
② 글 ㈏: 서핑의 발전
③ 글 ㈐: 서핑의 장비
④ 글 ㈑: 서핑의 방법
⑤ 글 ㈒: 서핑의 장소 → 서핑의 규칙

글 ㈒에서는 서핑을 할 때 주의할 점에 대해 설명했습니다. 따라서 글 ㈒의 중심 내용은 '서핑의 규칙' 정도가 알맞습니다.

2 어휘 어법

'이르다'의 뜻

밑줄 친 낱말이 ㉠과 같은 뜻으로 쓰인 것은 무엇인가요? (②)

① 나는 동생이 손을 씻지 않았다고 엄마에게 일렀다. → '남의 잘못이나 실수를 다른 사람에게 말하다.'의 뜻
② 수업에 집중하다 보니 어느새 끝날 시간에 이르렀다.
③ 친구에게 약속 시간보다 조금 늦는다고 일러 주었다. → '다른 사람에게 어떤 내용을 미리 알려 주다.'의 뜻
④ 우리는 목적지에 이를 때까지 아무 말도 하지 않았다. → '어떤 장소에 도착하다.'의 뜻
⑤ 과일 가게 아저씨께서 싱싱한 과일을 고르는 법을 일러 주셨다. → '어떤 것을 말하다.'의 뜻

㉠의 '이르다'는 '어떤 때나 시기가 되다.'의 뜻입니다. 이와 같은 뜻으로 쓰인 것은 ②입니다.

3 추론 하기

우리나라에 서핑이 대충 스포츠가 된 상황

㉡을 뒷받침할 수 있는 자료로 알맞은 것은 무엇인가요? (⑤)

① 서핑 장소로 유명한 국내 해변 사진 → 서핑 소개 글에 알맞음.
② 대중 스포츠의 종류를 정리한 백과사전 → '대중 스포츠'를 소개하는 글에 알맞음.
③ 최근 3년간 파도 높이를 측정한 통계 자료
④ 서핑 강습을 받는 사람들을 촬영한 동영상 → 서핑 인구 증가를 구체적으로 보여 주기 어려움.
⑤ 2000년 이후 국내 서핑 인구 증가 현황을 나타낸 그래프

㉡은 1990년대에 등장한 서핑이 현재는 40만 명이라는 많은 사람들이 즐기는 스포츠가 되었다는 내용입니다. 이러한 내용을 뒷받침하기 위해서는 서핑 인구가 증가한 현황을 볼 수 있는 ⑤의 자료가 알맞습니다.

4 구조 알기

서핑 보드의 종류

㉢에 사용된 설명 방법으로 알맞은 것은 무엇인가요? (③)

① 예시: 내용과 관련된 구체적 예를 보여 주는 방법
② 정의: 어떤 말이나 사물의 뜻을 밝혀 풀이하는 방법
③ 구분: 전체를 일정한 기준에 따라 나누어 설명하는 방법
④ 비교: 둘 이상의 대상을 견주어 공통점을 드러내는 방법
⑤ 대조: 둘 이상의 대상을 견주어 차이점을 드러내는 방법

㉢은 서핑 보드를 길이에 따라 롱보드, 건보드, 펀보드, 숏보드, 피쉬보드의 다섯 가지 종류로 나누어 설명했으므로, '구분'이 답이 됩니다.

독해 정답			
	1. ⑤	2. ②	3. ⑤
	4. ③	5. ③	6. ⑤
	7. ⑤		

어휘 정답

1. ②
2. (1) ㉯ (2) ㉰ (3) ㉲ (4) ㉱ (5) ㉮
3. ④

5 추론하기

다음 서핑 보드에서 ㉮~㉲의 이름으로 알맞은 것은 무엇인가요? (③)

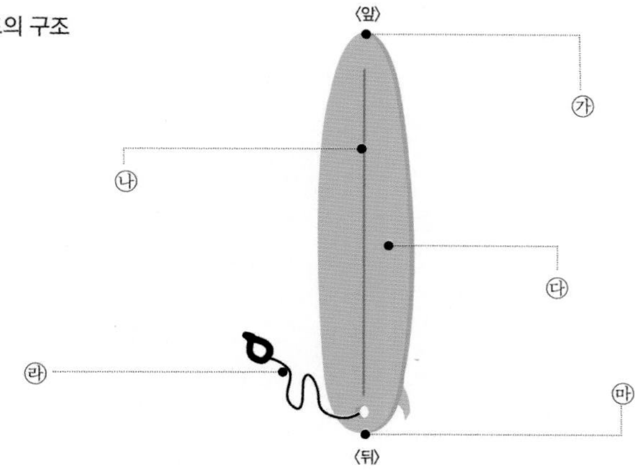

① ㉮: 테일 ② ㉯: 리시 ③ ㉰: 데크 ④ ㉱: 노즈 ⑤ ㉲: 스트링거

글 ㈐에서 서핑 보드의 부분별 명칭을 자세히 알 수 있습니다. ㉰ 데크는 보드의 윗면을 가리킵니다. ㉮는 노즈, ㉯는 스트링거, ㉱는 리시, ㉲는 테일입니다.

6 세부 내용

서핑을 할 때 주의할 점으로 알맞은 것은 무엇인가요? (⑤)

① 서퍼는 진행 방향을 비밀로 해야 한다.
② 넓은 바다에서는 파도를 타는 순서가 없다.
③ 서퍼 간에 충돌했을 때는 보드를 놓아야 한다.
④ 파도의 가장 낮은 위치에 있는 서퍼가 먼저 파도를 탄다.
⑤ 피크에서 가장 가까이에 있는 서퍼가 파도의 우선권이 있다.

글 ㈒에 서핑을 할 때 주의할 점이 나옵니다. 서핑을 할 때에는 피크에서 제일 가까이 있는 서퍼가 파도 우선권이 있고, 진행 방향을 알려 서로 충돌하는 일이 없어야 한다고 했습니다.

수능 연계

7 추론하기

[보기]를 참고해 이 글에서 추론한 내용으로 알맞은 것은 무엇인가요? (⑤)

> [보기] 마찰력이란 두 물체의 접촉면 사이에서 물체가 미끄러지는 것을 방해하는 힘을 말한다. 가령, 계단 끝 모서리에 미끄럼 방지 테이프를 붙여 신발이 닿을 때 신발이 미끄러지는 것을 막는다. 이때 미끄럼 방지 테이프와 신발이 닿을 때 미끄러지는 것을 방해하는 힘이 바로 마찰력이다.

① 서핑 슈트가 마찰력을 줄이기 위한 장치가 되겠구나. → 서핑 슈트는 체온 유지와 관련됨.
② 패들링은 마찰력을 줄여 속도를 높이기 위한 동작이구나. → 패들링과 마찰력은 관련이 없음.
③ 서핑 보드의 길이에 따라 마찰력이 달라져 다섯 종류로 구분하는구나. → 서핑 보드의 길이와 마찰력은 관련이 없음.
④ 서핑 보드의 중앙에 길게 들어간 스트링거가 마찰력과 관련이 있구나. → 스트링거는 보드가 부러지거나 뒤틀리지 않게 함.
⑤ 보드와 물 사이에 작용하는 마찰력을 줄이기 위해서 보드 바닥에 왁스를 칠하는구나.

글 ㈑에서 '파도의 언덕 부분에서 아래로 미끄러져 내려오면서 뒤따라오는 파도 언덕을 타고 옆으로 움직인다. 이때 속도를 빠르게 하기 위해 보드 바닥에 왁스를 칠하기도 한다.'라고 했습니다. 따라서 속도를 빠르게 하기 위해서는 마찰력을 줄여야 하므로 보드 바닥에 왁스를 칠한다고 추론할 수 있습니다.